# 紅肚鳥

李健短篇小說選

李健著

# 序

曹乃謙說，李健是個天真而溫和的人。深以為然。

讀過李健的大部分小說和一些散文隨筆，無論敘事，抑或抒情，這些文字，溫潤豐盈，如初春草木，茂盛葳蕤，不經意中，就能感受到他對山水田園的在意和珍惜。土地給了他生命、魂魄和寫作的靈感，給了他善良敏感的心。他的小說敘事平靜質樸，看得出對世界和生活滿懷愛意。麗軍師弟說李健的小說是「思想貼著地面飛翔」，很喜歡這個表述，對生活的理解本身就是一種立場。雖然李健筆下的原鄉，在喧囂的都市聲浪中，有著近乎神話的色彩，這不是敘事美學的問題，而是關乎生活信仰和靈魂皈依。目光遊走在鄉村與城市間，他的視線交會點選擇了大地和民生。大地是他的精神信仰，民生是他的思想追求。在他目光定格的剎那，故鄉以一種溫暖的氣息，擁抱了我們這些無鄉可歸的遊子。

這本小說集中收錄的作品多鄉土題材，有著強烈的現實感。李健不是書齋裏的作家，生活本身給了他寫作的動力和信念。當下的鄉土社會正遭遇內外壓力，經濟轉型，文化衝擊，價值體系動盪，面對這一現實，作家如何表達自己的現實關懷和道德理想？李健出生於鄉村，對鄉村生活熟稔，並且感情深厚，如今身在大都市，回望故土家園，他的鄉愁裏飽含了嚴肅的現實憂患。華吉、馬法官、水雲、四聾子、小槐……這些普通人生活在社會底層，承受著生存的壓力，或是不公正的待遇，但是他們內心情感豐富，對生活都有著美好的渴望，李健賦予這些小人物以獨特的生命力，讓我們讀到了來自時代深處的巨大迴響。《玩火》中的人物很有代表性，時代和生活改變了一個人，三狗子不動聲色的殘忍來自官場，二疤子良心猶在更貼近民間，粟萍的大義滅親堅持的是知識份子的生活準則。小說批判的玩火自焚，指向整個社會。另外，我們看到，《瘋子事件》、《冥屋》、《彈花匠》等篇，都有一個倫理的角度，對於這種道德倫理體系的混亂，當代人面臨的情感困境，李健有自己的視角，他不迴避社會問題，也不刻意放大。美好的，他珍視；苦難的，他同情。肖濤評價：李健並不刻意凸顯「底層」苦難訴求和反抗之路的小說表達，卻往往具備講述「中國經驗」的出奇制勝之處。

李健的寫作有著獨特的生命感，是對世界的顧念和珍惜。沈從文寫給張兆和的信中說：「對於人生，對於愛憎，彷彿全然與人不同了。我覺得惆悵得很，總像看得太深太遠，對於我自己，便成為受難者了。這時節我軟弱得很，因為我愛了世界，愛了人類。三三，倘若我們這時正是兩人同在一處，你瞧我眼睛濕到什麼樣子！」如果我們見過李健寫作，在他用心靈觸摸那個人生的渡口，用生命觸摸生活這條略顯老舊卻讓人無限依戀的渡船時，他的眼裏必定也閃動著晶瑩的淚光。沈從文曾自述：「你們能欣賞我文字的樸實，照例那作品背後隱伏的悲痛也忽略了。」這種揮之不去的生命孤獨，是對人類的永恆悲憫。愛與悲憫，這應該是完整的李健吧。如同他文字裏的氣息，清新質樸，疼痛而又溫暖。孤獨是一種品質。寫作，是在生命深處呼吸。很多風景，我們錯過，他從容記錄，看似輕描淡寫，其實傾注滿懷深情。人世過往如影片鏡頭，他的懷念沒有任何儀式感，卻鄭重得令人沛然可感。每位作家的敘事節奏不同，李健的文字看起來很閒，似乎與熱鬧的一切若即若離，卻又用平靜的筆墨把人物命運緊緊抓牢。

在越來越多的作家筆下，世界面目模糊，李健找到了屬於自己的那盞燈火，照亮了生命深處的峽谷溝壑，也照亮了讀到他這些文字的人們。變幻的世界，浮塵的人生，如何讓生命獲得更多屬於自己的力量，自我澄明？文字本身沒有生命，是寫作者賦予它生命，當這些文字從寫作者內心流淌出來，其實那裏面流動著的，是有溫度的血液。寫作者，是文字的郵差，是愛的天使，是生命的神。在這本書中，鴨子、豬婆、老牛，蜘蛛……都是人的朋友，是生活角落裏溫暖的記憶，飽含著李健對生命樸素的理解。《擺渡者》中的油溪河、渡口、胡老爹、渡船、診所，讓我們想起《邊城》，那一曲牧歌更像生命的救贖，從此岸到彼岸，從混沌到清澈。《天上的鴨子》，是愛的守望和憧憬，《受戒》一樣的清新澄明，無盡的悵惘裏有著永恆的遙望，靜默的懷想，悲涼的溫暖。生命裏那些懵懂的感情，映照在阿遠、小梅、晚紅、眼鏡這些年輕人清澈的目光裏。就像那一塊堆砂餅，不是味覺的嚮往，而是情感和性情上的認同。

這些作品的獨特性還在於一種美的發現。這種發現不是在為我們創造一個世界，而是還原，還原那個深藏在我們心底，沉睡在我們生命裏的世界。周作人在《地方與文藝》中談到風土與住民的關係，呼籲創作者做「忠於地」的「地之子」，把「土氣息泥滋味」表現出來。故鄉是溫暖的守望，歸鄉之路切近而又漫長。李健的文字有淡淡的懷舊氣息，那些普通人的生活和感情，無奈和歎惋，在煙火俗世裏氤氳起伏。徐則臣在談到「拉美文學的遺產」時說：把自己和腳下的土地與人民連在一起的作家，大概才會寫出真正具有民族氣質、但又能抵達整個世界的作品。也可以這樣理解，只有來自土地的寫作，是最有生命力和最長久的。

李健說，「我相信泥巴是能發光的，這光能照亮我的行程。」對於每一個熱愛土地的人來說，這句話都會讓人淚盈於睫。背負著土地行走，李健的寫作，有山的靜默，也有水的靈氣。與其說是眾生世相的清明上河圖，莫如說是他一個人的心靈歌謠。他喜歡梅山文化，「有時候，在流利的普通話和英語面前，我非常自卑；有時候，我卻又為骨髓裏的那些梅山人事暗自高興，彷彿擁有了無限的寶藏……」這種精神寶藏，值得他用一生去開採，然後以此建構起屬於他自己的獨特的藝術世界。這些年，大家都說，好的作家和作品是接地氣的，李健，把帶著他生命溫度和滾燙心跳的土地還給了我們。

很高興看到這部小說集出版，李健囑我作序，雖心中頗感惶恐，因為彼此對文學的熱愛，我願意用心記錄下自己對他的點滴理解，也願意在文學之路上，始終以熱誠的目光，與他一起，跋山涉水，朝向彼岸。

張豔梅

二〇一二年九月一日於理工大

# 紅肚鳥——李健短篇小說選


序 3
紅肚鳥 9
迷彩帽 25
擺渡者 39
豬之歌 51
黑蜘蛛 65
天上的鴨子 85
城市豌豆 103
霜天霜地 123
遊戲女孩 151
恩牛碑 167
彈花匠 187
玩火 205
無名果 225
冥屋 243
瘋子事件 257
泥巴魚 277
後記 296

# 紅肚鳥

看著彭向東的恍惚，小羅朝彭向東胸脯上掐了一把，問：「大哥，你在想什麼？」緩過神來，彭向東說：「我在想，人家都在新年快樂中，你為什麼出來做這事。」

「我喜歡玩。」小羅說。

「你準備到哪過年？」彭向東問。

「賓館。」

「你一個人在賓館過年？」

「是啊，有什麼奇怪？」

「怎麼過呢？」

「還不就是一杯牛奶，一個蘋果，或者是一杯牛奶，一支香蕉。吃了睡，睡了吃。」看她說話的神態，對自己的描繪挺愜意的。

「你父母同意你出來？」

「我不理他們。我臘月十二就出來了，先是在深圳玩，大寒那天到了這裏。」小羅說。大寒，就是臘月二十。彭向東屈著指頭算著說：「我同樣不想回家過年，我們可以合一起過年的啊，你就不用住賓館，正好湊個熱鬧。」

「大哥，熱鬧是別人的，好吧！」小羅無所謂。

小羅介紹她叫羅微，微小的微。天生就是玩的料，沒玩夠不回家。她埋怨她媽媽太自私，什麼事情都支使她做。沒了她，看她支使哪個啊。她頑皮地看著彭向東。

羅微家居梅州縣城，父母早年在物資局下屬的一個公司工作，後來改制一次性發錢買斷，父親忠厚老實，下崗後自謀出路遠走廣東打工，媽媽素來心高氣傲，無法面對這個既成事實，成天打牌搓麻將，自己窮得要命，卻特別嫌惡院裏鄰居們的貧窮，牌桌上隨意對人指長指短，脾氣越來越壞，動不動就同身邊的人嘔火。在母親身邊，羅微感到拘謹，害怕，她嚮往自由。只要能自由，隨便怎麼樣都行。

這就是羅微出來玩的理由。彭向東感到好笑。他提出互相交換電話號碼。羅微行蹤不定沒電話，她掏出一個火柴盒大小的記事本，說：「我記下你的，想起來我就聯繫你。」

為什麼忽然想起交換電話，彭向東自己也說不清動機。再兩天就過年了，他只是想把自己的黑暗潑出去一些，哪怕一丁點。

羅微抓著彭向東的手，按摩了左手再按摩右手，然後，她像騎馬一樣騎到彭向東身上，按摩他的頭部，胸脯。被窩中的熱浪調皮地一波一波襲擾。放春節假以來，彭向東除了上網，吃飯，喝酒，哪也沒去，他媽媽宋小瑩打了N次電話，催他回家過年。難道出租房這麼值得留戀？彭向東摸索出一支煙，點燃，才抽幾口，羅微輕輕伸出兩根細長的指頭，把煙取過去，抽。她抽著，一顰一笑，蕩漾起兩個酒窩，其神態俏皮透頂。

這神態使彭向東迅速想起一個人。那是他談了多年的初戀情人，剛決絕地分了手。她同樣有兩個漂亮的酒窩。還生一口碎牙，石榴顆粒一般，整齊，光滑，愛起來的時候，她會說恨不得一寸一寸把彭向東咬碎。

羅微問彭向東：「你看見過紅肚鳥麼？」

別說見過，就是聽都沒聽說過。彭向東搖晃著頭，問：「那是隻什麼鳥？」

出門時，羅微在老家梅州縣城附近看到過紅肚鳥，它在一片茶樹林上空自由地飛來飛去，展開翅膀的肚子粉紅粉紅，比經過著色加工的還好看，想來，如果它不打開翅膀，這粉紅一定是隱匿的，看不到。它飛翔的姿勢曼妙輕靈，把夢幻般的自由發揮到了極至。羅微看得著迷，不經意追著紅肚鳥看，追著追著，一直追到一條小河邊。河裏水深冷冽，羅微被阻在岸邊，只能眼睜睜望著紅肚鳥飛遠，心裏充滿悵惘。

從一座城市到另一座城市的路上，或在城市裏穿行，羅微對紅肚鳥念念不忘。紅肚鳥就像一個美麗的事物牢牢刻在她腦海裏。彷彿她出來就是為了尋找紅肚鳥。

聽著羅微輕聲細語，彭向東一翻身把羅微壓下，動手解她的衣服。羅微俏笑著說：「大哥你猴急什麼？」

羅微自己把衣服褪到只剩內褲。

彭向東發現了驚人相似的一幕：羅微肚臍眼下竟然也有一塊胎記，粉紅粉紅。原來羅微對紅肚鳥那麼有興致，是因為這個啊。彭向東突然被什麼擊中，動彈不得，好像一下變成了扶不起的稀泥巴。他迅速穿上衣服抽了幾張票子塞在羅微手裏，逃似的走出包廂。

這一天，是彭向東第一次到太子精剪理髮，彭向東永遠記得是臘月二十六日晚。

每個月，彭向東理兩次髮，半月一次，幾乎已成定律。如果到期不理髮，髮長了，彭向東便會覺得不舒服。快立春了，一次髮也沒理，年前事多忙不過來，年關理髮店放假回家過春節，大多沒上班營業。長長的頭髮很討厭，彭向東覺得頭上就像頂個千斤鐵坨，一天比一天沉。似乎理髮成了一個嚴重的問題。

幸好太子精剪還開門營業，不然彭向東真會瘋掉。如若放在平時，彭向東是斷不會到這樣的理髮店理髮的，萬沒想到這一將就，邂逅了羅微。

回到出租房裏，彭向東沒出門半步，一個人燒菜喝酒，上網聊天打遊戲。他希望這樣的日子把自己麻醉，忘掉世界上所有的人。有的人不要記起的好，如果不經意記起來了，就會像鬧藥一樣，將人鬧暈，不認東西。但是，一旦上了頭，就像病毒般隱匿在某個暗處，無論你怎麼搜索殺毒，也找不到。

她就在那裏。

彭向東內心煩悶，無以復加，多次拿起手機，想撥打羅微電話。他想找個人陪著說話，電腦上的聊天沒一點煙火味，太虛無了。可是，羅微沒留電話號碼。他只好頹喪地坐回電腦邊，玩殺人遊戲。

所幸羅微像有感應一般，電話適時而至：「彭大哥，你在哪？」

聽到電話，彭向東興奮地說：「我在家。」又反問，「你呢，在哪？」

「我在賓館，不，不是賓館，是在火星招待所，三十塊住一晚的那種。」羅微說。

「那我來看你。」彭向東說著話。他不想貿然要她到家裏來，對羅微瞭解畢竟只這麼多。他有點不放心。

「不，賓館很邋遢，還是我來找你。」羅微說。

「你沒來過我這裏，找不到。」彭向東猶疑著說。

「你到太子精剪那個口子上接我。」羅微說。

年底，單位上人放假回家過年，但太子精剪口子上依然還有人擺攤賣菜。巷子裏的一些牆角不時見到殘雪，很暗淡。麻將館搓麻將的聲音嘩啦啦響。見到菜攤，彭向東很高興，剛好家裏斷蔬菜了，他選了兩把波菜，還有幾根萵筍，雞魚肉這些家裏還有，不用買。正邊付錢邊往太子精剪方向張望，猛然發現羅微像個精靈早站在了身後，笑咪咪地看著他。彭向東把菠菜萵筍挪到左手，騰出右手來在羅微臉蛋上輕輕擰了一把，說：「鬼傢伙，嚇了我一跳。」

「你個大男子漢，這麼容易嚇到了啊。」羅微噘著小嘴說。

彭向東拿著菜往出租房方向走，羅微挽著他的手臂，小鳥樣依在身邊。從賣菜的攤子走到住處，並不遠，小弄裏迎新年的鞭炮碎屑落了一地。彭向東腳步緩慢，慢得就像碎步一般，他硬著頭皮走。他覺得這條路很漫長，許多眼睛藏匿在暗處，或在那些麻將聲聲的房間裏盯著他。他猶豫地想，這是怎麼回事呢，將一個陌生女孩帶回家，合適嗎？但她既然已經來了，難道還能找個理由支她走掉麼？

這一帶民房大部分只有二三層樓，不但低矮，有的還是棚子搭就，一大片。當地居民建這些棚子，明眼人一看也知這是等待拆遷賠償。彭向東租的房在二樓，並且是木板房，只一室帶衛生間，隨便在哪走一步，整個房都會響起動靜。彭向東掏鑰匙開門時，鑰匙竟不聽話溜到地下，他又彎腰拾起，邊開門邊說：「我這裏是狗窩呀！」

房間裏陳設簡單，一個簡易衣櫥，一張書桌，一台手提電腦，加上一些日常用品，還有件油漬漬的工作服丟在殘腿的椅子上。羅微粗略打量一下，她一屁股坐在床上，長舒一口氣，說：「這地方蠻安適。」

彭向東給她沏了杯茶，往自己專用的茶杯注滿水。他的茶杯使用時間久，像蒙了一層釉，墨黑。彭向東坐在凳子上，眼睛不敢看她，不知說些什麼才好。倒是羅微像個主人似的，把彭向東拉到床沿坐在她身邊，說：「大哥，你好像不歡迎我啊。」

「哪裏，高興呢。」彭向東有點窘迫地說。

羅微端起杯子喝完一杯茶，彭向東想續水，羅微說：「不用了，天冷，我們躺進被窩裏聊天。」被窩睡熱，彭向東的拘謹慢慢退避。彭向東抱住了她。羅微又滑又軟，像棉花做的，拱進他懷裏，用腿挾著他。他們互相撫摸，什麼話也不用說。彭向東終於控制不住，翻身爬上羅微身體，緊緊地壓著她，進入她。他們瘋狂地想把對方要空。屋外走廊上不時有人走過，震動聲特別響亮，彭向東已聽不見外面響聲。身下的羅微呢喃呻吟。彭向東一身汗水，他把被子一腳蹬掉，兩人在床上滾了一大會。只聽彭向東大叫一聲，感覺堅硬的東西全化成了一灘水，流得無影無蹤。

恢復體力後，彭向東用刀切開一個柚子。這袋柚子連同一件衛生紙是單位當福利品發的，彭向東不喜歡吃水果，更不喜歡吃柚子，至於衛生紙，這麼大一件，他一個人花用不完。發時他還嘲笑單位的頭頭們一定有病，直接發票子不方便多了，想要什麼就買什麼，又是一刀切。彭向東把柚子扳開，柚子肉敦敦，水汪汪。他放了一瓣到羅微嘴裏，說：「羅微，你想在這裏住下來麼？」

「隨便。」羅微咂巴嘴，連說這柚子一定是沙田柚，就是甜。

「你想瞭解我麼？」

「隨便。」

羅微回答讓彭向東很不滿意。好像隨便就是她的口頭禪。什麼都能隨便麼。彭向東突然煩躁起來。又問：「你真的看見過紅肚鳥？」

「難道還有假的麼。」

「你看見的一定是隻洋鳥。」

「如果是洋鳥，怎麼會出現在我老家呢。」

「或許是哪個養洋鳥的人家跑出來的也未可知。」

這種可能是有的，羅微好像認同，不做聲了。

這時候，放在書桌上的手機響了。彭向東看了一眼，又是媽媽宋小瑩打來的，他不接，任由手機不知疲憊地叫著。看來宋小瑩照樣是個倔強的人，彭向東不接，她就不停地打。最後彭向東不得不按了接聽鍵，有氣無力地喂了一聲。宋小瑩在電話裏問彭向東什麼時候回家，彭向東答，不想回家，今年就一個人在出租房過年算了。宋小瑩就生氣，說你越長大人倒是越變傻了，誰都有個家，你不要家了，你眼裏還有沒有父母，沒良心的鬼崽子。

宋小瑩最後問：「談對象沒有？」

「談了。」彭向東沒好氣說。

「要得，那你們雙雙一起回家過年。」電話那邊的宋小瑩開心地笑著說。

彭向東硬著頭皮答應了。

可是，彭向東這個對象在哪呢，八字沒一撇啊。彭向東望了望羅微，心裏不經意跳出一個想法。他重新摟住身邊的羅微，手在她周身不停地撫摸。房間裏的氛圍又變得溫暖起來。遠處的煙花機關槍一樣在天空中炸響，彭向東在恍惚中看到煙花五光十色，照進了出租房，映在羅微臉上。羅微的確是個漂亮女孩，特別是笑起來，那神態，比他的初戀情人毫不遜色。彭向東又狠狠地要了她一回。羅微咯咯笑著說：「彭大哥，你瘋了。」

「羅微，我們玩個遊戲，怎麼樣？」彭向東對羅微說。

「什麼遊戲？」羅微不知彭向東要玩什麼花樣。

「你扮做我的女朋友，像租房一樣租你跟我一起回家過年。」

「你有病，我不幹。」

「你配合，把戲演成了，我付錢給你啊。」彭向東說。

「再說，我跟你回去，你父母親朋好友會怎麼樣看你，要不得。」

「他們又不知道你的底細，一定行。答應吧，很好玩的呢。」

「答應就答應，沒什麼了不起。不就是演齣戲。」

小弄出去橫過馬路就是沃爾瑪超市。彭向東和羅微雙雙選購了衣服飾物，還有化妝品。羅微挽著彭向東的手，走路大搖大擺，儼然就是一對親密無間的戀人。羅微選的是一款大紅毛線衣，試衣時她很喜歡，穿上了就捨不得脫下來。這件大紅毛線衣著在她身上，羅微就像換了一個人，高貴，華麗，她臉紅朵朵的，彷彿萬千的喜事。

從沃爾瑪超市逛了一圈回到出租屋，天快要黑了。羅微開始化妝打扮。

彭向東喜不自禁給媽媽打電話通知說，他帶上對象馬上回家吃晚飯。宋小瑩自是高興得不得了，連說了幾個好！

彭向東白天磨蹭是不敢帶羅微回家，怕太招搖了。正好趕晚上沒人注意，趁機把羅微帶回家，讓老人高興一把，遂了他們心意。要不，他真怕老人急出病來。

街上車流依舊擁擠。連計程車都變成了慢慢遊。羅微面膜，口紅，把自己打扮得像個新娘子，妖冶，嫵媚。她覺得這個遊戲很好玩，一路上像個麻雀喋喋不休。

家裏所有的燈都亮了，燈火輝煌。一桌的菜，熱騰騰的。彭向東父母早坐在桌邊等待兒子和對象回家入席。彭向東走在前面，羅微便像一個熟悉這裏的樣子跟著他，真的像一對回家過年的小戀人。當彭向東的腳步聲終於在樓梯間響起的時候，這一對老人馬上站了起來，慌忙迎向門口。彭向東將羅微往前一推，向爸媽介紹。宋小瑩緊緊握住羅微的手，把她拉到身邊坐下，又塞了個紅包在羅微手裏，算是見面禮。感受這場面，羅微心裏一熱，想起自己的角色，下意識地問：「伯父伯母好！」

這女孩子這麼懂禮貌，一準賢慧，良善。宋小瑩想。

世界上還有比這更好的喜事麼。

大家入席坐定，彭向東父子的酒早就打開斟上了，宋小瑩又開了一瓶紅酒與羅微平分。宋小瑩從不喝酒，這是個破例。喝了一小半，宋小瑩臉就通紅了，但她又礙於羅微的面子，看樣式是豁出老命也要把羅微陪好。她生怕羅微看出醜來。羅微跟人出去應酬，喝酒功夫自是比宋小瑩強，乘宋小瑩挾菜的時候，羅微把她的酒倒了一大半在自己杯裏。宋小瑩年紀大，眼睛卻好使，她看到羅微做的手腳並不點破，佯裝不知，心裏卻認定羅微是個貼心的準媳婦。

吃完飯，趁著酒興，羅微在宋小瑩帶領下，在屋子裏參觀了一圈。三室二廳，傢俱似乎稍嫌老式，但窗明几淨，看著蠻養眼。家居很相宜。宋小瑩把羅微領到彭向東房間裏，羅微看到彭向東平整的被褥，她一屁股坐在床沿上，望著眼前褪了色的落地窗簾出神。宋小瑩緊挨她坐下，問她是哪裏人，父母好不。羅微一一做了回答。宋小瑩說他們兩老口都享受國家退休金，不會成為她和彭向東的負擔，教她放落一百二十個心。我們什麼也不圖，只圖你們小倆口恩愛，早日結婚生個胖乎乎的孫子來。好像宋小瑩和羅微的關係早就是婆媳一樣，沒半點隔閡。

外面依舊響著稀落的炮竹聲，樓下有個小孩大聲叫著「又下雪了」。羅微坐在溫暖的房間裏，思緒就想著天際雪花飛舞的樣子，她想起媽媽，想起家裏的那種冷漠，想起在外面玩耍，外面男人抽手就拜拜的現實，她感到曾經堅硬的外殼開始剝落，漸漸地她眼裏不知不覺就噙滿淚水。同樣是媽媽，怎麼彭向東媽媽就這麼好呢。

「小羅，你怎麼哭了？」宋小瑩感到好奇怪，好好的，怎麼就哭呢。

「沒怎麼。」羅微回答。她自己也搞不清，怎麼就哭了呢。她離家出走以來，從沒哭過。她原本以為，這世界已經沒什麼值得哭了。感覺心已像冰一般冷，麻木，只知道玩，得過且過，沒想到在彭向東家裏失態了。羅微用一條手帕掩住自己的嘴，生怕歔欷出聲，但終歸控制不住，哇的哭了起來。

見羅微哭得沒有休止，宋小瑩急忙叫來彭向東，自己小心地退了出去。

彭向東不知羅微到底是怎麼了，他輕輕摟著羅微，說：「我們說好的啊，只是配合，演一場戲，你是不是後悔啦。」

羅微低頭沒做答，雖然哭聲小了，但睫毛上分明還懸掛著一顆淚珠子，搖搖欲墜。

羅微把那顆淚珠子揩掉，說：「沒想，什麼也沒想。」

「你是不是又想起了紅肚鳥啊。」

羅微又談笑自如了。她回到客廳，陪兩個老人一起看電視，嗑瓜子，吃蘋果。宋小瑩小心地坐在沙發上，愛憐地看著羅微，不敢再多嘴。

第二天，彭向東攜羅微逛街。地上已鋪了一層厚厚的雪，一些小孩子在滾雪球，歡樂聲隨處可見。彭向東逗羅微說：「我們也玩滾雪球吧。」

羅微欣然回應。滾著滾著，雪球還只一個球大，羅微聽到鳥鳴，她循聲看到一對大鳥，正從頭頂飛過，肚皮緋紅。它們嘴裏銜著東西，說不定就是樹枝，草葉，甚至泥土。它們落向靠近街邊的一棵香樟樹。羅微看得出神，忘記了滾雪球。彭向東和羅微一起看，只見它們一進一出，忙忙碌碌，是在築窩。彭向東只是近段沒有回家，從沒看到附近有紅肚鳥出沒，沒料這紅肚鳥竟把巢築到家門口來了。

下雪天，這麼冷，它們怎麼現在才想起築巢呢？彭向東想，一準是它們的窩給人端了，背井離鄉逃到這裏臨時築巢。彭向東心裏就生起同情，呆呆地看著它們忙碌築巢的情景，他一時高興起來，內心充滿期待，祝福。

轉眼就到了破五，年過完了，彭向東要上班了。兩位老人很高興，很滿意，一個勁稱這個春節是最愉快最祥和的春節。兩老口把彭向東羅微送到街邊的香樟樹下，慈愛的目光絲線一樣纏繞著他們。彭向東羅微上了計程車，他們還在久久望著，不願意把目光收回來。

雪融化了。

麓鳴機械廠後面小弄裏的店鋪悉數開門營業，門邊上張貼著財神爺相。回到出租房，根據先前的約定，彭向東付了羅微一筆酬金。說好從此形如路人，互不相欠。羅微緊緊依偎在彭向東懷裏，緊握他的手，看情形好像他們剛經歷了一次長途旅行回來，不得不暫且分開忙各自的事，依依惜別。

麓鳴機械廠比別的單位早一天報到上班。一上班，各部門員工就各就各位，都很忙。白天忙，晚上回到出租房，彭向東心裏空蕩蕩的，好像心裏被人生生掏掉了一塊肉，鈍鈍地痛。孤獨和寂寞無休無止地湧來。他知道自己是想羅微了，可是，羅微只是自己租來的一個女友，他當初聘請她做女友，純粹是緣於羅微和他的初戀同樣有個紅色胎記。以為不過就是演一場戲，萬沒想到，在演戲的同時，他投入了真。現在想把這一點真挑出來都是件很難的事了。

羅微呢，分手時，本不想接那演戲的酬金，可是，當初有個約定，不接又能怎麼樣呢。如果不接酬金，賴著不走，那不是自討沒趣麼。

羅微接了酬金連續一段時期每天去河西探望香樟樹上的那對紅肚鳥，她是悄悄去的，生怕彭向東父母撞見。第一天，她看到紅肚鳥雙宿雙飛，羨慕它們的親密恩愛。第二天亦是如此。到了第三天，情況就不同了，她發現一隻鳥留在窩裏沒見出來，心就揪住了，是不是生病了啊。沒多久，另一隻鳥嘴裏銜著東西回來，她就恍然大悟，原來是母鳥下了蛋，在孵崽崽，她要做媽媽了。羅微滿心歡喜，在香樟樹附近逗留，她想要是能看到它們的崽崽出來多好，她喜歡鳥崽崽學步起飛時的窘態，還有俏皮。

沒成想，羅微眼瞼上突然長出一個小癤子，發炎，高燒不退。她到醫院弄了幾天藥，誤了時間。當她趕到香樟樹下時，意外發現一個男孩爬上香樟樹，把鳥窩取了下來。兩隻紅肚鳥在樹冠上飛來飛去，不斷地發出悲鳴。鳥窩裏是三顆美麗的藍色鳥蛋，藍寶石般的精緻。

鳥蛋一定還殘存著紅肚鳥的體溫。

羅微焦急地對男孩說：「小朋友，你快把鳥窩送回到樹上去。」

「為什麼？」男孩心存疑惑地問。

羅微本想說你看天上那對鳥，它們在傷心呢。轉念一想，和小孩說這些，他也不明白，就從坤包裏抽出兩張票子，說：「你把鳥窩鳥蛋送回樹上，這個就是你的。」

小孩子收了票子，貓一樣利索，把鳥窩鳥蛋送達了原處。

紅肚鳥受到驚嚇，遲遲不敢返回鳥巢。暈黃的日頭已隱到高樓那邊，紅肚鳥傷心地站在鳥巢邊緣，它不再繼續孵化鳥蛋，而是耷拉著頭，癡癡地望著它的鳥蛋，痛苦，無奈。目睹這情景，羅微幾乎要落淚了。她眼睜睜看著紅肚鳥飛走了。

紅肚鳥離開鳥蛋時間過長，溫度冷卻，鳥蛋裏的生命就會死亡。當紅肚鳥再回到鳥巢的時候，已經知道它不能孵化出它的寶寶們了，所以在做了傷心的告別以後，就離去了。

羅微不願意相信這個事實，繼續等待了兩天，紅肚鳥都沒有再回來，她想看到鳥寶寶的願望只能永遠停留在幻想中了。

彭向東上班車一個汽車配件，車刀切到指甲上，血，泉水一樣往外湧，幸虧警醒得快，要不，大拇指就廢了。晚上回到出租屋喝悶酒。出租屋還是出租屋，踏在地板上依舊滿屋子動，彭向東已感覺不到這種動了，他神思恍惚。

到正月中旬，彭向東終於熬不住，恰逢又到該剪頭髮的時候，他又走進太子精剪，邊理髮，他邊和老闆娘聊天，裝著不經意的樣子問：「怎麼沒看到小羅？」

「小羅又不是我店員工，她只是利用我這個地盤做事，她每做一個事，店裏就抽她百分之二十的提成。」老闆娘往裏面的一些包廂努了努嘴。

「哦，原來這樣，那她最近有來過麼？」

「年底大概是臘月二十六日以後就沒見到過她了。」

這正是彭向東帶羅微看父母的前一天，也就是彭向東第一次來太子精剪理髮的那一天。女老闆自然不知其中糾葛。說明從那天起，羅微就再沒來過太子精剪理髮店。看來，從女老闆口裏掏不出個所以然。

沒想，隔一會，女老闆又說，湘江邊上發現一具無名女屍，聽說有點像她。有人說她為了追一隻鳥，掉進湘江河裏，當即就被沖出幾百米，她的大紅毛線衣在水面上沉浮，就像遠處漂來的一束罌粟花，妖嬈，熱烈。

這麼一個放得開朗的女孩子，怎麼會為隻鳥掉進湘江呢，怎麼樣也犯不著啊。

理完髮，彭向東立即攔了部計程車往湘江邊趕。湘江只有銀質的水在流動，什麼也沒有。也許女老闆說的女屍純屬子虛烏有，但根據她的描述又的確有點像是她，因為那件大紅毛線衣是過年時他給她買的啊，可彭向東心裏依然不願意承認，也許只是巧合，也許羅微像紅肚鳥一樣早飛到了另一城市。

河堤上潮濕，昏暗，滑溜，還有河水打過來的一些漂浮物。彭向東大著頭在堤上疾走，越走越快，時而停下來，就像晚上睡覺脫衣服時走神，好像他和羅微的故事是憑空揑造的一樣，已隨著銀質的水悄然流走。

注：《紅肚鳥》發表於《上海文學》二〇一二年第八期

# 迷彩帽

如果老唐沒把車鑰匙放娜娜包裏，老唐就不會發現娜娜包裹的帽子。娜娜分明看到老唐走到門邊，他手已摸著鎖鈕，只要輕輕一旋，就出門上班去了。沒料，他像隻蝗蟲，折一圈，又返回來，他說記起車鑰匙在娜娜包裏。

看著那個突然冒出的帽子，老唐猛的愣了一下。平時從沒見娜娜戴過帽子，況且這頂帽子從款式和顏色上看，還是頂高爾夫球男士帽。老唐問：「娜娜，你這包會耍魔術，變出一頂帽子來了？」

「啊！啊！」娜娜感到了窒息，她腦子飛快旋轉，她始終找不到相宜的語言做出解釋。她就急，越急就越慌亂。唯有嘴裏大聲說：「對不起！對不起！」

老唐被娜娜的聲音驚醒，摸了摸裸睡的娜娜，將她的頭枕在自己的臂彎裏。老唐發現娜娜一身的汗，連頭髮尖子都濕了。就問：「你怎麼了？」

娜娜緩一緩神，順口說：「做了個夢。」

「你夢到什麼啦。」老唐攏了下娜娜，在她柔滑的背上撫摸。

「沒什麼。」娜娜往老唐懷裏靠。

「那怎麼這麼緊張咧。」老唐在娜娜背上拎了一把。

這個夢是關於那頂帽子的，娜娜怎麼能說給老唐聽呢。她覺得多一事不如少一事。於是，娜娜扯謊說：「我夢到你不要我了，我緊緊抓著你的手不放，你厭惡地把我像垃圾一樣丟開，狠心走了。」

「傻瓜，怎麼會，夢是相反的。」老唐輕輕拍著娜娜背部，安慰她。

娜娜想就此搪塞過去。

娜娜再睜開眼時，發現清晨的陽光已從視窗跳進了房子，陽光穿過落地窗簾，給房間鍍上一層鵝黃色。窗外傳來稀稀落落的車流聲。娜娜急忙爬起來，往身上套內衣內褲。平時這個時候，娜娜早給老唐做好了早點，只等老唐起來吃了上班。兒子在寄宿制學校讀書，除了禮拜天回家打一轉，幾乎不用管事。老唐體貼地將娜娜按在被窩裏，說：「你還多睡一會，我隨便找個店吃碗麵算了。」

娜娜上班的女報就在這條街上，相距幾十米路程，上下班很方便，而老唐在河西市政府上班，要過河，路遠。老唐悉悉索索起床洗漱後就上班走了。房裏一下變得很安靜。娜娜無論如何也入不了睡，眼裏老是晃著那頂帽子。

這頂帽子放在娜娜坤包裏已有兩天。那天晚上同事小胡叫上娜娜做陪去赴個飯局，局子上男男女女幾個人，白酒紅酒一齊上，娜娜身邊一個戴高爾夫球帽子的男人吃得最盡興，汗流浹背，他把高爾夫球帽子一把捋下來順手交給娜娜，說：「美女，我這破帽子放你包裏保管下，行不，我怕到時喝高了，把帽子弄丟了。」他還說這帽子是高爾夫球比賽獲得的獎品，還有一隻漂亮的水晶杯。娜娜想也沒想就將包拉開鏈子，讓他把帽子放進去了。當時，她想等飯局完了就把帽子還給他。沒想，結束時大家都迷迷糊糊了。娜娜忘記了，於是這個帽子就這麼糊裏糊塗帶回了家。

對於帽子的主人，娜娜與他是第一次見面，甚至叫不出名字。記得作東的人介紹過，好像是個某某公司老闆，怪只怪自己粗心沒記住名字。如果找得到，她一定會找上門去還給人家，但是偌大一座城，到哪去尋找這個男子呢。娜娜想，興許那男子會主動找回他的帽子。

娜娜取來包，看看，帽子還在。這頂帽子市面上很罕見，從做工精細和質料上看得出，一定是高爾夫球帽子裏的頂尖級品牌。娜娜不會打高爾夫球，對高爾夫球也沒任何興趣，這頂突然出現的帽子對她一點吸引力也沒有。她隨手惦一惦，帽子像鴻毛一樣輕。她嘴角動了下，竟露出笑容。

手機鬧鐘聲催了幾下，要上班了。娜娜恍惚著想起把帽子老放到自己包裏，肯定是不合適的，畢竟不能像自己的東西一樣心安理得。別人看到了，要是問她，你包裏怎麼有一頂男士帽子咧，是不是你老公的啊，怎麼解釋呢，那有多難堪呀。儘管沒人輕易會翻她的包，保不準萬一有人看到呢。特別是老唐，這帽子是千萬不能讓他發現的，如果他看到了，就是跳進湘江也洗不清了。她果斷地把帽子藏到化妝櫃後面，那地方老唐從不去的。化妝櫃後面那個墨黑的角落，是娜娜認為最安全的地方。

藏妥帽子，娜娜方才放心去上班。

到了辦公室，像往常一樣，對面的小胡早到了。小胡朝她笑笑，說：「娜娜姐，早。」打過招呼，她就埋頭做自己的事。不知怎麼，娜娜坐在辦公室心很浮，忐忑不安。她恍惚感到小胡的笑裏藏著毛茸茸的麥芒，那麥芒在自己也不知的地方亂闖，看不到，卻分明覺得自己心裏某個部位一緊一緊，很咯人。

娜娜和小胡是很好的朋友，無論誰有應酬都會把對方叫上，在局子上互相掩護。在辦公室裏，兩人談天說地談男人，甚至談最隱祕的地方，一點也沒含糊過。可是，由於這個帽子的出現，娜娜不開心了，她以為那天小胡叫她赴宴是另有目的，有拉皮條之嫌。說不定小胡和帽子的主人早就相識。她早就想捅開這層神祕的紙，還自己一個明白。她坐下來沒多久，抿了一口茶，終於問：「小胡，你認識他？」

「哪個他呀。」小胡如墜霧裏。

「你別裝糊塗，就是那個帽子的主人啊。」娜娜脫口而出。

「帽子的主人？」小胡一時還沒晃過神來。

「這麼說吧，上前天晚上你叫我一起去赴一個局子，坐在我旁邊的那個男子，你認得不？」娜娜覺得自己表達明白了。

「我不認得，是另外一個朋友的朋友。怎麼啦？」見娜娜突然說起這事，小胡心裏一緊，以為出什麼事了。這世界每天都在出事，說不準哪天身邊的人冷不丁就爆發一條大新聞。比如說某人雙規，某人跑窯子被抓，等等。

「哦，沒什麼。」娜娜喃喃地說。

聊了一陣，就各人忙碌各人的事了。

下班時，小胡問：「娜娜姐，你有什麼事瞞著我吧。」

「沒有的事。如有事，瞞別人也不會瞞你的啊。」娜娜笑著說。她知道小胡是個簡單直率的人，沒有彎彎腸子。娜娜嘴裏答著話，腳早踏入門外。她奇怪這一天上班怎麼變得這麼漫長，彷彿時間一寸一寸被拉長了，並且做事時有恍惚。

街上，暮靄到處瀰漫。車流人流就如春天裏猛漲的河水，一下子就把街道撐得很豐滿，甚至滯塞。娜娜見縫插針到菜市場隨便買了幾把蔬菜就擠回了家。她到家第一件事是先在三室一廳裏轉一圈，查看老唐回沒有，待至確準老唐還沒回，心裏就大大鬆了一口氣。然後，她伸手往化妝櫃後面摸索一陣，發現帽子還在，沒人動過的樣子。她才放心去廚房燒菜做飯。

飯菜燒好了，端在桌上熱氣騰騰，老唐卻沒回來。娜娜看下表，比平時早了十多分鐘。平時娜娜的飯菜拿捏很準時，現在全因這頂該死的帽子，把作息時間都搞亂套了。娜娜非常氣憤，無親無疏，沒清沒楚，憑什麼要替人保管這頂破帽子。我有這個義務嗎？即便是金子做的，也不關我屁事，見鬼去吧。她將帽子一把從化妝櫃後面拖出來，狠狠地甩到地上，不解恨抬起腳在帽子上面踩了幾腳。她穿的是拖鞋，儘管拖鞋很輕，但帽子上明顯地留下了拖鞋的印記。

發了一陣火，娜娜坐在沙發上，一邊又想，那人也不是故意的，當時只是怕喝多了酒，順便把帽子放進自己包裏，況且，自己當時也沒拒絕，憑什麼怪人家呢，如果你不願意，當時完全可以拒絕人家的啊。想到這，她又撿起這頂無辜的帽子，仔細端詳。這頂帽子雖然自己保管了這麼久，卻還從沒好好看過。

這是一款經典的軍旅風尚高爾夫球帽，迷彩面料，配以後幅網面，可以想像，打球的人戴了這帽子不但舒適酷爽，而且定然能盡情彰顯個性魅力。看著看著，娜娜彷彿看到了高爾夫球場上的生龍活虎，竟有點喜歡上了這款設計簡約的帽子。她把帽子戴到頭上試了一下，好像自己變成了男人，帥氣，精神。

正愣忡著，娜娜聽到門響，她知是老唐回來了，趕緊把帽子藏回原處。

老唐一進門，眼睛就螞蟥樣盯在她身上，不放，眼裏寫滿疑問。終於，他忍不住問：「娜娜，你神色不對啊，好像很慌張。」

「我又沒幹虧心事，慌張什麼啊。」娜娜口裏說著，心裏卻驚出一身汗來。

吃過飯，娜娜挽著老唐的手沿著瀏陽河堤散步。

娜娜住房到瀏陽河堤並不遠，平時，推開窗戶就看得到蜿蜒的瀏陽河像一條帶子，緊緊沾在城市的腰上，在高高矮矮的鋼筋混凝土築就的房子之間忽隱忽現。兩口子難得有這樣的清閒時光，他們走走停停，時而互相打趣，時而像放飛的鳥，盡情領略這自然的風景。

河風涼爽地吹拂著。一些城市裏的塵埃和氣味被吹走了。

娜娜走到一處地方駐足不前，她好奇地看著一塊碩大的招牌：高爾夫球俱樂部。這個高爾夫球場四周圍著柵欄，透過柵欄雖然看不到全貌，但分明看得到它的平坦和寬闊，還有綠油油的淺草。她心想，說不定帽子主人是在這裏打高爾夫球呢。可是，球場裏空無一人，只偶爾可見幾隻來不及收拾的白色棒球，東一隻西一隻，顯出幾分收場後的蕭索。

柵欄很長，像瀏陽河一樣長。走幾節柵欄娜娜就要踮腳向裏面眺望，目力所及的地方大致差不多，沒有什麼特別的地方。太簡單了。娜娜心裏就生起絲絲失落。高爾夫球場是有錢人來玩的地方，沒想設計這麼簡約。

逛了一程，橫現一條小巷子。臨街開著幾家店鋪專賣高爾夫球具服飾。娜娜拉著老唐的手，說：「我們去看看。」說著就往店裏走。

老唐有點不情願，說：「你又不打高爾夫球。那有什麼好看的。」

「不打高爾夫球，就看也看不得啦。」娜娜說著，腳已踏進店裏。

店裏陳列的全是高爾夫球具和服飾，櫃檯上和牆頭上都是。娜娜眼睛只往帽子類睃。逛了幾家店，都沒有發現迷彩帽。她忍不住問店家，有迷彩的那種帽子不？店家回答說這種迷彩帽現在缺貨，並且價格貴了很多，平時進了貨也稀少有人買。娜娜就想那傢伙的帽子是哪買的呢，這麼與眾不同。其實她對於那傢伙的容貌都模糊不清了。現在卻為了一頂帽子，引來這麼多煩惱。

本來已走了好遠，娜娜又返回店裏，她多了個心眼，在一家叫哥魯士的球具店隨便買了幾款帽子，雖然不是迷彩的，但也足可亂真。以後家裏就有多款高爾夫球帽了，如果老唐萬一發現那帽子，她就說是和這些一樣買了好玩的。就有個理由搪塞老唐了，老唐也不用犯疑了。其實娜娜瞭解老唐，老唐絕對不是那種小肚雞腸的男人，但是她知道一旦男人對某件事不信任了，女人在他心裏的位置就會大打折扣。很多的婚姻危機首先往往就是起自一件不起眼的小事。她一定要小心保護自己的婚姻，不讓老唐有半點的懷疑與不信任。

回到老唐身邊，老唐說：「娜娜，你買這麼多一點用處也沒有的帽子，別人集郵，你是不是別出心裁要集帽呀。」

「嘿嘿，純粹是好玩，沒別的。」娜娜掩飾說。

「想玩就玩吧。」老唐開心地說，「你是個怪人。」

看著老唐胸無城府的樣子，娜娜覺得自己對不起他。這樣一個很簡單的帽子，偷偷摸摸藏著掖著，她自信在老唐面前，從來沒這麼偷偷摸摸過。在路上，她多次想向老唐說清楚，說自己不該瞞著他藏匿一個帽子。她相信老唐也會理解。可是，她又想，萬一要是老唐不理解呢，本來沒事，說出來反而有事了。一個男人的帽子不放別人包裏，怎麼偏偏放你包裏咧，不是問題也是問題了啊。娜娜就怕此地無銀三百兩，越解釋越扯不清。

所以，既然瞞了就瞞到底吧。不讓老唐知道是最好的。

老唐當然不知娜娜心裏的小九九，只是感到娜娜近來有點古怪，並沒放在心上。

到了家，娜娜把迷彩帽取出來，與她剛買回來的帽子混淆一起。那些帽子全都攤開放在桌上，雖然顏色不一樣，但款式是一樣的。再也不用像做賊一樣偷偷摸摸藏了。娜娜反覆把玩。當她摸著迷彩帽的時候，覺得它就像一塊烙鐵，依舊咯手，並沒有因新買回來的帽子的加入而變得安心。心情反倒更加沉重。娜娜暗自落下淚來。老唐對娜娜這些帽子沒上心，沒絲毫興趣，只看自己的電視，還有打電腦遊戲。

看著老唐這種沒心沒肺的樣子，娜娜有點氣憤，她就煩，就大聲吼：「老唐，你還是我老公不？」

「當然是你老公啊，我不是你老公誰是你老公咧。」老唐驚愕地望著大聲質問自己的娜娜，不知是怎麼回事。

「那你怎麼一點也不在乎我。」娜娜委屈說。眼淚又在眼眶裏打轉。

「在乎你啊，不在乎你在乎誰。」老唐想娜娜這種無名火也許是經前狂躁症的體現，他屈著指頭算了下，應當接近邊界了。所以老唐對娜娜一點也沒計較，一心看電視新聞。

娜娜和老唐結婚十多年，從來沒紅過臉，這回是怎麼啦？這事怎麼能怪老唐呢，娜娜為自己的失態感受到自責。娜娜深深感到這個帽子已像一塊巨石沉沉地壓在心上。到底要怎麼樣才能把這塊巨石搬開呢。當初如果拒絕那人把帽子放自己包裹，就不至於這樣搬起石頭砸自己的腳了。

娜娜似乎走到了一個荒原之上，或者是鑽進了迷宮，找不到路徑了。畢竟誰也不想迷路的。怎麼辦？娜娜通宵未眠。

第二天上班，娜娜破天荒早到了。她把辦公室衛生搞了，甚至主動把小胡的辦公桌抹了。一挨小胡坐到凳子上，還沒打開電腦，娜娜迫不及待說：「小胡，真煩人啊。」

娜娜一臉的央求，希望小胡指點迷津。

小胡是個心直口快的女子，她說：「娜娜姐，大清早的，何出此言？我看你最近越來越憔悴了，遇到什麼難處了啊。」

「你是始作俑者。」

「我？怎麼扯上我了呢！」小胡一頭霧水。

「就是那個帽子，如果你不叫我去吃飯，那個人就不會把帽子放我包裹，也就不會生出那麼多煩惱。」娜娜不無抱怨說。

「不就一個帽子，哪來這麼多煩惱呢，你別鑽牛角尖呀。」小胡輕描淡寫地說。

「那我把帽子交你保管得啦，你試下就知了。」娜娜說著事無鉅細地講起這個帽子帶來的煩惱，起初擔心這個帽子被老公看見被誤會，幾天過去，現在這個帽子已變得非常刺眼，一看到就煩，簡直要悶出病來了。

小胡同情地望著娜娜，說：「那現在怎麼辦呢？」

「只有找到那帽子主人，把帽子還給他。」

「我又不認識他，到哪去找？」

「你朋友認識啊。」

小胡敵不過她的糾纏，就打朋友電話查問。幾經周折，終於瞭解到一些那個人的情況，那人姓石，是一家文化公司老總。小胡直接把電話打到石總手機上，打了兩次都不接，這個石總看來真牛皮，陌生電話不接。小胡執拗地打，你牛屄去吧，把你的手機打爆，看你接不接。後來，電話響起了一個很低沉的聲音，小胡趕緊把電話交給娜娜。娜娜開門見山說：「石總，你什麼時候把帽子取走啊。」

「帽子，什麼帽子？」顯然，石總已忘記帽子這回事了。

娜娜像對小學生講課一樣解釋了半天，石總才記起某天吃飯，的確是把一個帽子塞在一個女子包裏，但他真的不知這女子姓甚名誰。他在電話裏對自己這種冒昧表示抱歉，並哈哈大笑，不就一個帽子麼，你看著煩，當垃圾丟掉就是啊。娜娜卻堅持把帽子還給他。石總說，那好吧，晚上六點我請你到魚嘴巴吃飯，順便把帽子還給我。

娜娜噓了一口氣。

魚嘴巴在桂花公園東門斜對面一條小巷子裏，是個很有特色的百年老店。娜娜和老唐談戀愛時沒少去。娜娜想著很快就可以把心裏的那塊巨石搬掉，心裏有點興奮。她不時看時間，將手頭重要不重要的事全擱一邊，盼著下班。她的心思就像一隻不諳世事的小鳥，在桂花公園門口的店鋪和街面，撲撲亂飛。

娜娜早早趕到了魚嘴巴，看看時間，還沒到六點。她找個地方坐下，服務員沏上了茶。坐了一會，她覺得這麼枯等不好意思，作東的人沒到，做客的反倒先來了。她就起身先到桂花公園隨便逛一逛。

六點整，應當差不多了。娜娜重新走進魚嘴巴。她竟然一眼發現老唐端坐在靠窗的一張桌子旁，抽煙，看來像是在等人。見到娜娜，老唐很驚訝，說，娜娜，你怎麼來了？

娜娜有點窘迫，她第一眼看到老唐本想退出去，到外面堵上石總換個地方吃飯，免得老唐生起誤會，沒想老唐先打招呼了。娜娜只好尷尬地說：「我來赴個飯局。」

「什麼人請你啊，如果人不多，就拼到一起吃算了啊。」老唐說。

「不了，我們有點事要談，拼一起人多，不方便。」娜娜硬著頭皮找了一張遠離老唐的桌子坐下，等石總。

魚嘴巴，客人陸陸續續進來，紛紛在找座位。有的開始點菜，娜娜看了看老唐那邊，老唐還是一個人，客人也沒到。娜娜開始有點心焦，這個石總，怎麼回事，像個女人一樣拖拉。正忖度著，手機來了訊息，是石總的，他說很抱歉，單位臨時有事要去廣州出一趟差，飯局取消，只好再約。一聽，娜娜心就涼了。真煩，怎麼辦呢，剛才老唐說拼一桌，遭自己拒絕了，現在是坐到老唐身邊去，還是怎麼搞呢。猶豫一會，娜娜起身走到老唐身邊，老唐那桌還是空的，大概是人在路上，她對老唐說：「老唐，你們吃，我們作東的臨時換地方了。」

娜娜沒想到自己會說謊話，編得還蠻順口。

「好啊，早點回啊。」老唐說。

娜娜是從魚嘴巴裏逃出來的，邊走邊掉下淚來，她自己問自己，這到底是怎麼回事呢，這個他媽的破帽子竟把自己逼到這般田地。

不知不覺，娜娜邁進了桂花公園。桂花還沒到開放的季節，只聞得到到處瀰漫的桂花樹香。公園裏一些老人稀稀落落地在打太極，遠處還有一些老嫗在跳舞。這時候，娜娜覺得自己無比孤單，落寞。公園裏那些大紅燈籠在風裏搖曳，彷彿是在取笑娜娜不可告人的心思。娜娜真想找個沒人的地方，大聲哭出聲來。不哭出來，會憋死的。

世間本無事，庸人自擾之。

娜娜自己也不知在桂花公園走走停停，不知逗留了多久。第二天上班時只覺頭暈腦漲，沒精打采。小胡見她樣子，問她：「娜娜姐，昨晚和石總約會了啊。」

「沒咧。」娜娜如實答。

「沒？打死我也不信。」照小胡想，平時一有應酬的局子，一般是兩人一路，沒掉過夥。沒有，你們怎麼要迴避我呢，吃個飯，犯得著這麼躲躲藏藏？小胡覺得娜娜變了，變得不可思議。

娜娜又不是傻子，她當然讀到了小胡眼裏寫滿的疑惑。但她怎麼解釋得清呢。她只好委屈地懇求說：「你不要用第三隻眼看我，你難道還不瞭解我麼，一個辦公室十來年了。」

小胡言詞閃爍：「娜娜姐，如今語境發生變化，沒人在乎約會不約會啦。」

偌大一幢辦公樓，在走廊上碰到熟人，娜娜感到好像招呼聲裏也藏匿著譏笑。有時甚至看到他們在背後指指點點。

娜娜受不了了，她打石總電話，石總還是原來意思，一頂帽子是屁大個事，你別老打電話煩人，丟了算了。娜娜自己也搞不清，帽子主人都沒當回事，為什麼自己卻這麼認真呢。

同時，娜娜發現老唐似乎近來也變了，常常不按時回家吃飯，有時甚至很晚才回家，問他還不耐煩，有時甚至乾脆不理她。娜娜問急了，老唐就說：「難道只許州官放火，不許百姓點燈？」

「鼓不打不響，你把話挑明啊，你是麼意思？」娜娜急了。

「那我問你，那次在魚嘴巴，你是不是在約會？」老唐說。

一直，娜娜以為老唐很海，不是斤斤計較的那種人。現在，老唐竟也問出這種話來，娜娜很傷心。她說：「我沒約會，你要相信我。」

「那是怎麼回事呢？」老唐咄咄逼人。

「我……我……」娜娜怎麼答呢。是解釋迷彩帽帶來的煩擾還是怎麼的呢。

說完娜娜衝進房裏，關上門好一頓豪哭。老唐不明就裏，慌了手腳，在門外把門擂得鼓一樣響。娜娜就是不理，她只感到自己好委屈好傷心。哭了一陣，老唐睡去了。娜娜拉開門走到頂樓上，她說，去死吧，她把迷彩帽隨手一揚，讓它隨著一陣颶風不知飛到那個犄角旮旯去。她忽然覺得輕鬆很多了。

濛濛夜色下，迷彩帽就像一隻生著翅膀的鳥，款款飄飛……

# 擺渡者

河面並不寬闊，也就十來丈。過渡人在船頭或站或坐，胡老爹在船尾搖著槳，把這烏篷船像梭子一樣送到對岸去，再把對岸的接過來。胡老爹是個駝背，這時候看他，單瘦的身子更像一張弓。一對鸕鷀雕塑一樣陪在他左右。他一生的時光就如清湯寡水，全都這樣打發在河流的此岸和彼岸，在這十來丈寬的水面上。

我在渡口附近的一個村子裏開診所，沒事就喜歡坐在路邊的石級上看胡老爹擺渡。胡老爹即便不擺渡，在船上靜候蟬唱鳥鳴的樣子，便也有一種滋味，讓人看不厭。我把一顆顆小石子往河裏投擲，看對面山崖的峭壁，看山腳下沒入林間的小路。

油溪河上的這個渡口在群山之中，來往的人不多，是個小渡口，荒僻，冷清。附近雖有公路，但都圍繞山轉，沒到山裏來。一旦你走到這條路，要去對岸，沒有渡船還真不行，除非你能像鴨一樣泅渡。村子窮，沒錢修橋，靠每家每戶每年征十斤稻穀供養這只渡船。每回村長問胡老爹，十斤稻穀夠不夠，不夠就再添加十斤稻穀。胡老爹笑著說，十斤夠了，足夠了，消受不完呢。

油溪河是資水在河東山的一條古老的支流，自白溪匯入資水，沿途灘險水急，像唱著山歌從陡峭山脈中走出來的風流大士。油溪河水到渡口這裏，形成了一個緩流地帶，水和草的顏色天然一致，站在兩岸看這河流，似乎靜止，就像一棵老去的樹，橫陳在兩岸之間，生滿綠苔。

在診所裏，從沒有過的清閒使我有些無聊。站到走廊上，伸了伸懶腰，面向晴朗的天空，連連打著哈欠。深遠蔚藍的天穹只流動著些細碎的如棉絮似的浮雲，清爽，悠遠。

我突然想去渡口，想到胡老爹渡船上去。

或許，此刻天幕倒映在清澈見底的油溪河水裏，微風正戲弄著河水，泛起一陣陣湧動的漣漪，漣漪無窮無盡，渺無邊際，使人無可揣測，但撞上岸邊岩石，卻每每拍打出清脆的迴響，宛如跳躍出一段節奏整齊而粗獷的音符，韻律悠悠長長，催人回味和咀嚼。烏篷船浮在水上，胡老爹坐在船頭，他嘴裏含著旱煙桿，身前支著幾根魚釣。烏篷船輕得如一片落葉，悠悠地搖，緩緩地蕩。

幾年前，我從一所醫科學校畢業，裹著鋪蓋躊躇滿志地來到油溪河畔，想創辦診所。這深山荒無診所，也許適合我。

我人生地不熟，無依無靠，接觸的第一個人竟是艄公胡老爹。

山與山之間霧嶂茫茫，只能看到腳下幾步路的石級，以及石級兩邊的雜草和灌木。看不到遠方，不知山有多高，路有多長。當藍藍的油溪河突然橫在我面前的時候，我茫然不知所措。我把眼睛投向對岸，岸除了霧，還是霧，灰濛濛的，目力頂多只能及至河中央。猶豫一陣，我把手窩成一個喇叭筒，放在嘴上，高喊：「喂！有人麼？」

我相信求助的聲音穿透霧靄貼著河面可以送到對岸去，或附近的山裏。吆喝幾聲，沒人回應。看來，這是走到一條盲路了。正準備往回返。我模糊地聽到「欸乃」聲自對岸從容地竄過來，伴著河水的滋滋聲。我駐足往發聲處張望。不久，一條烏篷船打霧裏鑽了出來。胡老爹頭戴一頂破舊草帽，貓腰站在船尾搖櫓。

一條擺渡的船！

在這麼荒寂的河流上，竟有這樣一條船，對行人來說，真的是莫大的希望。我高興地直招手。

「小哥，對不住，耳背沒聽到。」胡老爹聲如洪鐘。大概是他生怕人家聽不到他的話，著意加大了聲說。

我跳到船上，船左右搖擺得厲害。我從沒坐過這麼小的船，看陣式以為船要翻，有些慌亂。

「沒事的，你只管好生坐穩咯！」胡老爹撐竿掌穩船，掉頭往河心馳去。

我安穩地坐在烏篷船裏，定住了神，腦子裏盡擠滿對未來的打算，因此，我熱情而和藹地與他拉扯。他得知我是郎中，想到河東山裏辦一個診所，他第一個表示支持和歡迎。河東山裏的郎中稀少得就像晨天的星星，比河沙裏的金子還要珍貴難尋。

河水「咕嚕咕嚕」從船底淌過，胡老爹的聲音伴著水流沉沉響起。有一年冬天，紛紛揚揚的大雪覆蓋著原野，寒風凜冽，胡老爹把下半身裹在被窩裏，上半身依在船篷上。身邊擺一瓶二鍋頭，炒幾條乾泥鰍，正津津有味地品嘗。冷不防一個壯漢懷抱兩三歲的小孩，後邊跟著一個面容憔悴的婦女，「呼哧呼哧」地跳上船，沒來得及抹一抹暴淌的汗珠，就急急地喊：「胡老爹，救救孩子。」然後，「哇」的一聲雙雙哭開了。嗜酒如命的胡老爹跳將起來，邊撐船邊問：「麼子事？」原來，那壯漢夫婦的孩子上吐下瀉，兩目上翻，面色蒼白，只剩一絲遊氣，必須趕快送區醫院搶救。可是，船還沒過河心孩子便斷氣了。壯漢夫婦在空曠的原野上悲痛地哭號，回答他們的只有同樣悲涼的莽莽雪山的回聲。胡老爹竟像女人一樣老淚縱橫，歎息不已。

不知不覺，船已經靠岸。胡老爹眼睛久久地盯著我：「小夥子，你會喝酒麼？」從他眼神裏，我知道他希望怎樣的答覆，於是我說：「我是一個酒鬼。」

「哈！意氣相投，為了我們初次相識，你同我來乾上一杯？」胡老爹一本正經。

「我們想到一塊了。」

胡老爹有意無意地使船離開岸邊，任它在水面上浮，但又不使船離開渡口太遠，也許是他生怕有人喊過渡罷。他作古正經從船艙裏取出幾碟炒花生，熟黃豆子，南瓜子，擺兩只酒杯，斟滿酒，遞一隻給我，說：「來，莫講客氣，客氣就是看不起我老頭子。」

幾杯酒下肚，他的話多起來。他把身子移到我旁邊，親暱地用手輕輕扳著我肩膀，他嘴裏噴出濃交。」

濃酒氣。我隨他撫摸著。我記得，只有我遠去求學時，父親為我送行，才看到過一次相似的滿懷關注的表情。我覺得他的血流注我的軀體，鼓動著我，振奮著我。他坦誠而又直率地說：「你是我暮年至交。」

他似乎很得意。

他滔滔不絕地說個不止。他讀過幾年私塾，做過長工，當過縴夫，但更多的日子是與這渡船日夜廝守。我問他這麼大一把年紀了還守渡船。他生氣地說：「別人想守還守不上哩。」

他停了許久。我不知道我哪些方面得罪了他，也許是我不應該多嘴，惹他生氣。等我心裏溢滿內疚和深深的懺悔時，他卻又很快毫不在意地說開了去。

村長幾次想換下他，說他年紀老了，並且有病，再也不宜這麼日夜廝守渡船，可是，他總是噴著酒氣，帶著火粗暴地說：「我撐船時你還沒生下來呢，配這麼教訓我麼？配這麼趕走我麼？」

胡老爹兩個崽在肥料緊缺時給村長開過許多後門。村長把他兩個崽叫回來。他大崽是某部副師長，細崽是縣上祕書，兩個崽都支持村長勸說他索性捨卻這破破爛爛的烏篷船，隨便他喜歡跟哪個到城市安享晚年。胡老爹橫豎不答應。大崽曾經跟他擺過渡，曉得他一時三刻也離不開酒和船，也就隨他。細崽不知底細，大學出來就分在縣上，企圖強逼他就範，反被他噴了一臉痰沫。

說著說著，他笑了，他笑他的兩個兒子，他笑那好心的村長。我也附和他莫明其妙地笑起來。

一個星期後，我去看他。天陰沉沉的，像要下雨，但又沒下。打霜時的秋風像刀子一樣，在微微地遊動。有時偶爾從油溪河兩岸的山上飛下一兩隻覓食的烏鴉，在渡口上空笨拙地掠過，「哇哇」地叫幾聲，平白多添幾分幽靜和抑鬱。

診所辦起來了，很難打開局面，看病的人寥寥無幾。也許是這地方還不知我這裏辦了一個診所；也許是人家看我年輕沒經事，不信任。我很焦躁，甚至懷疑自己的想法是否有些不切實際，是否過分地估計和相信自己。我隱隱感到面前有一條看不見的河流，也需要擺渡者的。

我真想把我的所有折成一隻船，渡我到我想要的目的地。不管怎樣，胡老爹是信任我的，他那裏有悶酒喝呢。

道路兩旁的白楊樹葉落了個精光，枯瘦的枝椏勉強地微微扭動，好像已到了油盡燈殘的境地。可憐可敬的白楊樹彷彿並不甘心歲月、時間帶來的衰老，脊樑骨頑強地伸得蠻有些幹勁。

我看見烏篷船了。

我像見到久別的親人一樣，心裏忽然溫暖和充實了許多，幾天來的冷遇和愁悶慫恿著淚珠在眼眶裏打轉轉。

烏篷船在岸邊，搖了又搖，擺了又擺。槳耷拉在舷邊，不見胡老爹蹤影，胡老爹哪去了呢？莫非又獨自背著魚簍在濕田裏捉泥鰍去了，據說他捉泥鰍在這一帶還蠻有些名氣呢，他說泥鰍在水田裏逃跑時會在水上鼓起相應的一線泡星，根據這泡星他能準確地判斷出泥鰍逃走的部位和方向。我曾懇切地向他請求，希望他能帶我去捉泥鰍，他滿口答應。可惜，兩年多了，我一次也沒有去成。

我跳上船頭，竟一眼瞧見胡老爹斜靠在船篷上，我親切地叫了聲「胡老爹」，但不見回答，他面前還有半杯二鍋頭，碗裏新鮮泥鰍還冒著熱氣。他睡著了罷，我想。他閉著雙眼，四肢隨隨便便擱著，很安詳呢。

我終究不放心，不自主地把手搭上他的脈搏，脈細弱而時有竭止，我急忙把耳朵緊貼在他心臟，心音亢進時而遙遠。我好像預感到即將發生的恐怖。我的心怦怦地跳，彷彿要從喉嚨裏蹦出來一般。

但我卻又暗自慶倖，來得尚是時候。在鄉下，醫生出門一般都帶出診箱，以免遇到病人時手忙腳亂。經過緊急搶救，胡老爹終於悠悠醒轉，眼睛無力盯著我，他嘶啞地說：「是你麼？」

「是我。」我歎了口氣。

「難為你。」他掙扎著要爬起來，我輕輕扶住他。

「今天真算是幸運呢，胡老爹。」我的聲音很輕。

「是麼？」

「是的。」

「我們還喝一會酒罷。」胡老爹端起酒杯，他似乎恢復如初了。

鸕鷀在船邊不遠處起落，戲水，不時有那綫子魚叼在嘴裏。

涼爽的秋風把手搭在烏篷船上，撫摸著它，輕搖著它。太陽從沉重的雲層中越出，但已經扯起一層淡淡的暮靄，儘管淡遠的晚霞還流連在烏篷船頂，說不定，在什麼時候，它會悄悄地消隱在船艙裏，隱沒在兩岸的岩縫間，躲進叢叢的樹蓬裏。我產生了一種莫名的悲涼，這悲涼像一堵黑沉沉的牆壁越升越高。

胡老爹把那被河風吹成的紫銅色臉龐伸出船舷，倒映水中，遲鈍的眼光望著自己，喃喃地計數臉上究竟又多了幾條皺紋，似乎在希望什麼，但又並不指望得到什麼報效。

「胡老爹，您再也不能喝酒了。」我本不忍戳他老人家唯一的興趣和嗜好，我心裏明白，他已患高血壓心臟病。能行氣活血被酒家們讚頌一千遍，一萬遍的酒，已經變成死亡之神的魔杖，任意鞭打著威脅著他。

胡老爹渾身哆嗦一下，他也許料到我會有這樣的語調，猛地把頭抽回，臉上充滿戀戀不捨而又無可奈何的神情。他啞著嗓子哆嗦說：「我再也不能喝酒了麼？」

「沒錯。」我望著他那張峭壁一樣的臉，難過地閉上眼睛。

「好吧，我聽你的。」他把那半杯二鍋頭拋入河心。河心「沽沽」地竄起層層泡沫，那泡沫就像被扼殺的生靈，使目睹的人們無限悵惘和驚恐。

「死，我不怕，只可惜這渡船終究會沒有我。」胡老爹撫摸著船舷，傷感地歎口氣，顯得疲倦不堪。

「沒酒喝，渡船終歸是寂苦的。」

「是麼？」我不曉得為何明知故問。

「我住到船上給您做伴罷，我不幹他娘的郎中了。」我盡揀天下的傻話說。

「那算什麼東西，東三西四，活著還有什麼滋味？」他臉色很莊重和嚴肅，「好柴燒火不冒煙，我當你胸中還湧動著一股豪氣呢！」

我的臉倏地緋紅了，火燒火燒的。無言以對。

「沒想到，你還成了我的救命恩人啦。」胡老爹又感歎。

從這以後，凡是坐胡老爹渡船出去看病的，胡老爹就往我這裏拉，別人不信，他就自己現身說法，告訴他們，我是他的救命恩人。

我的診所漸漸興旺起來。

一天深夜，下大雨。我看了一會書，就睡了，睡得迷迷糊糊的。我聽到急促的敲門聲，雷急。好像是胡老爹在叫。我一開門，胡老爹戴著斗篷蓑衣閃進了屋，他後面跟著一群人，其中一個男人背著一個婦女，看來是兩口子吵架，婦女一氣喝了鼠藥。族上人說坐渡船趕快送醫院。胡老爹說怎麼捨近求遠呢，放著村裏的診所不去。族人說沒見過他的醫術，人命關天，他行不囉。胡老爹說準行，深更半夜送醫院，路途這麼遠，折騰一陣人就沒治啦。

胡老爹對我說：「快救命！」

我趕緊對症施治，催吐，輸液，排毒解毒。服毒病人轉危為安。

族上人說，看不出啊，小哥。

「那還用說，大學畢業，一肚子的書呢，見過大世面的人呢。」胡老爹驕傲地說。

當地人開始相信我的醫術，一傳十，十傳百，把我傳得像神仙一樣。我的診所忙不贏了。我知道，這全是胡老爹功勞。

可是，第二天，油溪河漲大水，把胡老爹渡船推得不知去向。幾天後，胡老爹在下游找回渡船，但渡船被沖成破破爛爛，不進行大修是不能用了。儘管胡老爹很傷心，但他逢人就說：「救了人，值。」

胡老爹到我診所玩過幾次。

圍著我的桌子看病的人，大都是老相識，一見面就毫不拘束地談笑。

「胡老爹，聽說您山歌唱得蠻在行，現在還唱不？」

「當然唱唄，他老婆還是唱山歌對攏來的哩。」

「可惜，他老婆又逃走了，拋下他和兩個穿褲衩的孩子。」

我沒有見過胡老爹婆娘，聽當地人說她生得乖態是乖態，但就是沒良心。後來有人在城邊的一個村落裏見到過她，依舊還是乖態，問她想胡老爹不，她一點沒猶豫就搖頭說，想他是個豬，他婆娘是渡船。

「臭婆娘，臭婊子婆。」人們一陣痛罵，有的後悔當初沒幫胡老爹揪住她揍一頓，有的埋怨胡老爹戀了渡船，冷落了婆娘……

胡老爹並不後悔，這婆娘註定不是你的，你強求也沒用。還不如成全她。怨憤和歎息在屋子裏飄來蕩去，壓抑著打抱不平的人們。這時，胡老爹便說：「給大夥唱一曲資水灘歌罷。」

婉轉、粗獷、質樸、親切的歌聲便響起來，人們安靜下來了。有的人也跟著輕輕地哼，淒涼處，胡老爹還一個苦笑，吞一口酸澀的苦水……

幾年過去了，我的診所就像生根一樣深深紮在渡口附近的山地裏，已成一種風景。胡老爹的往事總在我眼前晃蕩，胡老爹唱過的資水灘歌還在悠悠地搖，輕輕地蕩。我彷彿看到資水執著地流滾，油溪河執著地流滾，時不時拍起澎湃的波浪。

注：《擺渡者》發表於《安徽文學》二〇一一年第一期

# 豬之歌

# 一

我喜歡我家的豬婆。

我家的豬婆是世界上最好的豬婆。

無論是上學出門還是放學回家進門，我都要去豬欄邊流連一會，瞧過了心裏才踏實。有空的時候，我就長久地趴在松樹做的豬欄杆上，友愛地看著我家的那豬婆，想著它窩居在那窄小的地方不見天日，有些憐憫，於是，我常常擅自做主把它放了出去。

一到外面草地上，呼吸著新鮮空氣，我明顯地感覺到它的欣喜振奮，它不停地高揚著頭，嗅鼻子豎耳朵，表示出它對野外大自然的喜愛。它開始在草地上兜圈子小跑，它那由於生崽崽下墜的腹部，還有一隻隻飽滿拖地的乳房像葡萄串一樣，左右振盪，甚至我彷彿還能聽到乳水由於振盪發出來的聲音。

在我的記憶之中，我家的豬婆幾乎沒有生過病，很少有用藥的時候。隨便吃點什麼樣的東西總能好好地長膘。生了幾回崽崽，它的肚子垂得更低，膘也有些退了，顯現出了老態。我弄一些牽牛花套在它的雙耳上，它就像一個待嫁的花姑娘，扭著秧歌，逗我發笑。

每當這時，我爹敞開赤膊搖著一把趕蚊蠅的破蒲扇就來扇我臉，一邊責備說：「崽啊，你好大膽子，怎麼把豬婆放出來了。」

「我看它老關在欄裏，也是可憐的，放出來兜一會風。」我說。

我爹便少不了罵我不省事。為此，還裝腔作勢講了一通大道理。說我們梅山這地方豬是由野豬馴化而來的，青面獠牙的野豬要想服服貼貼，就只有靠欄把它關著，關在欄裏，即便它有天大的本事也是枉然，不得不馴服。現在，你將它放出去，跑野了，它還會老老實實給我們家生崽崽麼，你還會有書讀麼？

把豬婆放出去我就沒書讀，我嚇了一跳。

我始終想不清，豬是豬，野豬是野豬，野豬怎麼會跑到我家豬欄裏來呢。

二

在山地，有這樣一個說法，人生也像年一樣有四季。年一旦步入冬季，就終了。人也一樣，進入冬季，就老了。

我爹與我媽結婚後，走過了春，走過了夏，入了秋，我媽才破身生了我這個「秋光滿崽」。生我那天，我爹歡喜地對我媽說：「這回像家了。」

聽說「秋光滿崽」都聰明。我也毫不例外在學業上一步一個腳印，初中畢業那年還獲得了全國數學奧林匹克獎，又一次印證了這個偉大的說法。

由此，我們那一方的山地人產生了一個預感，憨佬家要出狀元了。以至於看見我爹就由衷地生出敬意，說些套近乎的話。我爹卻不以為然地說：「哪裏，泥腿子一隻，能上個大學跳個農門就不錯了，還出狀元？隔著一大截呢。」

但我相信我爹那時候的平淡是表面的，是裝出來的，他把一些可以張揚的東西都壓縮到了內心的深處，這是需要能力和智慧的。所以對我爹處事的謙遜低調，我佩服得五體投地。

也許是我爹怕張揚，他考慮負面的東西太多，萬一張揚了，憨佬家看好的秋光滿崽結果卻沒考中狀元，讀了十幾年書又灰溜溜地回來種地擔牛屎糞了，那不是天大的遭人恥笑的事？世事難料啊。

我突然明白了生活中的這些局促。

我學習愈加用功了。

與知識一同成長的還有我的身體。初中畢業那年，我進行了一次體格檢查，那時，我才明確知道我身高一米七了，像個大男人了。

利用星期天，我回家與爹媽一起搶挖紅薯。在山地，過去紅薯是人的主食，現在已成了豬的主食了。

用紅薯拌青草餵出來的豬婆雖然瘦瘦藤藤，卻是蠻會生崽崽，一下就是十來個，黑不溜秋的，滾壯，滿地打滾。我家豬婆每年能下兩窩崽。這下的哪是豬崽，活活的是下錢呢，全家歡喜得不得了。一想到這裏，我在地裏挖紅薯時渾身都是力氣。

我媽在前面刈割紅薯藤，我和爹就在後面追著挖。

我挖的紅薯多半是挖爛了的，就非常納罕，是什麼原因呢，力氣是不消懷疑的，這時候，我已能夠挑我爹一樣重的東西了，只不過，爹不允許我這樣挑，說是小孩子的腰沒長結實，耐不住壓。聽了這話我有點不舒服，因為我認為我已經能當男人使了。

最後我把這問題的癥結歸放在方向感上。這方向啊，真難琢磨。

紅薯生在地內，又看不到，有時以為那是空隙不會有紅薯，下鋤才發現那紅薯竟偏生在那裏，一串串的，互相糾纏一團。挖破紅薯時的那一聲脆響，響得我好難過。彷彿對不住爹媽似的，他們辛辛苦苦栽種施肥，卻被我糟蹋了。

破了皮的紅薯不耐收藏，幾天就壞了。

我爹知道我難過，說挖紅薯像念書一般，也是有竅門的。我就停下來瞧他挖，他鋤頭一起一落不慌不忙，長長圓圓的紅薯在他身後丟成了一長溜，竟然沒有一個是破了皮的，不能不令我心生嘆服。我爹直起腰看看我，嘴張了幾回沒說出話來，只說：「這活兒說不清，靠悟。」

我爹還說，我家那個豬婆每年生兩窩崽，就是我每年兩期的學雜費。在我爹眼裏，錢的來路去向素來都是一個蘿蔔一個坑。

我鼻子有些發酸。

因為，我家那個豬婆挺爭氣，我爹不怕累幾乎把所有的地都種上了紅薯，就連山邊邊的茅草荒坡也尋著翻過來種紅薯。並不惜力氣剁草皮燒山灰，改良土壤，十數里外的村莊都能瞧見荒煙在那山坡上飄舞。不出幾年，那荒坡就被我爹整理成了一塊肥沃的好地，紅薯滾滾。每年，擇過的紅薯都貯存有好幾窖，有時，我家的地窖裝不下了，我爹就去屋後背風的土埂上掘一個洞，也能貯藏十幾擔。

我家豬婆常常吃不完，到了來年春上，窖裏的紅薯生出一些嫩嫩的藤芽，甚至伸展出地窖。

## 三

我從沒看到過母豬生崽，但我家的豬婆下崽時我還是看過一回。

那一回，我放學回家，在飯桌上與爹媽一起吃飯。我媽就對我爹說：「老傢伙，看來，我家的豬婆要下了。」

「不會這麼快吧。」我爹漫不經心隨口答道。

「剛才我去餵潲的時候，發現它在捋稻草，我算了一下日期，大概也差不多了。」我媽說。

吃過飯沒多久，我媽又去豬欄邊守候，後來只聽她在那裏大聲喊道：「老傢伙，快來，快點子來哦，要下了。」

「下了，好啊，你侍候就成了啊。」我爹當時手頭正忙活砌煙葉。

「還是你來，一見到血，我就頭發脹發暈。」我媽說。

我跟在我爹背後走進豬欄。豬欄裏已經充滿了血腥味。母豬躺在鋪了稻草的豬欄裏，很安靜，屁股後面的崽崽像擠枇杷一樣，從母豬體內湧出。我爹蹲在那裏，用破棉絮不斷地擦拭豬崽身上的羊水。

我媽對我說：「你來做什麼，這個不是你小孩子看的，看了會得白頭的。快走開。」

我挨到一邊，目光柔和地看著母豬。

母豬疲乏地看著它新生的崽崽。那些崽崽也不知眼睛開了沒有，沒受過任何教育竟然會知道往母豬的奶房邊拱，步履踉蹌。豬婆就用前腿輕輕地把它們盤攏到身邊，讓它們感受到它身上傳導過來的溫暖。

看著母豬和那些學步的豬崽，我心情特別的愉悅。

「崽啊，你去把這個懸掛到路邊的苦楝樹上去。」我爹把一個稻草捆交給我說。

「這是什麼啊。」我疑惑地望著我爹。

「不要問，掛到樹上就走，不要回頭。」我爹好像有些不耐煩。

稻草捆有點沉，壓手。村人都羨慕地望著我手上的稻草捆，議論說憨佬好福氣，肯定是又犯了豬崽了，也不知他走的是啥豬屎運。我一路納悶，這些村人怎麼就知道我家的豬婆生了崽崽呢。

及至到了苦楝樹下，我望著不遠處歡暢流淌的小溪水，不敢望那粗糙的樹身，我踮起腳尖就將稻草捆掛在苦楝樹枝丫上，抽身就走，果真不敢回頭，生怕看到什麼不該看到的東西。

對於這件事，我一直不敢問我爹媽。後來才斷斷續續從村人口中知道，那稻草捆裹裹著的東西就是我家豬婆的包衣。

## 四

我和我爹多次去白溪集市場上賣過豬崽。

白溪自古就是一個老鎮，泊在資水邊，水陸交通便利，是我們那一方山地上最豪華的地方，玩的吃的用的東西各式各樣都有，所以年少的我也喜歡跟爹去白溪。說不定我爹什麼時候興致來了，會給我買一根油條或一個糖包子什麼的，這對我這個窮家孩子來說，簡直是一件奢侈的事。

那一天下午，我在離我家不遠處一個池塘釣蝦，是我最來勁的時候。我們那地方舉著竿子釣魚釣蛤蟆的人大有人在，釣蝦的卻是沒有，我在釣蝦這一領域算是拓荒者。我對世界上所有的事物永遠都充滿好奇之心，別人在做的我也想去嘗試。我學著人家的樣子坐在塘邊釣魚，人家的竿子長，我的竿子短小，但我敢肯定我那釣魚的樣式絕對中規中矩。池塘裏的水不清澈也不渾濁，生長著許多的絲草。我用的是一根小竹枝，小竹枝頂端懸一根母親紮襪底的線，線上綁一隻煨得半熟的螞蚱，螞蚱沉入水裏。但我不知半熟的螞蚱香味能否在水裏洇開，讓魚聞之而至。我就這麼擔心地坐在池塘邊，眼看著人家釣上的魚一尾尾提出水面，心裏好生的羨慕。可是我的竿子一點動靜也沒有。我耐不住拖出螞蚱查看究竟，這一下讓我驚得發狂。三隻蝦子同時吸附在螞蚱屍身上，癡癡的像是醉過去了。我小心地把它們取下來放進桶裏。

我非常喜歡蝦子的癡態。

釣不到魚我就釣蝦罷，我想。

正滋滋有味釣著，我爹來了。他像蝦一樣弓著背，先是瞧了一下桶裏的蝦子，粗糙的手在桶裏捋著，然後微笑說：「明天與我去白溪賣豬崽，去不去啊？」

「好的。」我答應道。爹的到來，開始讓我很緊張。怕他責備我不做正事。

「要起早床鋪的呢，你做得到麼。」我爹提醒說。

「不要緊。」白溪是我想要去的地方，再苦再累我也不怕。何況賣豬崽還關係到我下期的學費。每期我都看到許多的學生家長愁著臉子來學校找老師賒欠學費，好話說盡，往往還不遂人意，卑微地令我想起我爹我自己。我不想做這樣的人，大概我爹也不想做這樣的人。

第二天早晨，天上一點毛毛光也沒有，就隱約的聽見我母親的咳嗽聲，她起床了。

她比我們起得更早，她要為我們父子還有那些她精心餵著的豬崽準備早餐。我家沒有鐘錶之類的計時器，母親對時間的拿捏把握就純粹靠平時的習慣，當然還有雞的叫聲。接著，我聽到我爹的嗔責：「你起這麼早做什麼啊。」

「趁太陽沒出來，涼快些，免得你父子倆挑著豬崽走路中暑。」母親說。「在路上要注意呢，別讓擔子壓著了滿崽，他還小呢，造孽呢。」

「知道了。」我爹渾聲回答。

由我家到白溪，擇直走小路，大約有十多里地。如果乘公共汽車至少也有三十來里。我想搭車，我爹想走路，最後當然我還是聽爹的。

我和我爹每人挑著四隻豬崽上路的時候，道路還很模糊，不見一個人影。有那夜鳥的叫聲從山腰上傳來。我爹怕我怕，挑著兩個簍子走在前面開路，還說他從小就跟著老輩的人在這道上走，熟悉道路。簍子裏的豬崽不停地哼哼唧唧叫喚。我爹簍子裏的豬崽比我簍子裏的大，叫聲也就大些。我爹的背本來就像蝦米，這回肩膀上壓著這麼沉的豬崽，更顯得彎了。他不急不緩走著。

看著我爹似乎吃力的樣子，我爭著要跟他調換，他不肯。我性子急，挑著四隻豬崽也不見得如何的沉，想邁開大步，可是路小，又怕撞著了前面的爹，這樣一來，走在後面的我反倒有些踉踉蹌蹌。後來，我終於憋不住了，說：「爹，讓我走前面吧。」

「崽啊，路還長著呢，你這樣走法恐怕到半路就走不動了。」我爹擔心說。

但到底爹拗不過我。我挑著豬崽大踏步像跑一樣，把我爹拋得遠遠的。

有時，我走到一個岔道上，判斷不出往哪個方向走，而來路上又不見爹的影子，就坐在路邊等他。他跟上來了後，看我得意的樣子就有些生氣，說：「你不能這麼暴走，一點也不知養力。」

我以為爹誤會了，就解釋說：「爹，我不是要與你老鬥氣啊。」

「崽啊，爹知道，你怎麼會與爹鬥氣呢，爹是說應悠著點，省些力氣，最後的幾步路最難。」爹說。

沒想，不多久，路沒走到一半，我爹的話就真的得到了驗證。我跑一樣走了一程，肩膀有些發紅，力氣也漸漸消退，腳步慢了下來。我有些氣餒。

好在我們走的是捷徑，不時穿過盤山而過的公路。山區公路上，一天跑幾段公共汽車。這時，太陽出來了，我和我爹的衣服已經汗濕得無一根乾紗。

我又想搭車了，無奈公共汽車上有明文規定，不准人畜混裝。乘務員捏著鼻子一點通融的餘地也沒有，說是豬的糞便臭會把車廂弄髒，會把乘客都趕走。豬的糞便在我爹和我媽這裏從來沒有聞出過臭味，我也是的。為了這個，我還差點握著拳頭與乘務員幹起來。我爹不但不幫我去吵，反而勸告我：「這個規矩也不是針對你一個人的，認了。」

沒辦法，我們父子只好走路。我越走越吃力，每挪動一步都感到很艱難，我爹一直走到最後也還是那副不疾不徐的樣子，好像世間一切滄桑和溝壑都與他無關。看著前面的我爹我就想挺下去，我的力氣就一絲絲湧現，因為我是爹的兒子。

我們挑的豬崽一入白溪市場，就被搶走了，價錢自然也還是很相宜。每回都是這個情形。我家豬婆生出來的崽崽個個品質優秀，無論是誰買回去餵，百病不沾，不論貧賤，不擇食物優劣，兌點水就一個勁地長膘，照我們家鄉的話說是沒有一個孬種。所以，我家豬婆的崽崽哪家買了哪家就旺。只要是餵過我家豬崽的人家，均說，明年還餵「憨佬」家的豬崽。日子久了，更有那執著的人，還特意詢路找上我家門來，預先訂貨。可是，那些人又小氣，捨不得出價錢，老是討價還價，我爹說懶得理他們，寧可花些腳力挑到白溪去，讓大家去搶，這樣價錢也起來了，就是沒起來也心甘。

只是這樣一來，就苦了我的肩膀，每回都血紅，一個星期動不得。害得我媽又是熱敷又是搞草藥消腫。

## 五

賣了豬崽，我家的腰包也鼓了起來了。

我家很少這樣富有過。這段時間，我爹媽還有我臉上常常有喜色流動。我媽特意去剁來了一片瘦肉，那時候，地裏的新鮮辣椒已出來了，不過有些嫩，辣味不是很濃烈，但炒在肉裏那種香甜呀，足夠讓人記住一輩子。吃過飯，我媽說：這錢就封起來，不能用了。我知道她是要給我積存學費。原本我想要買一個新書包的，見我媽這樣子說了，只好將話噙了回去。我的書包破得補了好幾回，帶子也斷了，我常常抱著書包去上學，路上遇著熟人或是不熟悉的人，我的臉上就不經意地現出難堪，那時我還沒有學會控制情緒的能力。

這些破事我一直隱瞞著沒有跟爹媽訴說，怕他們聽了難過。但後來我還是背上了新書包。一到星期天，我就去山上抓金銀花挖半夏。我家屋前的土坪上到處晾曬著金銀花和半夏，藥香味飄出很遠，曬乾了賣到藥店裏去，我不但買回了書包，還把那些餘款全給了我媽。我媽看也沒看我就收了，但我後來從破了個洞的窗戶裏無意看過去，她竟然捏著錢在那裏在抹眼淚。

那晚上我的飯碗底下埋了二個荷包蛋。

偌大的豬欄只剩下了豬婆，顯得非常的空闊。面對這無邊的寂寞我家的豬婆竟像沒事一般，照樣吃照樣睡，都是那樣的香甜。

有一回，我媽犯病了。

她有頭暈的痼疾，隔不了三兩個月，說來就來了，也沒個徵兆，說不定躺在床上拗上三五天不花一分錢藥費又自動好了。我多次勸說我媽早去醫院看看，以免小病釀成大病就麻煩了。可是，我的話像風一樣在我媽耳邊飄過，她總說沒事的一下就把我噎成了一個悶葫蘆。我爹不在家，我家豬婆的一日三餐成了問題。

我媽頭暈得眼睛都睜不開，一開眼門整個天地就會旋轉。她偏不信邪，拗著性子去地頭搞豬草，結果暈倒在小河邊，差點滾到小河裏去了。我聞訊去把她背回了家。她只好閉著眼睛指揮我去野外弄豬草，沒一點經驗的我將豬草剁得一塌糊塗。我家那豬婆一點也不介意，通吃，高興得我在它瘦弱的背脊上連拍了兩板。

緊接著連續不斷下了幾天暴雨，山坡上洪水漫溢，到處懸掛著瀑布。

水庫上有一條支渠從我家屋背後通過，由於發生數處塌方，渠道淤塞，我家屋後也決開了一個大口子，這是從沒有過的事。洪水滾滾直往我家屋場沖著。隨地都有可撿到在洪水中滾得遍體鱗傷的各式魚類。我和我爹這時候沒了心思撿魚，發瘋似的斗笠也不用扛著鋤頭到處挖缺口洩洪，以減少洪水對我家房屋的壓力。

儘管努力了，但洪水還是無情地沖進了我家房子。

最先受難的是我家豬欄。

洪水一路過豬欄，便迅速把糞坑填滿了。在家的我媽急得就像那滾進糞坑的魚，她急忙打開豬欄門。

我家的豬婆帶著它新生的崽崽們魚貫而出，在洪水中慌亂得沒了一點主張。我媽因要忙於把那些值貴一點的物什轉移到高處去，怕受濕霉變。她以為我家豬婆會照顧好它的崽崽。所以，沒去管它的事了。我家的豬婆橫擋在洪水中，企圖攔住洪水對崽崽們的衝擊，可是，那些沒見過陣勢的崽崽們早已嚇得東躲西藏。

我和爹回來時一清點，發現少了兩頭豬崽，想來是被洪水推得不知去向。豬婆受了驚嚇，渾身發抖，情緒極端不安。往後，就食也不吃了。沒些天，竟丟下那些崽崽無疾而終。

由此，我的學業也停了半年。在這半年裏，我常常做夢，夢見我和我家的豬婆在野地玩耍，我像騎毛驢一樣騎在它背上讀書。

注：《豬之歌》發表於《文學界》二〇〇六年第九期

# 黑蜘蛛

離婚以後，我帶著女兒艾靜就租住在城市邊緣的一間房子裏，是一樓。跟所有一樓的房子一樣，因採光條件不好顯得非常陰暗，還略有些潮濕，因此，房間裏，特別是牆壁上常常可以看到蜘蛛以及別的昆蟲。

沒想搬進去的第一天，艾靜眼尖，一眼就看見了一匹緊貼在屋頂壁上的黑蜘蛛。那黑蜘蛛有飯碗大，像一隻碩大的螃蟹，緊緊抓牢在牆上，初看那些腿好像深深紮進了泥土的樹根似的靜靜在待著，一動也不動，仔細瞧來竟發現它的根鬚它的眼珠子，以及身上的每一個部位無不在動。由於黑蜘蛛的陡然出現，房子好似陡地變得更晦暗了。

艾靜瞪著大大的眼睛，緊盯那黑蜘蛛，一邊往後退縮。樓道裏過來些風，我叫艾靜添加衣服，她也哆嗦不敢擅動，好像黑蜘蛛就藏在她的鞋子或者衣服裏。站在她弱小的身邊，我能明顯地收到她身上傳導過來的感覺，顫顫發抖。我就溫言安慰她：「別怕，它會跟我們做很好的朋友。」

「不會的，你看它那眼睛好陰毒的。」艾靜皺著眉，心懷恐懼說。

「那是在歡迎我們。」我把語氣放輕鬆了對她說，儘量把她的思想引導到光明積極的方向上去。

「媽，我們去把它打下來。」艾靜堅持己見，有些固執。

我又站到牆角看了一會，那蜘蛛老盤踞在屋頂上，碩大無比，虎視眈眈，終究不是一件好相與的事。

這時女兒不知從哪找了一隻長掃把，踮起腳尖企圖將蜘蛛捅掉。她作出很努力的架勢試了幾回，卻始終沒有勇氣把掃把捅到蜘蛛身上去，她害怕一動蜘蛛，它就會吐出黏黏的長絲來突然縛網著她的身體，又怕蜘蛛會冷不防滑過來咬噬她。那黑蜘蛛這麼大陰陰的一團，興許全是毒素的集合體也未可知。她瞪大了眼，緊閉了唇，全神貫注地想像，甚至聯想到了身體某個部位若是被黑蜘蛛噬一口，眼睛或是嘴巴，手臂或者腳趾頭，那地方就立即隆起腫脹的怪狀。她氣餒地站在我身邊，悶悶不樂，眼裏蘊藉著淚珠，說：「媽，我們不住這裏好不好？我怕。」我歎了口氣，伸過手把她摟在懷裏。

我想了想，慢慢地說：「這麼大的蜘蛛媽媽也從沒見過呢，蜘蛛它能吃蚊子，課本裏不是講過麼？不怕，你看它在我們進門就能看到的地方，它是在歡迎我們住到這裏來呢，我們為什麼不能把它當好朋友？當一個吉祥物呢？也許昭示了我們在這房子裏住著一定會平安快樂，幸福安康呢。我們別欺負它，跟她它做好朋友。好不好？」

儘管我這麼說，但說這話的時候，其實我心裏也有點發怯，底氣不足。然而，我沒有別的更好的選擇了，因為這裏的房租是意想不到的便宜，在這個城市再也找不到第二家。這就是生活是現實，它們遠遠比一隻蜘蛛可怕。艾靜在我懷裏掙扎了幾下，似乎勉強接受了我的觀點，順從地進了房間。

房間並不大，可是給人空蕩蕩的感覺。風長長地像一條帶子，從門裏進來視窗出去，將牆上一本陳年的舊日曆畫翻得嘩嘩作響。我感覺還有些冷，於是把窗關緊了。發現有一個窗戶沒有了玻璃。風照樣可以自由穿進。

當天晚上艾靜做了惡夢，在夢中，她開始哇哇大叫，然後驚恐地哭。我把她抱在懷裏，輕輕地拍打她的臉，把她拍醒來，問她夢見什麼？艾靜愣了一會搖搖頭，並不記得夢中遭遇了何人何事，只是神情恍惚，大汗淋漓，摟著我不敢再睡。

房子後院，因為地勢低窪還建有一堵三四層樓高的水泥牆，水泥牆上是一塊闊大的操坪，因此，院子裏的居民擁有寬裕的活動空間。在下大雨時，雨水流經操坪從水泥牆上匯流下來簡直就像瀑布。

我常常站在陽臺門口看瀑布。雨停後，到處都是雨打下來的枯葉，和跟著瀑布沖下來的垃圾。這些多餘的滯留物不及時清除，待太陽出來一照，就會腐爛發臭。雨後我不得不趕緊打掃，常常累得直不起腰。如果想要樓上的住戶一起來做這事是不可能的事，因為不管垃圾堆積再多，也妨礙不到他們的生活，所以，我有些不喜歡下大雨。

下雨的時候，那瀑布頂端就站著一個大男孩，赤著腳，綰著褲腳。那男孩臉瘦長，蓄著長髮，還有樹筒一樣結實的身體，這些搭配在一起，看上去有點滑稽。他那冷漠的目光像黑蜘蛛一樣俯視我們。我不知道他是誰家的孩子，也許是他對於新來的鄰居出於好奇。也許是他感到赤腳遊戲在雨後瀑布上，是一種另類的享受。我沒心情跟他說話，對他的不期出現也沒怎麼往心裏去。

每當這時，艾靜就躲在陽臺裏面的窗戶玻璃後面小心翼翼看我。當然更多的時間是在窺視那奇怪的男孩，眼光如出洞的小兔。房間裏暗黑，想來那男孩應是看不到艾靜的。因有艾靜在旁邊看著，我收拾雨後殘局的動作也變得乾淨利索，彷彿是存心要做出個樣子給她看似的。我幹完活打開陽臺門進來她就緊抱著我擔心說：「有沒有被黑蜘蛛咬傷？」

她的話往往弄得我哭笑不得。艾靜原本是一個處在外向和內向邊緣的女孩，想來她的自閉是受了某種刺激才這樣子的。也許這種刺激源自於我的離婚，大人的事對小孩子總是有些不可理喻的影響。我試圖和她談心，但她低垂著眼簾，厚厚的睫毛一動也不動。女兒這些突然大異往常的變化，使我心裏隱隱不安。

有一天，艾靜出去仰頭望著那男孩問道：「喂，你們家有黑蜘蛛麼？螃蟹樣粗大的那種。」

「沒有。黑蜘蛛怎麼會跑到我們家來呢。」

男孩笑起來，他看著問這奇怪問題的女生，若有所思地甩了一下頭，長頭髮晃動了一下。

「那我們家怎麼就會有呢？」艾靜喃喃自語，低頭走開。

過一會，艾靜又從家裏跑出來對男孩說：「你叫什麼名字？」

「徐黑。」

「徐黑？」艾靜沉思一會，又問。

「是的。」男孩回答。

這時，有人在喚男孩回家，不知是喚他做事，還是擔心他在水裏久泡會著涼。男孩答應著回去了，衝艾靜揚了一下手。

艾靜大聲說：「你記住我的QQ號35779396。」

我知道這是遷居到這裏後艾靜第一次與陌生人接觸。儘管這次對話很簡短，卻不難發現艾靜想跟這個男孩交往的意願。我有些高興，畢竟做母親的不希望女兒孤獨。我多麼想瞭解她。

我想方設法給她講很多有趣的故事，可怎麼也無法驅散艾靜心中的陰影。後來我到單位上請了假，帶她去了農村親戚家住了幾天。那裏是一個茶園，在山上，茶葉的清香像蜘蛛絲從這山嶺牽至那山嶺，把那方山地都圈了起來。那房間周圍隨處可見二十公分長的四腳蛇。四腳蛇肥肥胖胖，卻是很輕捷地在各處流竄。房間的牆都是用泥巴夯打成磚塊壘疊起來的。

相比之下，我租居的那一樓條件比這裏不知好到哪去了，我裝著很知足地對艾靜說：「我們家與這裏比呀，你說是不是舒服多了？像不像故事裏的草屋和皇宮？」

她說：「嗯，就是那黑蜘蛛好可怕。」

我告訴她蜘蛛就像皇后頭上的皇冠，你每次見到時就把它想像成皇冠，那一定會很開心，只要你不侵犯它，它會成為我們很好的朋友，它本來就是我們家的一員，你說呢？

艾靜瞪大眼睛看著，思索一會，她對我說：「媽媽，那別人家怎麼沒有那麼大的蜘蛛呢？」

我說世界上只有一個最大的皇冠，這個就在我們家，我們應該覺得很幸福快樂，你看這些鄉下人很長時間才能吃一頓肉，過年才能穿上新衣服，晚上睡覺床上一半是風塵，一半是棉被，還有那四腳蛇作伴。他們一樣的安適過日子，還非常樂觀，相比而言，你說誰更幸福？艾靜就歪了頭陷入了沉思。

有那麼一段時間，艾靜總說她頭痛，頭痛的時段總在晚上九點到十點的時候。開始，我正在拖地，艾靜在洗澡，我叫她換了睡衣上床睡覺，突然地聽到她尖叫一聲，嚇得我丟下拖把衝進衛生間。艾靜說：「媽媽，腦袋裏像有一根針在紮著我，好痛！」她用手「梆梆」地捶著頭，似乎她的頭是石頭做的，敲不痛。她的臉色蒼白，頭髮上的水珠濺到我的臉上冰涼冰涼的。我找來兩片安乃近讓她服下。艾靜一直把頭枕在我的腿上，我幫她按壓頭部，直到她的呼吸均勻，沉沉地睡去。第二天早晨起來，艾靜又沒事人一樣哼著大長今的歌上學去了。過了兩天的樣子，艾靜又叫頭痛起來，這樣反覆了幾次後，我帶她去看醫生，醫生說，這是青少年時期一種比較常見的頭痛，是血脈衝撞的一種表現，過了一段時期就會好的。雖然沒有大礙，但每次艾靜痛的時候，她那麼用力敲頭的樣子和聲音都讓我心驚肉跳，不忍卒見。

那段時期，天氣冷暖變化很大，隔三岔五就下雨，所以屋後那瀑布也就適時懸掛起來。每當這時，那個叫徐黑的男孩也就會如期出現在瀑布的邊緣，有時戲水，有時靜立。瀑布是臨時的景觀，雨停了，不一會就消失了，只有遍地雨水沖刷下來的垃圾。跟著那瀑布一起消失的當然還有徐黑。

這樣的日子久了，後來我發現黑蜘蛛竟也好像與那瀑布約會了一樣，一起進退。發現了這一祕密，我沒敢告訴艾靜，生怕她加重心理負擔。在她面前我總是擺出一副輕鬆樣子。其實我內心離婚的陰影也一直沒有消退，且孤獨一日濃似一日，但為了女兒，我不可以表露出來，我得做個快樂的榜樣。我買了一個MP3，讓艾靜在網上下載了一些網路歌曲，像「老鼠愛大米」、「披著羊皮的狼」什麼的，我還和艾靜一起看「超級女生」的比賽，雖然這一類紛紛擾擾的東西熱鬧得很，但也嘰嘰喳喳的無聊得很，聽多了，看多了以後，心情反而更加沉悶。於是壓抑便在心裏暗暗沉積，日日滋長無法排遣。

那個暑期，艾靜迷戀上了上網了。放了學整天就泡在電腦上，飯都不按時吃了。早晨上班前，我做好了早餐，出門的時候艾靜還賴在被窩裏沒起來，中午下班回家發現她坐在電腦旁，給她留的飯菜還擺在桌子上沒動筷子，只是撐壞了那些蒼蠅。我生氣說艾靜你怎麼不吃東西呢？艾靜一直守在QQ視窗，幾個卡通頭像向我晃動，那些一聲緊似一聲像蛐蛐的QQ叫聲似乎使她忙得不可開交。對我的問話，艾靜漫不經心。我問艾靜都和哪些人聊天，她說都是和她一班的同學。我說，再怎麼也要吃飯啦，餓病了怎麼行，這些吃的東西都是花錢買的，現在都餿了，浪費了多可惜，你怎麼一點也不懂得珍惜呢？我這些話都是在廚房裏大聲說的，中午的時間有限，我只能邊做飯邊對她說教，唯願這一切艾靜都能聽進去。

有一天，我有意提前下班回家，我想知道我不在家裏時她在電腦邊做什麼，當我推開門時我發現，艾靜有些羞怯地撩起裙子的下擺，稚嫩的大腿像兩根藕顫立在電腦旁。開門聲驚動了她。艾靜看見我慌忙放下裙子，慌張中透著許多的老練。我氣急地問：「艾靜，這個叫毒藥的人是誰？什麼時候認識的？」

「網上是虛擬的，我怎麼認識。網上聊天罷了，也叫認識？」艾靜一口否定。

婚姻遭到變故時我對這個世界就不再抱任何幻想，艾靜成了我唯一的希望。所以，離婚的時候，我放棄了全部，我對他說我只要艾靜，單位上的人都說我犯傻。誰曾想艾靜竟然在網上和人亂七八糟地胡來，我何曾想到她會發展成這個樣子？我推開艾靜，我查看了她的聊天記錄，對他們之間的對話感到吃驚：

毒藥：我很喜歡你了啊！你多大了？

艾靜：我也是，十八，你呢。

毒藥：我十九，大你一歲。

艾靜發了一個微笑的圖像。

毒藥：那你還是一個處女麼？

艾靜：當然是。

毒藥：現在的女孩有的十五、六歲就不是處女了，沒人在乎了。何況你十八歲的人呢。

艾靜：但我是。

毒藥：我不信。

艾靜：那你要怎樣才相信啊。

毒藥：讓我看看。

艾靜：你怎麼看。

毒藥：你把裙子撩起來我就能看到了。

艾靜：那怎麼可以？

毒藥：你不是喜歡我麼？讓我看看。

艾靜：暈……

毒藥：怎麼了？不敢啊？你太保守了吧？還說喜歡我呢。

艾靜：那是兩碼事。

毒藥：怎麼會呢？你要是處女，你就敢給我看的。因為我喜歡你啊。

艾靜：那，好吧，只看一下哦。

看到這裏，我怒不可遏，我拔掉電腦開關，衝她說成何體統，你才十四歲，竟虛說年齡不誠實。你懂得些什麼？你這樣學壞了！會讓媽媽痛心的。艾靜說你幹嘛，這又不是真實的，好玩。

儘管她頂嘴時不多不少還是露出了一些心虛，但她的話噎得我順不過氣來。我一巴掌把艾靜煽倒在床上，她慢慢地把身子從床上扭過來，坐起身，用手撫著臉，冷冷地看著我，一聲不響地坐到客廳的沙發上，把電視機的遙控器調過來調過去，似乎很煩躁。我懶得理她，也沒有時間和她說更多的話。離婚後，單位的事也異經異怪多起來。我必須拼命工作，養活我自己，也要給艾靜一個經濟寬鬆的成長環境。我的前夫在我爭要艾靜時那不屑的眼神至今還刺痛我好強的心靈，他認為我一個孤身女人是沒有足夠的能力為艾靜提供舒適的成長環境的。

可是，這一切，艾靜是不懂的。

為那一巴掌，女兒三天沒喊我媽，我前腳一上班她後腳就出了門。開始幾天我還沒有察覺，我下班回家的時候，都看到艾靜在看書或看電視。但是有一回，我開門進來的時候，看見艾靜正站在客廳門口，背著她平時出門的白色帆布的斜掛包，臉上有微微的汗，似乎剛從外面回來。我詫異地問她：

「你是不是出去了。」

「沒有啊。」

「那你背著包幹什麼。」

「我——喜歡背它嘛。」艾靜對我撒著嬌說：「媽媽你是不是覺得我這件衣服與這個包很搭配。」

我以為艾靜一個人在家無聊著，也沒放在心上。然而有一天，我隔壁一個做生意的李嫂在街上碰到我，她拉著我說，常常看見我家艾靜到她做生意的街角的一家網吧出入，一待就是一整天的。她說現在的小女生膽子都很大的，網上聊著聊著都和別人跑了，聽說最近還真跑了幾個，公安都介入了。我一聽人都傻了，也不知道後來和李嫂說了些什麼。我氣極敗壞地一路跑回家，在家裏沒有看到艾靜的影子。我急忙又跑出去，來到那條街上，果然在一家網吧的角落裏找到了艾靜。我把她從椅子上猛地拖起來，衝著她吼道：「你這個不長進的東西，原來你整天都待在這裏！」

艾靜茫然地看著我，彷彿不認識我似的。我又叫道：「還磨蹭什麼，跟我回家去！」艾靜突然朝我喊道：「你嚇著我了，我不回去！」我拉她，她用力地摔掉我的手。我氣極了，拚命地去扯她。這時網吧的老闆也過來，勸說艾靜跟我回去，艾靜這才氣沖沖地往外走，並且走得飛快。我擔心她又到別的地方去，在後面緊趕慢趕地跟著她。到了家，艾靜「嘭」地關了她房間的門，嘔氣似的待在她房間裏不出來。

那些天天氣也一直沒有開天，我的心情更加晦暗。我是多麼地盼望著天放晴啊。

一天，終於出了太陽，打開窗子就能聞到太陽那清爽的氣息。我高興地邀請艾靜：「我們到太陽下散步去。」

艾靜沒有反對，順從地跟我走出了家門。艾靜就像那生長在蔭處的豆芽，一到陽光下就有些經受不了。當我們走到河堤上的時候，漠不關心的她見河堤上生長著嫩綠的青草，天空中漂浮著各式各樣的風箏，她才稍微露出點興奮的樣子。

遠處一棵蔥綠的柳樹下，有人在打架，幾個人圍堵一個人，拳腳相加，那個人被打倒了又爬起來，爬起來又被打倒了。萬萬沒想到那個被打倒的人竟是徐黑。見是熟人，我上去喝止了那些無聊的人，那些人並沒因為我的出現而有停手的意思，我掏出手機撥打一一〇。他們看到徐黑鼻青眼腫，平鋪在草地上，也差不多了，就呼哨一聲一溜煙跑了。這時候，我看到了徐黑眼裏的光芒像蒺藜的刺一樣，閃爍。

這孩子也真是可憐。我問他那些人為什麼要依持人多欺負他，他也不理我。作為鄰居，他並不在乎我們的到來，相反，似乎還怨恨我們不應在這樣的時候現身，看到他的難堪。我想把他扶起來。他竟擋開我的手拒絕我的攙扶，自己像蚯蚓似的從地上拱了起來，踉踉蹌蹌朝前走。艾靜飛快地跑過去扶住他：「徐黑，我幫你，做一次你的拐杖，今後你也做一次我的拐杖好了，這人情互不虧欠。」

徐黑這才不再逞強，頭耷拉得愈加低了。一路上，艾靜也詢問徐黑挨打的緣由。通過他們的談話，我斷斷續續瞭解到事情的起因經過。

那些人都是涉外學院的大學生，徐黑見到過但不認識。他們在河堤上相遇。當時，徐黑嘴裏叼著香煙，那些人見徐黑落單，其中一個人碰了一下徐黑的肩膀，向他索要香煙。徐黑只顧走路沒理睬他們。那些人就找碴說徐黑不識抬舉。一來二去，徐黑又不願低頭，就打了起來。

接著，徐黑說到他的家史，他父親因病早亡，母親改嫁。母親改嫁的時候，徐黑跪在母親床前，一直跪到第二天天亮，但他絲毫也沒有能阻止母親的出嫁。絕望中，徐黑只好流浪街頭。還是他叔父收留了他，供他上學，就這樣他成了我的鄰居。

聽著這些故事，我聯想到我自己，想到我親愛的艾靜，我的心就隱隱發痛。我想，我要好好照顧艾靜，撫養她健康成人。

由於對這男孩的同情，也是同病相憐的意思，我常常在家裏有了什麼好吃的時候，叫艾靜喊徐黑來分享。

徐黑第一次來我家就讓黑蜘蛛吸引了視線，眼睛閃著熠熠光芒。他說他們老家有句俗語「家有蜘蛛，必有喜事來。」艾靜就同他一起研究黑蜘蛛。他倆常常為了蜘蛛的善惡歸屬問題，爭得面紅耳赤。徐黑說黑蜘蛛吃害蟲，應放在益蟲一族去。艾靜說黑蜘蛛有毒，它的毒液能殘害人的神經系統，報紙上不時有黑蜘蛛傷人的報導，毫無疑問應歸檔於害蟲一類。

黑蜘蛛高高地懸掛在牆角落裏，不停地織一張大大的網，等待飛蛾之類的昆蟲自投羅網。艾靜說她也成了一隻昆蟲，說不定什麼時候忽悠一下子就撞上了那網，被黑蜘蛛吃掉，連一根骨頭也不剩餘。

非也。徐黑就搖頭，長頭髮甩動。黑蜘蛛在看不到的角落滋生，把快樂和孤獨全部織進網裏，讓輕紗輕輕地把自己覆蓋。緊接著他就唱陸毅的《黑蜘蛛》：

懸掛在半空中　披著塵土
灰暗的這一個角落　沒有溫度
……
黑蜘蛛亡命之徒　黑蜘蛛不是貴族
把自己團團圍住　卻恨自己不能在別處

……
一步一步再向上　孤獨是一張網
那道牆那一道牆　不會再有前方
……

歌聲不疾不徐，沉悶地飄出窗口。我也很是感動，竟有淚珠在眼眶流轉。我一向以為徐黑很少去我們家玩。後來我發現我的這個看法有些錯誤。好多次，我下班回家都碰到徐黑從我家裏的方向出來。我就隱約猜想，也許是徐黑懼怕我，我在家時不敢來玩。但每次，我在徐黑陰沉平靜的臉上，什麼也讀不到。這孩子小小年紀，怎麼就有這麼深的城府。

為了證實我的猜想，也是出於對某些事物的擔心，像打預防針一樣，我對艾靜說：「媽媽不在家時，你不要帶人到我們家裏來啊。」

「沒啊。」艾靜斷然否定。

「沒就好。」我想，艾靜這樣聰明透頂的人，應該提頭就知尾。所以，說過了也就沒放在心上。我整天忙忙碌碌在單位和家庭之間奔忙。

突然有一天，艾靜說出一句話把我嚇壞了，她說：

「媽媽，我終於不是處女了。」

我以為是我年紀老了耳背聽錯了，就問她：「艾靜，你說什麼？」

「我是說，從今天起，我已告別了處女時代。」艾靜揚著臉說，有一絲浮躁與興奮蕩漾著。

我感覺我的大腦猛的一下膨脹，生命支撐之柱轟然倒塌，我閉了閉眼睛，抓起桌上的口杯重重地摔在了艾靜腳邊。

艾靜驚得一下跳起來：「媽媽，你這是怎麼了？」

就像被人抽了骨頭一樣，我軟倒在椅子上。這就是我的女兒麼，怎一下子就變得這麼陌生。我也不斷地追問自己，到底是她怎麼了，還是我怎麼了呢。暈糊一陣子，恢復了一些精神，我坐在椅子上靜靜地審視艾靜，我的女兒。似乎想尋覓另外一個角度去看艾靜，卻總是找不到合適的位置。

艾靜一臉無辜而莫名其妙地看著我。

我十分無助而無力地說：「是誰？誰欺負了你？」

「徐黑，但你的說法有錯誤，不是欺負。」艾靜眼睛裏寫著純真。

「那是你心甘情願的？」依著我的思路，徐黑那陰冷的孩子應施有某種暴力。一點也沒懷疑艾靜什麼時候變得這麼下賤無知。

「那確實。」

「你們做了些什麼？」我大聲地問。

「我不是經常頭痛麼，網上有人說，頭痛久治不癒的女孩最好的藥方是把自己變成婦人。我想了很久，就問徐黑願不願給我治病，徐黑一點沒猶豫就答應了。就這樣啊。」

「他到底對你做了什麼？」我有點歇息底里，又透著深深的哀傷和軟弱。

艾靜沉默著，有點擔心地望著我，卻緊閉著嘴巴不回答。我對著艾靜咆哮著，聲淚俱下：「為了治好病，你的處女之身就不值錢了？自尊也不要了？廉恥也不要了？」

「你不要說得那麼嚴重好嗎？這有什麼大不了的。」艾靜什麼都不在乎似的。

「你……你還有沒有羞恥，還有沒有是非觀念啊！」我再也控制不了自己，掩面而泣。我與艾靜真是兩個世界的人了，我之所想與她之所想成了南轅北轍。就如我手裏有一個古董，價值連城，在她眼裏卻是一文不值。在艾靜眼裏，究竟什麼東西才最值錢呢。我完全弄不明白了。

那一個晚上，我輾轉反側一夜沒睡，一方面我不相信我的艾靜，才十四歲的艾靜真的做了男女之事，她那麼小，看起來那麼天真的一個女孩，她能懂什麼？另一方面，我又覺得有可能，徐黑，那麼陰沉的一個男孩，琢磨不透，說不定在外面學壞了，再來害我女兒吧？想到這裏，我騰地爬起來，不行，我得去找徐黑，去問個清楚，如果真的發生了那樣苟且之事，艾靜是未成年人，徐黑應該承擔法律責任，起碼他應該去坐牢。

但是我找了徐黑幾天都沒找到，他叔叔說他回鄉下去了。我想他是躲起來了。我一直在想，我應當怎麼解決這件事呢？

我想首先還得從艾靜那裏找到答案。第二天，我聯繫了一個朋友，要她給我介紹一個婦科醫生。然後我帶艾靜去了醫生那裏。在醫院的婦產科室，我要約見的那個醫生正在給一個病人做檢查，那病人是一個衣著很時尚的青年女子，嘴唇塗得很厚很精緻，像一個唇模刻在她的臉上，醫生似乎很不耐煩，對那女子說：「做完這次之後你不能再做了，再做就沒誰能保你還生得出崽來。」那女子申辯著：「我也不想做流產的。」「不想做就檢點檢點，注意一點，女人自己都不愛惜自己，哪個來愛惜你。」醫生狠狠地打斷女子的話。這樣的話我真不想讓艾靜聽到。我讓艾靜在外面等我，悄悄把醫生拉到一邊，跟她說我是某某介紹來的，然後塞給她一個紅包，這些都是我朋友交待過的。那醫生一臉和氣地對我說，是不是你要做，馬上就可以做了。我忙說不是不是。我把我女兒的情況簡單和她說了，希望她好好檢查一下我女兒。醫生恍然道：「如今這些孩子——」。她把艾靜帶進去，大約十幾分鐘的樣子就出來了。醫生和言悅色地對我說，沒事，沒事，你女兒還是那麼完整。我有點不敢相信，又驚喜地問道：「沒破？」「沒破，沒破，回家好好教育教育你女兒吧。」

聽著醫生的話，我懸起的心終於放了下來。

離開醫院，我領著艾靜穿過這個城市的繁華和喧囂，我覺得我和我的艾靜就在城市滾滾慾望的洪流中顛簸著，在熬過無數的苦痛和悲傷之後，我已習慣了隨波逐流，但艾靜，她必須有一個供她緊緊抓在手中的一塊安全的浮木，否則，一不小心，她會沉入比成長和生活還要廣闊的苦難與艱辛當中，無法自救和自拔。

在我的細細盤問下，艾靜終於向我講述了徐黑給她治病的經過。

徐黑每次來我家，手裏都拿著一隻他自己折疊的紙盒，裏面裝著一些蚊蠅之類的昆蟲，那些蚊蠅很小，全被他剪除了翅膀，飛不起，在紙盒子裏張牙舞爪，惶惶不安。看著它們的窘態，艾靜很高興。徐黑把那些沒了翅膀的蚊蠅一隻隻捉放到黑蜘蛛織就的網上，站在一邊親眼看著黑蜘蛛過去輕易就吃到了它們，不一會，就吃得一個不剩肚子鼓鼓的，它很滿足地在一邊舔嘴，彷彿還打著飽嗝。黑蜘蛛恍惚用感激的目光望了徐黑一陣，就腆了肚皮一顛一顛回到老巢去了。這時，徐黑得意地笑顏逐開，笑容是那麼地燦爛，好像他做了一件挺有意義的事情。

這樣的次數多了，那黑蜘蛛竟也慢慢通了人性，好像成了專門餵養的家禽。它一見徐黑來了，就高興地迎出來。於是，艾靜也學著徐黑的樣子捉來蚊蠅，餵黑蜘蛛，玩耍，就像餵小雞一樣。她再也不覺得黑蜘蛛可怕了，討厭了，相反還變得可愛了。如果某一天，沒見黑蜘蛛，艾靜就產生了失落感，懨懨地沒有精神。她真的和黑蜘蛛成了好朋友了。

她每天都希望看到黑蜘蛛，看到徐黑。他們是可以給她帶來快樂的。

徐黑也喜歡來我家玩。他知道艾靜為頭痛的事經常犯愁，也想幫她，又苦於找不到合適的辦法，所以當艾靜提出請他幫忙時，他答應了。他第一次狠狠地擁抱了一下艾靜，說行了，會好了。艾靜觸電一樣以為事成了，很興奮。

雖然艾靜沒有失身，但她的敘述還是讓我心驚肉跳。晚上，看電視新聞報導了這樣一則消息，南湖上發現了一具挖了眼睛的浮屍，據查係涉外學院的大學生，死因正在調查中。不知怎麼的，我一下就憶起了徐黑那天被打時那雙充滿怨毒的眼睛，我好像產生了某種預感。我煩惱地關掉了電視，這一夜我無法安然入眠。長期以來，在我的眼裏，艾靜還是一個什麼都不懂的小女孩，很小的時候，她都一直和我親，沒事就黏糊糊地膩著我，我走到哪她跟到哪，很乖也很懂事的樣子。對她父親，好像很是泛泛，可有可無的。但現在我們母女之間似乎存在著很多隔閡和陌生了，這些隔閡和陌生是什麼時候生成的呢？我要拿什麼來挽救這樣的隔閡和陌生呢？我想不明白，我突然覺得自己像一葉漂在海上的孤舟，那樣地渴望有人的幫助和安慰，但是黑夜沉沉，萬籟俱靜，沒有人能給我答案。

一連幾天，我都糾纏在這些問題裏，工作時忐忑不安，一天都要回家看幾趟，生怕艾靜再給我弄出事來。這樣來來回回，心猿意馬的狀態使我工作經常出錯。我的嘴角急出了燎泡，領導也對我很不滿意。我不想再這樣下去，我真的要崩潰了。

回到家，女兒又不在房間裏了。我打開窗子，濕潤的南風就趁勢猛灌入來，還挾帶著一些殘花敗葉，利劍一樣把黑蜘蛛苦心經營的網路刺穿了許多的窟窿，蜷縮在牆角一隅的黑蜘蛛迅速鑽出來，進行修補，比猿猴還要敏捷。柔和的月色流洩在窗臺上，累了一陣疲倦了的黑蜘蛛爬上窗臺，沐滿了一身的銀輝。

站在衛生間裏的鏡子前，我仔細地審視著自己。鏡子裏是一張木然、呆滯、毫無光澤的臉，臉色枯黃，兩眼暗淡無神，嘴角下拉，整個臉看起來像一個大寫的「苦」字。很久以來，我都不敢看鏡子裏的我一眼，每次從鏡子前經過，都像是浮光掠影。細細回望，因為與前夫的吵鬧、離婚戰爭使我身心疲憊，無法顧及到艾靜很多，艾靜一直默默地看待我們的爭吵，一副事不關已的態度，直至婚姻的離散。現在想來，她的平靜其實就是異常的，對父母的離異就像看一道平常的菜，不鹹不淡，這哪像一個十多歲女孩的心境啊！我生活在離婚的陰影裏，難道艾靜又不是生活在我離婚的陰影裏嗎？雖然她沒說，但她性格的變化、她行為的怪異已經做了說明，特別是和徐黑接觸以後，徐黑的經歷也是那樣的灰色，其實徐黑也是生活在他那個不幸家庭的陰影裏，我們三個，就像盤踞在城市生活陰暗角落的黑蜘蛛，孤獨地經營著自己的家，獨守著自己的清貧、痛苦和無奈，當遇到外界的破壞時，又舔著傷痕堅強地自己對自己進行修補。

我想我應該改變什麼了，讓自己生活在陽光下。我們三個，艾靜、徐黑都應該這樣。這世界畢竟還有許多美好的東西，只要你願意，陽光每天都有，生活每天都有不同。

我看到了我的女兒。

艾靜和徐黑站在月光下的樹影裏，徐黑背著一個包，看樣子像要到哪裏去遠行，驚弓之鳥逃亡的樣子。他們的談話隱隱約約傳來，聽口氣徐黑好像很快樂，倒是艾靜神色悽惶。

我沒有去打擾他倆。我茫然四顧，突然發現窗臺上的黑蜘蛛不知何時消失不見了。只有銀白的月光俏皮地在窗外樹層間跳躍。

注：《黑蜘蛛》發表於《廣州文藝》二〇〇七年第四期

# 天上的鴨子

# 一

小梅在臉蛋上掐了一把，我這是不是做夢呀。

小梅帶著單子正給母親去藥店揀藥，沒想到會在村口黃土路上意外遇到一群鴨子。打娘肚出世長這麼大，小梅從沒見過這麼多鴨子。簡直多得數也數不清。它們就像一隊遠征的兵士，密密麻麻，順著彎曲的黃土路朝空曠的田野走來。

小梅愣愣地讓在路邊，看著鴨子蹣跚著步伐，一搖一擺從身邊過著。

不知這些鴨子從哪個角落鑽出來的，這麼突兀地出現在小梅的視野裏，就像是從天上空降下來的一般。它們不急不忙蛇一樣往深秋的荒田而去。田園間，淡淡的山嵐如輕煙遊蕩。小梅踮起腳跟都看不到鴨群的盡頭。在這個長長的鴨群末尾，小梅見到了趕鴨子的人，那個叫阿遠的年輕人。

黃土路的拐角處，阿遠手裏舉著一根烏黑錚亮的竹竿。竹竿就像魔術師手中的魔棒一樣，指到哪鴨子就走到哪。這個趕鴨子的人準不一般，能讓鴨子這麼服服帖帖。小梅天真地發想。

阿遠的身板很結實，看上去臉色跟鴨毛一樣，麻灰。他動不動就喜歡匍匐在鴨群裏，觀看鴨子屁眼下墜的幅度。鴨子屁股垂在地上，禁不住要下蛋的樣子，好像還害羞。鴨子紛紛歡暢叫著高揚著頭走攏來，團團圍住他，就如都有什麼好事爭相對他傾訴。阿遠整個身子淹沒在鴨群裏，臉上身上沾了泥巴，還有鴨屎，真難以分辨出他的人身來。

小梅好奇地看著阿遠和那一群鴨子。

秋陽下，遠看去她就像地裏剛長出來的一棵小白菜，緊緊地，欲生發的樣子，一掐就能出水。在這樣長而空閒的季節，她原本可以跟父親出去打工。正在要動身的時候，沒料母親病了。她只好陪居在家護理母親。

原野裏，旱田水田相間毗連，顯出收割後深淺不一的禾根，稻草垛子隨處可見。三幾隻山地黃牛正埋頭啃嚼旱田裏新長出的淺草，尾巴悠閒快樂地展動，暖暖的陽光撫摸著它們。

只見阿遠憨憨地笑著，把玩那根長長的竹竿。竹竿頂端用鋁絲牢固著一個三角形的小鐵鏟。他發現一處乾田中央遺落有一些稻穗，便揮起竹竿，輕輕鏟起一小撮泥，往那地方一拋，泥巴便畫了一道弧線準確落在那裏。鴨群就一窩蜂撲過去，把那地方糧食覓得一顆不剩。這一切深深吸引小梅眼睛的方向，追出很遠，她還捨不得把目光收回來。

這是怎麼回事呢？小梅問。

就這麼回事啊。阿遠笑著說。他臉上寫著青草般的俏皮。

太陽快要下山的時候，阿遠把竹竿往田埂上一插，鴨子就安分地在水田裏覓食，不越田埂半步。有的一時興起，還亮開翅膀撲騰騰飛幾下，動作十分優美地先滑翔一段距離，再慢慢降落在水面上歡暢嘎叫幾聲。但它們的飛從不出田埂，是不會飛遠的。鴨子不是鷹，縱使有翅膀，也註定它們不能像鷹一樣在高遠的天空飛翔。

不一會，阿遠卻是不知從哪扛來了一只鴨棚。棚呈半圓筒形，頂是用粗篾曬簟綳的，遮蔭蔽雨，內裏的直徑恰巧夠搭一張簡易的床，被子炊具一應俱全。這便是阿遠的全部家當，蠻輕便的。

阿遠扛著家行走，鴨群到哪他家便安頓到哪。

## 二

儘管梅山這地方是丘陵山地，但那山勢蜿蜒到小梅所在的村落時，卻成了一脈闊大的田壟，且浸冬田居多。放眼望去，秋收遺落下來的穀粒穗子時時可見。往些年，一到秋天收穫季節，就不斷的有人背著簍子撿穀粒穗子，現如今農村的勞力大多出去打工了，剩餘在家的人地裏活都忙不過來，沒人稀罕撿那東西了，反正糧食也不是很值價。於是，田地上遺落的那些糧食就任由日曬雨淋，以致腐爛化成了黑黑的泥土。

阿遠選擇這個時間把湖鴨趕到梅山這偏遠僻靜的山地田壟裏來放牧，似乎是經過精心策劃的，他算準田野裏遺落的那些糧食正好利用來做飼料餵鴨。

那群鴨子一字形排開去，從這塊田到那塊田，就像梳子依次把那些遺落的糧食篦得一粒不剩。水田裏的泥鰍蟲子之類還來不及冬眠，也便悉數做了鴨子的美食。鴨子吃了這些活食，自是體格健壯毛色油亮，更見精神，下蛋率特別高。阿遠每晚能收撿一擔鴨蛋。

湖鴨下的蛋枚數肥大，晃著滋潤的亮光。鴨子吃食豐富且運動量大，那蛋營養也就特別豐富，挑到市面上，就是不買的人也湊熱鬧選上幾個回家做鹹鴨蛋，或蒸上少許石灰，味道均是透鮮得很。所以，阿遠的鴨蛋從不用發愁賣不出去。

甚至有那疲遝的湖鴨一邊覓食一邊等不及把蛋下在水溝邊旱田裏，或者淺淺的簑草叢中，白白的一團，極耀眼。第二天，小梅順著鴨群路過的地方尋找，居然也能撿到一些鴨蛋。更高興的是她媽媽吃了這些鴨蛋氣色上竟出乎意外地轉好起來。

阿遠把鴨棚安置在一塊背風開闊的旱田裏，隨便弄兩片石塊架起來就成了灶，接著他便生火做飯，炊煙便恣意在野外升騰。

鴨棚距小梅家並不遠，推開窗戶就可以看得見。逆風的時候，那歪歪扭扭的炊煙飄進了她家的窗戶，渺渺地，聞得著嗆人的氣味。

阿遠的飯菜挺簡單，菜一般就鴨蛋，或煎或炒，要不乾脆打荷包蛋，都是百吃不厭。當然，閒得慌是沒事時，他也抽空去濕田裏抓些泥鰍黃鱔之類的水族改善伙食。只要鴨群聽招呼，日子又這麼悠長，他想做什麼就可以隨意做什麼。

小梅親眼看著阿遠津津有味的生活，神往不已，天底下竟還有如此這般的活法，她是不曾想到的。她趁阿遠沒注意，偷偷操起他的竹竿，學他樣子趕那些鴨子。她一揮竹竿，鴨群就像受到了極大驚嚇，紛紛亂跑亂飛，不成章法。有幾隻掉進地穴去了。地穴裏是一條地下陰河。在梅山，這樣的地下溶洞到處都是。掉進去的鴨子顯見是找不回了。小梅局促不安，連忙說：對不起，對不起。

沒事啦，往後再不要輕意去碰我的竹竿啦，趕鴨不是你想像的容易。阿遠安慰說。

見阿遠這麼大氣，小梅愈加慚愧。她看著自己日漸隆起的胸脯，不敢挺起胸膛走路，怕別人拿眼睃她，特別是一些不安分的男人，動輒就直勾勾盯她胸脯，似乎硬要瞧出她的胸脯到底長出了什麼才收眼。母親看著她勾著背含胸走路的樣子，開始以為她哪裏不舒服，就關心地問她緣由。她回話說沒哪裏不舒服。母親後來畢竟不安心，想了想又追問，是怕羞麼？她就不做聲了。母親就知是怎麼回事了，開導她，犯怕什麼，女人的胸脯是要隆起來的，你看哪個女人沒有胸脯的啊。不用犯怕。

梅山的村莊雖然大，但也經不起這麼龐大的鴨群折騰，那些遺落荒野的穀物一個星期就被鴨群逐個梳理完了。沒食可覓了。該到別處覓食去了。阿遠的鴨棚不知道什麼時候撤離了。那天，小梅起床，和往常一樣習慣性朝窗外一望，發現不見了鴨棚，心地猛地一空，像拔出了一只蘿蔔，一時生滿了無邊的悵惘。她一口氣跑到一個高坡上瞭望，四周都沒有看到鴨群的影子。

母親稍微運動便氣喘，虛汗如雨。眼看著她的病情一天勝似一天，往後，還到哪裏去找到這麼好的鴨蛋呢。那鴨蛋簡直就是治病的神藥啊。小梅眼裏漸漸浮起一層迷茫的薄霧。

## 三

沒了鴨蛋，母親又想吃，無奈，小梅只好用雞蛋代替。不料，母親一吃就吃出了雞蛋的雞屎味，說這不是鴨蛋，雞蛋提火，於病效用不大，她不想吃。還說，小梅，你不要糊弄母親。久病的人，難侍候，稍有不如意的地方就怨言滿腹。小梅從沒想過要去糊弄母親，她找不到鴨蛋也是沒法，母親的話讓她眼裏噙滿委屈的淚水。但她理會母親，誰都不願意成天躺在床上，足不出戶。外面的世界無論陰晴，總歸是看不厭的。她期望母親早日康復，她也好早脫了羈絆出去打工。

秋天就在這期盼中遠了。聽說小梅媽身體還沒有康復，小梅父親留在城裏繼續打工賺錢，畢竟看病是要花錢的。小梅只能和病在床上的母親一起度日，枯燥乏味。小梅不禁抱怨：死阿遠，躲到哪裏去了，這麼多天都不露面。

這一天晌午，太陽很大，大得世界每一個陰暗的角落都溫暖起來。趁著這暖和的天氣，小梅幫母親洗了一個澡，然後，她自己也想舒暢地洗一個通透的大澡。

她正愜意地洗澡，忽聽得屋外竟突然傳來幾聲吆喝：賣鴨蛋——拖長的聲音有些耳熟，純粹外鄉人的口音。她急忙打開窗戶探出頭張望，只見阿遠挑著一擔鴨蛋，正一邊吆喝一邊走遠。陽光下他挑著的兩筐鴨蛋就像兩座金山，忽閃忽閃著光芒。

這個阿遠，真是神出鬼沒。小梅很驚喜，沖口就喊：阿遠，是你啊，等一下，我要買鴨蛋。

聽到喊聲，阿遠停足循聲看去，看到小梅頭髮精濕在視窗一閃就不見了。小梅顧不及洗澡了，若是阿遠又走丟了，還到哪裏去為母親買鴨蛋呢。她匆忙得來不及擦乾身上的水滴，套上一條碎花連衣裙就下樓了。

下去的時候，阿遠早已坐定在路邊一塊磚頭上等她，那滿滿的一擔鴨蛋就擺放在阿遠身前。他用手掌搧著臉上的汗珠，以期讓那些汗水風乾。

小梅是一個粗心的姑娘。她特意下樓去買鴨蛋，竟然連盛裝鴨蛋的任何器具袋子也忘記帶，看上去倒像是一個瞧熱鬧的人。在阿遠的鴨蛋擔邊，小梅窘迫極了。

阿遠打量著小梅，這個小姑娘幾天不見，似乎越見漂亮了，濕得掉水的長髮撫過臉頰，別有一番嫵媚的韻味，大眼睛水汪汪地招人疼愛。長長的碎花連衣裙因為身上未擦乾水而輕輕地黏在身上，包裹著她那姣好的身材，曲線玲瓏的，煞是好看。阿遠提醒她，就用連衣裙兜啊，這麼長無妨的。

沒別法，只好這樣子了。小梅就撩起裙裾下擺蹲在阿遠對面認真巴意選鴨蛋。選鴨蛋要看殼，殼有白殼的，有綠殼的。綠殼鴨蛋是鴨子活食吃得多才生下的，營養最豐富，照小梅讀書時學到的知識是微量元素含量高。小梅選取的全是青一色的綠殼鴨蛋，她擇了滿滿的一裙兜。

她怕難於找到阿遠，所以想多貯備一些，儘量能讓母親吃到病癒。那些鴨蛋壓得裙子沉沉的，小梅用力往上提，隨著鴨蛋的不斷增加，裙裾也越提越高。坐在對面的阿遠不經意就欣賞到了這樣一幅圖畫，兩根白藕越剝越深，直到根部，滿目凝脂似的肌膚，豐腴肥碩，恰到好處。阿遠有些看得呆了。

小梅選完了蛋，詢問阿遠多少錢。阿遠卻沉浸在想像之中一時半會沒醒轉過來。小梅循著阿遠的目光看到了自己的形象，臉騰一下像玻璃掉落在地，如烈火般燃燒了起來。她雙手捧住臉，鴨蛋全部像她的臉子一樣砸到地上。鴨蛋一著地就碎了，花花地糊了一地。小梅發瘋了一樣跑回家，嘴裏咒罵著：阿遠，死阿遠，你看什麼？你看什麼呀！

阿遠恍過神來，慌忙應著：我沒看到，我什麼也沒看到。

## 四

門是「啪」地一聲被小梅衝開的。小梅跑回家撲倒在床上嚎啕大哭，眼淚把被單洇濕了一大塊。她母親不知女兒遭遇了什麼樣的災禍，剛出去時還好好的，怎麼一下子就變成了這般場面啊。她神惶神恐，在床上急聲驚問：小梅，怎麼了？是誰欺負了你？

無論母親怎麼樣催促，小梅都難於啟口，磨蹭半天，才泣不成聲說：是那個趕鴨子賣鴨蛋的人。

母親知道小梅這些天為了買到好鴨蛋傷透了神。母親喜歡吃鴨蛋，沒想前不久聽到一種說法，說市面上出現了一種人工蛋，不是鴨肚子下出來的，是機器做出來的，形態和鴨蛋一模一樣，真假難分。現代社會真是發達了啊，竟然連鴨蛋也可以仿真。母親是斷不敢買市場上的鴨蛋了。及至小梅把那些在溪澗田埂邊撿到的鴨蛋帶回家，她還以為是假的，險些扔掉，後來經小梅一說才放心吃了，沒想一吃竟收到了意外的效果。

真難得小梅一片孝心。一個賣鴨蛋的外地佬，竟然敢欺負她的女兒，她氣憤不過。雖然全身虛弱乏力，但她還是強打精神拄著拐杖下了樓。她緩緩穿過樓梯上的陽光，樓梯轉角處久久可見她慢慢轉過的身影。她艱難的咳嗽聲在樓梯間不時回蕩。

母親下樓的時候，阿遠還沒走。他還在他的鴨蛋擔子旁邊走來走去，無所適從。他隱隱覺得如果不向小梅說明白點什麼就此離去，就會心有不安，所以他一直老實地等在那裏。樹影斜斜地附在他身上，把他的影子拉得很瘦，很長。

不知是怎麼了。一大早他就把鴨群安頓在一個大大的田壟裏，然後挑著先一天的鴨蛋乘車去趕場，沒想到半途那小三輪車陷入了路邊的一塊水田裏。那小三輪車陷在田裏推不動又退不了，與人嘔氣似的，像釘子一樣嵌在那裏。司機只好把貨物卸掉，再花錢請來附近的農民，好不容易用扛槓將車抬了出來，可是那田老闆卻說車把他的田損壞了，要賠償。司機說是空水田又沒長莊稼，要賠的是什麼，就這樣兩人扯上皮了。並且，看情況也不是一下子就完事的事了。

這時太陽漸漸西斜，場是肯定趕不上了，趕場的人這時分早已散了。阿遠只好挑著鴨蛋擔子沿途叫賣回家，不期攤上這檔子事。

母親老遠見到阿遠，就聲討：小夥子，你一個遠鄉人憑什麼欺負我家小梅？

沒有，沒有啊……阿遠囁嚅著說。

其實，母親也弄不清阿遠究竟是怎麼樣欺負了她家小梅，她說如果你還有良心就與我上樓和小梅當面說清楚，現在她在要死要活地哭。

阿遠跟著母親上得樓來，果真看到小梅哭瘋的樣子，大生憐惜，不知說什麼好，但他對母親說：伯母，我剛才見你上樓那麼吃力咳嗽，細觀又現臉色潮紅，可能是腎虛所致，症狀是咳嗽，腰痛，大便燥結，體弱無力。

是呀，你真是神仙。

阿遠說我有一個祕方叫核桃鴨子，需用一隻老鴨做引藥，再配以其他藥物組成一個食療湯頭。服用後就能溫肺定喘，補腎固精。興許可治你這病。

真的？母親驚喜。聽到這話，小梅也不哭了。

# 五

鴨群裏有一隻獨腳老鴨非常養眼。

小時候，獨腳老鴨還剛出殼不久，由於對這世界充滿好奇，到處逛蕩，顯得極不安分，不小心掉進一堆野火裏，燒傷了一條腿。當它瘸著條腿逃出火窟時，沒想被一條狗看到，把那燒傷的殘腿咬去吃掉了。獨腳老鴨當時就昏死在曠野裏。阿遠痛恨這匹狗，用木棒在狗頭上狠狠敲擊了一下，打得那狗嗷嗷直叫，遠遁了。

阿遠再看這鴨血淋淋的，想來是活不久了。

沒料，不一會，那鴨竟頑強地爬了起來，用翅膀平衡身體，靠一條腿掙著跟上了鴨群。它拖在鴨群後面，一瘸一瘸，泥地上便印滿了血印子。

獨腳鴨就在這樣的環境裏一天天長大，翅膀鍛煉得像鷹一樣強勁，往往在鴨群迷失了方向的時候，它就會奇蹟般出現在鴨群的最前方，引領前行。阿遠打心眼裏喜歡它，時常感歎它命運多舛。這麼多年了，阿遠想都沒想過要看輕它遺棄它。他讓它留在鴨群裏，帶領鴨群，影響鴨群。

鴨群是一個和諧而堅強的團隊。每天，一看見它們，阿遠心裏就那麼安適熨貼，蠻受用。

鴨群在陽光下的田野裏安靜地覓食。阿遠悄悄地捉了獨腳老鴨，抱著走進了小梅家。他生怕別的鴨子看到他捉走獨腳老鴨時寒心，不給他好生下蛋，他捉老鴨時像小偷一樣，避免被它們發現。老鴨沒有掙扎只把頭偎在阿遠懷裏，很安詳，它對自己即將面臨的命運似乎一無所知，又像泰然處之。小梅母親要的藥方中，老鴨是主藥也是引藥，是缺少不了的。阿遠親眼見到一個放鴨人用這方子給別人治病，效用神奇。本來，那個放鴨人還教過他一些放湖鴨的常識，包括老輩遺留下來的巫術，那巫術無非就是祈求主管禽類的神司庇護鴨群，免遭瘟疫野獸侵襲。那時候，對這個迷信大於科學的事情阿遠聽得似懂非懂，敬畏又疑惑。為了小梅母親的病快些好起來，阿遠還是狠了狠心。他不覺把鴨子抱緊抱實了一點。

阿遠把老鴨殺了。

同時，他把弄來的很多東西一併擺在桌子上：核桃仁，荸薺，雞泥，蛋清，玉米粉，味精，料酒，鹽，食油，蔥，生薑，油菜末。他把老鴨和這些東西拌在一起，蒸了一大砂鍋，滿屋子裏香氣氤氳。天上的飛鳥聞著這香，也紛紛停歇到屋簷上，不想動了。阿遠默然專注地做著這一切，怎麼看也像一個老手。母親在一旁看阿遠的目光也由猶疑迅速轉變成了欣賞。

滿滿的一砂缸核桃鴨子，母親努力吃了三天才吃完。吃完後，母親感到身體的深處似乎有堅冰破裂，並被漸漸融化，那些融化的濁氣在身體裏嫋嫋騰騰透出肌膚，大汗一身後，沉重的身體竟然一下就輕快了，調養幾天，竟能下灶弄飯了。母親高興地對小梅說，我的病好啦，閻王爺也收不了我了。小梅卻不知是生出一種什麼樣的情緒，這個神出鬼沒的阿遠，到底是可惡他，還是讓人喜歡他呢。

阿遠也並沒有因為母親病好轉就不再來了，相反他走得更勤了，隔三岔五就來小梅家送鴨蛋。他說這是剛下的鴨蛋，鴨蛋上還留有鴨子的體溫，有的鴨蛋殼上甚至還殘留著生蛋時的血漬，紫紅，趁著新鮮吃效果會更好。每次把鴨蛋一放，他還不停地幫襯著母親做這做那。看得出母親更是從心眼裏喜歡上這個聰明勤快的後生了。但小梅卻對阿遠不冷不熱起來。她心裏那個疙瘩始終都沒有解開，但又止不住對這個鬼傢伙好奇得很。

晚上，母親又留下阿遠吃飯。飯後阿遠惦記著他的鴨子，心急火燎地走了。兩娘女一沾枕，母親便輕聲問小梅：阿遠幫我們挑柴擔水，你曉得是為了什麼？黑暗裏小梅紅了臉，低低回道：不知道。

傻妮，還不是為了你。這小子嘴拙，不會說。母親笑道。

我還小……況且，我連阿遠家門向東向西都不知道，何從談起啊。小梅的聲音低得聽不見。

娘又不是要你就嫁給他，你看看也行，試著多瞭解。以後到哪去覓這麼聰明厚道的人啊。女子終歸是要嫁的，到時你嫁出去了，就再也不能陪娘了。母親不知怎的，聲音裏就多了一點哽咽。

娘，你想到哪裏去了，人家只是憐您的病，好心幫我們母女一把。早些睡吧，你的身體剛好利索，不要多勞神了。小梅回道。

那一晚的月色很好，隔著窗照到了小梅柔軟的身體，母親緊緊挨著小梅，慈祥地撫摸著小梅的頭髮，撫摸著她的耳朵還有眼睛，她的目光也像手一樣在這些地方輕柔地磨來磨去。小梅卻怎麼也睡不著，老是想著那個母親喜歡的後生。想著阿遠曾跟她講過的四野的鮮花，青碧的湖水，想著想著，彷彿自己就成了那湖水中的一尾水草……

# 六

阿遠依然找時間在小梅家走動，他把鴨群儘量靠近小梅的村莊放牧，不使離開太遠。阿遠是湖區人，小時候看到放鴨的人，就很羨慕，常做夢擁有一群好大好大的鴨子，這在他們那一帶湖區人的眼裏是一件了不起的事，就像他讀書各科成績優異時喜歡看老師和同學羨慕的眼神，那是一點假也沒有。

於是，長大後他也放起了鴨子。

像這樣利用天然飼料放養鴨子，開銷不大，蠻有賺頭，比起外出打工要合算得多。何況，阿遠他更想去嘗試一下這種奇妙的生活，滿足一下孩提時生出的一些夢想，他夢想長大後也趕著鴨子四處放牧的日子也真新鮮，阿遠很快就適應了這個角色，覺出了這日子中的很多東西都夠玩味。

母親病癒後，小梅開始天天去看阿遠放鴨，幫助招呼鴨群。沒事時她也幫阿遠縫補被山路邊荊棘掛破的褲子，穿針引線，一針一針，很細緻的樣子常常讓阿遠看得發癡。該當做飯時，兩人同去野外拾柴，然後，就在鴨棚邊生火的生火，切菜煮飯的就切菜煮飯，一起在灶台邊忙乎開了。特別是吃飯時一個蹲著一個站著，在露天裏，隨便得有種像家的感覺。只是這家天作蓋瓦，地為庭院，阿遠突然覺得有些寬泛，就將飯菜兩人平分了，叫小梅一同坐到鴨棚裏的床沿上吃，這樣家的範圍一下就縮小了，變得實了，更像家了。吃完飯，兩人對望著笑起來。生活中原來還有這般的樂趣，簡單穩實。

到了趕場的那天，小梅鬧著一定要跟阿遠去場上賣鴨蛋。其實那天在初冬天氣裏是少有的悶熱，可小梅不管不顧，特地沒有穿裙子，換了一身長衣褲，跟著阿遠上了場。想不到滿滿的一擔鴨蛋很快就賣光了。剩出了大把大把的時間，阿遠大方說：去逛逛吧。小梅因為母親的病窩在家裏已經好久沒出來了，而回去的車還要等好長一會，心想四下看看也行。

說是一起，可場上人一多，一扭臉就不見了阿遠。管他的，小梅正好少了拘束，自顧自四下看了起來。不知走了多久，小梅走過場上唯一的一家藥店，突然想起母親大病初癒，多進些補才好，母親身體強盛起來，她離家去外面打工才會少些牽掛。她想到馬上就可以出去打工了，享受自己賺錢自己花錢的獨立生活了，心情特別愉悅。她想買十盒「十全大補丸」送給母親，做為告別母親出去打工的禮物，低頭正準備掏錢，藥店的老闆就開口了，不要給了，你男朋友給了。小梅回頭見阿遠不知什麼時候從哪轉了出來，跟屁蟲子一樣跟在後面。這一嗓子把兩個年輕人的臉都說紅了。小梅卻嘴不軟：那是我哥。老闆聽了便笑著調侃道：哦，哥哥妹妹就對了。小梅的臉便籠上了一層紅暈，益加窘迫。

阿遠拉著小梅就跑出了店子，跑到離場很有些腳程的小山坡邊，距鬧市遠了，小梅氣不過，走遠了還在嗔怨：要你買什麼囉，害別個笑我。阿遠笑道，他們笑就笑，怕什麼？

你當然沒事，我一個細妹子，人家會閒言閒語的。小梅嘟起了嘴。阿遠半天都沒有回答做聲，只盯著小梅看。小梅警惕地問：你又看什麼？阿遠卻答非所問：小梅，你長得真好看，穿裙子的時候最有味。小梅一下子就想起了那個尷尬的下午，臉上澀澀地就青一陣白一陣的。關你什麼事？她本來想厲色責罵一回，可不知怎麼話一出口，卻是軟軟的沒有一點狠了。

阿遠說：你是我見過的最漂亮的女孩。小梅咬著唇聽著，不搭腔。我路過布店，給你買了一段布，做裙子穿，肯定好看。阿遠邊說邊從紅色塑膠袋裏拿出一段布料來，白底粉色的碎花棉綢，泛著溫柔的光澤，和阿遠眼底的光澤那麼像。小梅抿著嘴唇有些不自然，一下子不知該怎麼去迎接。

阿遠明顯感到了小梅的身體也在輕微地顫抖，長睫毛投下一彎淺淺的陰影，小梅很輕卻很堅定說：但是，但是我要進城的。阿遠愣了。這是他意料之外的，一時間他有些反應不過來。

我說，我說我是要進城的。小梅又說了一遍，與我一輩的同村人都在城裏打工，我也要和他們一樣，我要多賺些錢回來，爹娘盤養我不容易，為我吃了好多苦，我應該回報的。而且，我不知道我……

這句沒說完的話，小梅說得吞吞吐吐，阿遠也聽得一背的汗，眼裏柔和的光驟然亮了下，他緊張地一把把小梅擁入懷中，特別的男人氣息一下子就淹沒了試圖掙扎的小梅。小梅被阿遠摟著，推也推不開，越發猶豫起來，更可怕的是，她覺得自己藏在阿遠那寬厚結實的懷抱時，舒服得很，她的心裏也並不是那麼堅定地要推開他的呀。她這個想法一旦變得明晰起來，連自己也嚇了一跳。她結結巴巴地喊：小遠哥，小遠哥！

## 七

在鴨棚裏，小梅陪阿遠美美地過了一夜。

自鴨群來到村莊，小梅私下裏就老琢磨著如果能去鴨棚睡一晚，做一回鴨子的主人，一天可以不吃飯，但這幸福的心意一直沒有兌現。

鴨群就棲憩在鴨棚旁邊。

太陽剛掉進土裏，近山遠野都籠罩在暮靄之中。阿遠就和小梅把鴨子趕進了鴨柵（竹片織成的籬笆）。待他們吃過飯，田野已蒼茫一片，散居在村落各地的人家紛紛亮上了燈。月光絲網一樣輕籠這一片安靜的山地，涼涼的。鴨群已像嬰兒般你挨著我，我挨著你，緊靠著睡熟了。小梅也像鴨子一樣緊偎在阿遠懷裏，阿遠坐在床鋪上輕擁著她纖細的腰。清冷的月光霧一樣輕潑在鴨群身上，在那籬笆的頂尖尖上扭著身腰。小梅伸手去鴨棚外撈了一把月輝，給阿遠輕輕披上，就像是披一件禦寒的衣裳。

第二天早晨醒來，小梅和阿遠依舊還是以原有的姿勢半坐半躺在床上，他們的臉上流淌著大自然一樣的顏色。這時候，鴨柵上的月光已變成水，濕漉漉，欲滴的樣子。

秋天不知不覺就過去了。山地遠遠近近的茅草都枯黃起來了。

水田裏，湖鴨脫落的細碎毛屑被風吹來吹去，田徑上落滿了鴨屎。鴨子身上傳出的腥氣味在田野飄蕩。水溫漸漸降低，那些鴨子形單影隻擠在一起，好像孤獨的一個群體。有一兩隻鴨子卻是在水田中間戲水，翻筋斗，攪得一地「嘩啦啦」水響。

小梅家附近村莊的田野裏已沒有什麼食物可覓了，鴨蛋個數大小明顯地小了幾圈，啞啞的少了光澤，過去一天一擔蛋，現在只一筐了。這都是鴨子營養減少，餓得體重下降引起的。甚至還有些鴨子走不動路，病懨懨的。不能再挨在這方地方放牧了。

這一天，猶豫許久，阿遠趕著十數隻鴨子走進小梅家，對小梅說：送給你，我要走了。

真的要走了？小梅明知故問。

要走了。阿遠答道。

小梅的眼淚就出來了。她淚眼朦朧地看著阿遠和他的鴨群。鴨群隊伍長長的像一條龍，在田間小路上慢慢騰騰拐一個彎就消失不見了，就像它們來時一樣。她想，這個遠鄉的趕鴨人阿遠還會回來麼？

注：《天上的鴨子》發表於《作品》二〇一〇年第四期

# 城市豌豆

那豌豆像生了腳似的從晚紅手指間逃脫，歡暢地在水泥街面上跳著蹦著。晚紅蹲在水泥街面上也青蛙一樣跟它躍著追著。她在嘴裏嚼著的一顆豌豆正「嘣」地發出脆響。這清脆的響聲由她口裏傳出，響得一條街的人都聽到了。以為豌豆會將她的牙齒崩傷了，不料她卻神態自若半點邪事也沒有。她的牙勁真的非同一般。

晚紅自小就喜歡吃豌豆，並成了癖。她還洋洋得意替豌豆起了一個她認為挺快樂夠意思的名字，「蹦蹦豆」。她一直以來就把自己當成快樂女孩，常常為自己銜著蹦蹦豆而感到快樂幸福。她是一個因了一件順心的小事就很容易幸福和快樂著的人。

晚紅娘上城探望她，又特意給她捎帶來了一升炒香的豌豆。說她知道她的嘴饞在哪裏。在家裏，她是老滿，父母均嬌慣著她，疼著她。

晚紅在城市的一隅擺水果攤。以前，她的水果攤是流動的擺在板車上，推著沿街叫賣，夠辛苦的。本來她本人一點也沒感覺到苦，可是，她同學水雲見了關心她託關係幫她在城南市場謀到一個水果攤位。晚紅就正式擺起了水果攤。

晚紅的水果攤與這條街上其他的攤位一樣，不是固定攤位。她每月臨時向城管交納一定數額的管理費，城管就說你暫時擺了看看，上頭麼子時候不准擺了就不能擺了。

這條街上密密麻麻大多是買賣蔬菜和水果的人。上頭說這種狀況影響市容阻礙交通，甚至還影響環衛，城管就凶了臉趕。他們見著賣菜的就踩菜籃子，見著賣水果的就卸板車輪子撇秤桿。菜販們瞧著穿制服戴袖章的城管來了就如雞群裏竄進一條蛇，一窩蜂散了。他們挑著蔬菜手忙腳亂倉惶逃跑的樣子，有時還惹發出城管的笑容。然而，城管走了，菜販們又一窩蜂回來了。為了解決這個問題，上頭開闢了一條小巷做農貿市場，菜販們規規矩矩框在指定的地方做生意。但是那小巷實在太窄，光線暗淡，又偏僻交通不便，買菜的人都不願轉到那小弄裏去。於是，這街就依舊是原來的樣子。

「跑什麼跑？」晚紅一路追趕著豌豆。她不是因為遺落了一顆豆子而可惜，她是強上了勁了。好端端地豌豆分明在她掌握之中，卻偏生反骨想溜。你溜？看你往哪個地方溜。因此，她立即要把豌豆抓回來，就像員警捉拿逃犯。

豌豆一徑跑過寬闊的街面，停在對街眼鏡的腳邊。

眼鏡也是擺攤賣水果的主。他拉開大腿大馬金刀地坐在板車柄上。頭髮在他腦頂上分開一條路，向兩邊倒伏著遮沒了眼鏡的沿。他的形貌像是一個文質彬彬的書生，但更像是一個禍國殃民的漢奸。滑稽得真是可以。

「你終於跑疲倦了，不動了，蠢貨，你想跟我比拼腳程比拼耐力，差著呢。」晚紅伸手去眼鏡腳邊抓豌豆，一副勝利者的姿態。

「喂，你在和誰說話？」眼鏡問道。

「你管得著？」低頭追趕豌豆的晚紅嘴裏回答著眼鏡的話，抬眼向上望了眼鏡一望。她無意中發現眼鏡的褲襠裂開了一條縫，裸露出白色內褲的邊，內褲的質地也清晰可辨，彷彿還隱約看到一坨粗糙的肉。晚紅的臉像被火燒了一下，倏地便燙紅了一大塊。她扭轉臉儘量不去望那地方，繼續只顧抓她的豌豆。

「既然豆子來投奔我，我就有權保護它。」眼鏡說著，他把豌豆撈在手中。

「死臉，分明是我的豌豆，為什麼要投靠你，難道你身上有糖。」晚紅分辯道。晚紅眼裏，糖是對任何物什都構成吸引力的。

「我身上有沒有糖，你問一問豌豆。」眼鏡的手心攤著豌豆，掂著。他又說：「豌豆打定主意朝我這跑，一定是有自己的想法的。」

這時，晚紅又意外發現眼鏡口裏也在嚼豌豆。晚紅嘴上鬥不過眼鏡，窘迫極了，她罵道：「眼鏡，你是個流氓」。

「對呀，我是流氓，褲子壞了無人補。你不就是看我爛了褲子罷，外褲破了裏面還穿著一層短褲，夏天街頭上穿短褲的人萬萬千。奇什麼怪。」眼鏡說。

「你無賴，快還我。」晚紅不願跟眼鏡僵持，急著說。

「誰稀罕。」眼鏡把豌豆拋給晚紅。晚紅接了往回走。走至街心，晚紅感覺手頭那顆豌豆質地沒她那顆堅硬，重量也沒那顆沉。她就說：「死眼鏡，這顆豌豆不是我的，你調了包了。」

「豌豆就是豌豆，難保你能分辨出你的我的？我不信你有這種本事。」眼鏡心虛，他喃喃地說。

「我的眼睛裏有毒，自然有這本事。」晚紅蠻自豪。

眼鏡手裏握著一拳豌豆，他將晚紅那顆豌豆混在一起，說：「哪一顆寶貝豌豆是你的？你拿去罷。」

晚紅在豆堆裏挑出她的那一顆，心滿意足回到她水果攤前。

「喂，你還沒說出它們的區別在哪裏啊。」眼鏡不甘地問。

「你的叫豌豆，我的叫蹦蹦豆，明白這些，區分就容易了。」晚紅說完，無論眼鏡怎樣死磨硬纏，再不搭理他了，專心賣她的水果。

晚紅的家在山地。晚紅上城幾年了。按著她父母的意見當初是鐵定不准她上城的。他們擔心晚紅在複雜的城裏會吃虧。可是，晚紅中學畢業就對父親說，讀書是苦差事她不想讀書了。父親就說不想讀就別讀了，也好，為家裏節省一筆費用，你就上山放牛吧。

在山上放了半年牛，晚紅心情悶悶的。她一萬個也不願意就這樣老死荒山打發日子。有一回，她同學水雲從城裏錦衣而歸上她家看她。水雲頭髮染成棕色，像一個外國佬，她臉上打著胭脂水粉還畫著眉，握著手機，想幾多靚就有幾多靚。晚紅心裏更不能安靜了。她問：「城裏哪樣好賺錢？」

「哪樣也不好賺錢，條條蛇咬人。」水雲回答。

「那你在城裏做什麼？」晚紅想水雲這麼光鮮照人，準應是有生財門路的。

「我在賓館打工。」

「你帶我去，好嗎？」晚紅求道。

「我在賓館是給有錢的人洗頭洗腳按摩推拿，你願意？」

「那些有錢的人還規矩嗎？」晚紅擔心地說。

「有的規矩，有的不規矩，有的甚至胡來。」

「賓館還有別的行當嗎？」

「還有洗碗搞衛生之類，工資低很辛苦。」

「那我就選擇洗碗。」晚紅打算隨便找點事做，先在城市紮住腳根再圖其他。

賓館是清濁混居之地，晚紅不想久留，做了一年，就改行做起了水果生意。做水果生意是端自己碗服自己管，自由。

賓館的早晨和上午頂是清閒。水雲待在賓館無聊不好玩，就作興跑到晚紅水果攤幫她顧看水果。

晚紅的水果攤是露天的。攤板上整齊有序地排列著香蕉、蘋果、梨子等時鮮水果，還有淡紅的石榴，火紅的柿子。晚紅正在擺放西瓜。西瓜圓圓的，極不安份，在攤板上四處溜動。她懼怕西瓜滾落地面摔壞了，就拆開一隻裝鮮荔枝的泡沫箱，泡沫箱四分五裂成了一塊塊的板子。她在每一塊泡沫板中央弄一個圓圓的洞。泡沫板就像過去拘押犯人帶在犯人頭頸上的枷鎖，泡沫板擱在攤板上，西瓜鑲嵌在泡沫板的洞裏，就安份了，不滾了，聽話了。不一會，她把西瓜壘成了一座座塔似的小山。晚紅自己看著也中意。

從街巷裏射過來的太陽光將她的臉映照得紅彤彤的，也成了一只蘋果。她用一塊抹布挨個擦著水果，把水果擦得鋥亮發光。水果在陽光下更顯鮮美，讓匆匆過客忍不住停足觀賞，不想買的人也想買了。

剛進城的那一陣，晚紅不習慣都市生活，看著什麼遇著什麼，常靦腆不知所措。現在晚紅的臉色已經歷練得像水果的顏色一樣自然，會著什麼顧客講什麼話，老成持重的樣子。

「喂，晚紅，忙得過來不？」一見面，水雲就問。

「還算好，水雲，今天有空來玩？」晚紅挺高興，又說：「比先前推板車鬆氣多了，多謝你幫忙謀到了這攤位，晚上我請你客。」

「請什麼客？」

「喝茶、洗頭、吃宵夜，隨你便。」

「啊喲，晚紅變大方了。」

「是應該的哩。」

「我們之間有事只要做得到，甭提請客，要說請客，天天有人請我，只怕我不答應，因為應酬不過來，我才躲到你這裏來玩。」水雲眼眶暗黑，有些疲倦。她身材苗條勻稱長相靚，又唱得一首好歌。她時常對人說她把所謂的貞操和規矩看成一隻破鞋，想踢多遠就踢多遠。所以，她的朋友特多，三教九流都有。紅道政府官員有局長主任，黑道有幫會哥們，均是豪車接送。

這時，猛然響起音樂聲，是水雲的手機叫了。她看了看號碼並不接。可是手機執著地叫著。水雲在晚紅的催促下打開手機：「喂，哪位呀。哦，局長大人。有何指示。請我吃午飯推拿。你們安排好了關我屁事，我在鄉裏。不用來車接，因為您的車不能爬羊腸山道呀，好啦，我盡力趕回來，夠朋友吧。」

聽著水雲電話裏的話，晚紅猜測著一頭霧水。水雲說曹局長要接待外地兄弟單位來的一位領導，點名要她做推拿，她要吊一吊他的胃口。

水雲籠人確有一套。晚紅自忖學不來。

眼鏡身邊坐著一位少婦。少婦頭髮蓬亂，鼻青眼腫，楚楚可憐。晚紅見了有些同情，對水雲說：「你看對面眼鏡太不像話了，把他老婆揍成這樣，男人真不是好東西。」

「你吃醋了？」

「笑話，眼鏡這德性，誰喜歡他誰倒楣。」

「不，你的眼睛告訴我你喜歡他了。」

「我只是感到他很有味，談不上喜歡。」

「別人兩口子吵架，你著什麼意？」

「隨便說說也不行？」

「晚紅，感情事吃虧的總是女人，別太執著了。」水雲走了，赴約去了。

眼鏡身邊的女人也走了。

隔著街，晚紅大聲說：「眼鏡，幹嘛把你老婆打得這慘？」

「老婆，誰是老婆？我老婆還在那楓樹上打擺擺呢。」眼鏡手指著遠方的一棵樹，那樹從街道邊一個大院裏伸出來。晚紅望見樹上什麼也沒有。

「是你情婦？」

「你怎麼盡往這方面琢磨啊。」

「不然，怎麼黏得這樣近？」

「那是孫猛子老婆，孫猛子跟我是道上兄弟，他老婆不准他吸毒，他就打了他老婆。他老婆讓我勸一勸孫猛子。」

「那女人骨頭賤，嫁了這樣的老公，背時。」

「打是愛唄。」

「你今後打老婆不？」

「打，還狠。」

「不跟你說啦。」

天轉了一輪進入了晚上，街頭忙碌的人也稀稀落落了。晚紅卻還在忙。她會著了一個大主。那主說晚紅的西瓜又紅又鮮他全買了，只是他沒帶多錢，須跟他回家去取，看可以不可以。晚紅就猶豫不決，一個女孩晚上跟陌生人去取款，這年月不安全因素又是那樣地多，她有些畏怯。

眼鏡已經收完了攤，他過來胸脯一拍，說：「我代你去取。」

「要去我們一塊去。」晚紅其實對眼鏡也瞭解得不夠多，眼鏡家住哪裏姓什名誰都不知道，眼鏡的仗義讓晚紅心裏一熱。

取款回來，倆人默默地走在路上。眼鏡邁大步走在前頭與晚紅總是相隔一段距離。晚紅就說：

「喂，眼鏡，你趕約會去呀，這麼急。」
眼鏡就放緩腳步，等著晚紅。晚紅趕上來，問道：「你叫什麼名字？」
「叫眼鏡。」
「你讀了這麼多的書啊，把眼睛也讀近視了。」
「我家窮，讀的書不多，我眼不是近視是遠視，天生的。」
「你家是城裏的還是鄉下的！」
「城裏的。」
「為什麼不去上班？」
「下崗了。」眼鏡生硬地答。
「哎，你說話咋這麼蹦呀。溫柔一點嘛。」
路過一個吃冷飲的店，晚紅說：「難為你幫了大忙，請你喝一杯冰牛奶。」
「喝就喝。」
冷飲廳是空調，置身於這樣一個清涼世界，加之一杯冰牛奶下肚，眼鏡頓覺心靜了，說話也悠和了許多。他說他父親因公早逝，剩下母親和他相依為命，母親是縣刀片廠職工勞動模範，退休後他頂職進了廠。原想參加工作找的是一條生路，沒想變成了死路，刀片廠倒閉了。
「失業不要緊，擺水果做生意也不錯。」晚紅見眼鏡心情鬱悶，安慰他。
「眼下我想開了，形勢逼人只好如此了，下崗的時候我卻有些想不通，不然也不會做了蠢事。」
眼鏡沉重地說。
「做了什麼蠢事？」晚紅好奇地問。

「蹦蹦豆，你這探事婆婆，我憑什麼要告訴你。」眼鏡大聲說，似乎不耐煩。

他們兩人默默地坐在冷飲廳裏。什麼均不說。

「時間不早了，你娘會掛念你的，我們走罷。」晚紅輕聲說。她起身離開了冷飲廳。眼鏡跟在她後面隨即走出。

外面街上又恢復了悶熱。灑水車從他們身邊馳過。昏黃的路燈光下，水灑在水泥街面上騰起縷縷熱氣，塵埃馭著熱氣在飛著，撵著灑水車的尾巴漸漸遠了。

「眼鏡，你家住在哪？」

「刀片廠家屬樓。」

「刀片廠家屬樓不是這個方向呀。」

「我送你回家。」

晚紅租住著四小背後的一間民房，是一樓。因為房與房之間保持了一定的空間，光線還比較理想，並不顯暗。偶爾有稚嫩的讀書聲從學校裏傳來，除此之外，非常冷僻。迎接晚紅回家的是一陣熱烈的狗吠聲。晚紅開鎖進門後，那狗就停了吠，往晚紅身上騰著，放潑。它聞著生人的氣息，就嚴肅威猛地站在門口，把眼鏡堵在門外，不准過來。眼鏡說：「這狗對你好忠誠。」

「巴子，閃一邊去。」晚紅斥道。巴子聞聲退到屋角，匍匐在地，審視著眼鏡，搖著尾巴。晚紅說她一個人獨居城裏，沒人跟她說話就和巴子說，巴子不但是伴還是她的保護者。特別是晚上，只要有陌生人走近房間，它就吠，聽到吠聲，假如是小偷之類早就驚走了。

房間裏沒有凳子坐，站了一會，眼鏡告辭走了。走時，眼鏡望了一眼巴子，心說往後來時須加點小心，若讓它來上一口，就划不來了。

晚紅給家裏打了一個電話。晚紅沒有通信聯繫工具，家裏就把電話打到水雲手機上，拜託她儘快通知晚紅與家裏聯繫，水雲事忙但還是抽時間親自告知晚紅。晚紅以為出了什麼事了，心浮浮的。

接電話的是她母親，她說：「你太沒用呢，這麼久不打電話，讓家裏牽心掛念。」

「媽，往後一定按時打，還有事嗎？」晚紅說。

「你老大不小了，村裏像你這樣大的女孩都找婆家了。」

「別人有婆家，你眼饞了，是麼？」

「好地方被人家搶先擇盡了，輪不到你了。眼下，家裏來了幾趟媒人，難接待呢。」

「我還不想找。」

「你心裏有了？」

「還說不準。」

第二天，晚紅母親就上城來了。坐在水果攤旁邊，晚紅附著母親耳朵悄悄地說：「媽，你看對面賣水果的眼鏡有不有味？」

眼鏡依舊拉開腿坐在板車的柄上，他褲襠又裂一條縫，無論怎樣一條新褲子一到他手上褲襠就變得不牢固了。彷彿紙做的。眼鏡架在他鼻樑上，臉上未見任何表情。他正在嗑豌豆。

「他吃的豌豆是你給的？」

「不。」晚紅橫過街面走到眼鏡身邊，掏出一拳豌豆與眼鏡對換。

「我不換，除非你能說出你我豌豆的不同點在哪裏。」眼鏡趁機要脅。

「你是商店裏賣的，我是家裏帶來的，經過加工炒製的家鄉特產，吃味和感覺大不相同，你吃過就知道了。」換過豌豆回來，晚紅把眼鏡的豌豆交給母親說：「你辨一辨。」

豌豆是母親炒的，母親自然一見便知，不用嘗。

眼鏡聚精會神品著晚紅的豌豆，嗑去皮，放入嘴裏，豌豆破碎時那「嘣」的一聲，極響，很中聽，感覺真好，細細嚼著豌豆肉，香味不絕奇妙無窮。一拳豌豆，眼鏡很快吃完了。他走過來涎著臉對晚紅說：「還有嗎，當真是不同，如嚼仙果，往後我就買你的豌豆。」

「我沒有賣。」晚紅笑著說。今後只要母親帶了豌豆來，晚紅準分享一半給眼鏡。

「你為什麼也喜歡豌豆？」晚紅母親好奇地問眼鏡。

「喜歡就是喜歡，談不上為什麼」。眼鏡答。

「她是我媽媽。」晚紅忙介紹。

「哦，你好。」

待眼鏡走了，母親就說：「晚紅，你打電話要水雲來替你守攤，你陪我上街買東西去。」

到了新街，晚紅問道：「媽，你要買什麼東西？」

「眼鏡住哪？」母親答非所問。

「住刀片廠家屬樓。」

「我們走。」母親筆直尋至刀片廠。有幾個老嫗在院子牆角蔭處打字牌。母親上前訪問眼鏡的情況。刀片廠戴眼鏡的年輕人不只一個，那些打牌的老嫗聽說是賣水果的眼鏡，紛紛說：「哦，你是說那個蹲了三年大獄的勞改釋放犯。去，去，誰沾上他誰倒楣。」

「什麼？」晚紅母女倆驚得半天合不攏嘴。

根據老嫗們的熱情指點，她倆走進眼鏡家裏，眼鏡娘正在漿洗衣服，她身體像風車架子一樣，只見骨頭不見肉，大概是風燭殘年了。她們說是收購廢品的，看有廢紙、廢鐵、酒瓶的沒有。眼鏡娘望著這一對異怪的客人，說沒有廢品，收廢品的剛來過。兩娘女在眼鏡家裏轉了一圈，二室一廳，除了簡單的日常生活用品，未見大宗的電器傢俱。

返轉頭走在街上，母親問晚紅：「眼鏡還有味麼？」

「媽，你過份了。」

晚紅在街上擺水果攤，也賣過一回飄秤，差點把她的水果攤給砸了。買水果的是一個靚妹，她走起路來臀部一扭一擺，讓人感覺不是她的腳在走，而是她的臀部在走。她還蓄著長長的指甲，就像虎的爪子，加之她買水果挑剔得令人反感生嫌。特別是她目中無人的目光更不能讓人容忍，晚紅想弄她一下，故意刷了半斤秤。那靚妹發現之後要撅晚紅的秤桿，晚紅就說哪個刷你的飄秤，去奪，一人對一人晚紅也不怕她。結果，靚妹那令人恐懼的爪子沒傷著晚紅，反倒被晚紅絆倒在污濁的塵埃裏，弄髒了裙子。

靚妹立勢找回這一口氣，就慌忙打手機。

不一會，就來了一夥人，他們以為遇著大對頭，還帶著砍刀之類的兇器，晚紅見了腿肚子發顫，方才意識到一時任性惹了大禍了。

不想這時眼鏡迎著為首的人說：「孫猛子，你幹嘛，這是我朋友。」眼鏡握著晚紅的手。

街上人愛瞧熱鬧，圍了一堆子人，靚妹在人群裏用臀部蹭著孫猛子。孫猛子恍如不覺，朝眼鏡說：「兄弟，好久不見了，哥們啥時聚一聚。」

「晚上吧。我請你。」眼鏡說。

孫猛子帶著他的人走了，圍觀的人也散了。

從此，晚紅再不敢賣飄秤。

水雲日見瘦了。晚紅不經意看見她時常用手撓著胯部，就關心地問：「水雲，你病了？」

「沒有啊。」水雲掩飾道。

晚紅不信，水雲坐過的熱凳她不敢坐。擔心傳染了什麼。

水雲找到眼鏡對他說：「我給你做媒。」

「誰？」

「晚紅。」

「別開玩笑。」

「但是，有一個條件，你須幫我做一件事。」

「我不喜歡在我面前談條件的人。」

「你對孫猛子說請他放過我。」

「你得罪了孫猛子？」

「沒有。」

「不管你得罪不得罪，我都替你擔著，準沒事的，水雲你放心。」眼鏡熱心幫忙，何況是晚紅的同學。

眼鏡和孫猛子同是刀片廠的職工。照他們的話說他們的交情是淬過火的。眼鏡每天早起均去河邊練功夫，孫猛子親眼見到他隨便把雙腿一壓就成了「一」字。眼鏡的身手敏捷讓孫猛子在他面前不敢亂來。

在廠裏孫猛子動不動就曠工，當時的廠長拿他當癌，扣了他一個月工資並揚言除他的名。孫猛子恨透了廠長。刀片廠宣佈破產前夕，廠裏職工躁動不安，孫猛子對眼鏡說：「我們做了廠長，他日毛。」

「做就做。」

當晚，他們就把西裝革履深夜還腋挾公事包的廠長堵在廠門之外的一條通道裏。並放倒了他，是眼鏡放倒的，孫猛子就像惡狼撲食在廠長身上連剮三刀。其中背上一刀還深一毫米就進心臟了。廠長一聲未哼倒在血泊裏。醫院搶救過來後，廠長回憶說兇手是一個帶眼鏡的人。自然，公安毫不費事就逮到了眼鏡，眼鏡拒死相認該案是一人所為，於是，他被判刑三年。眼鏡出獄後，孫猛子在海天賓館宴請眼鏡，說眼鏡夠鐵。

緣於水雲的事，眼鏡在臨河一個小館子裏請孫猛子喝了幾杯酒。酒正酣，眼鏡問：「孫猛子，你將水雲怎麼了？」

「水雲日毛，曹局長更日毛。」孫猛子喝著酒，又說：「我要整爬他們。眼鏡兄弟，你說嘔氣不，本來我們兄弟幾個和水雲玩得好好的，曹局長那雜毛一個電話就把水雲要走了。」

「你就把氣潑在水雲身上，報復她？」眼鏡問。

「我們兄弟中有一人患了性病，他把性病種在了水雲身上，水雲又傳染給了曹局長，現在曹局長正跟水雲鬧皮絆呢。」孫猛子開懷大笑。

「水雲是鄉裏來的弱女子，何況，這件事也不關水雲的事。」

「誰叫她勢力眼？」

「看我們鐵桿一場的份上，放過水雲。」

孫猛子猶豫一會說：「既然你說了的，就順你的面子，不過你轉告水雲懂味點。」

晚紅是在夢鄉裏聽到鳥的叫聲然後醒過來起床的。城市裏難於見到鳥。鳥從幽靜的山地飛出來路過清早的城市，在城市的屋頂上盤桓停留，啁啾地叫著，它想用它的叫聲使城市祛除浮躁。可是，隨著城市天空的逐漸明朗，街上活動的人逐漸增加，也就逐漸又熱鬧起來。鳥明白自己的願望只不過是杞人憂天式的空想，又飛去了。

每天最早在街上擺水果的一般都是晚紅和眼鏡。往往他們擺妥了別人還不見來。他們比任何人均起得早。早晨的風在街上旋著，捲起紅的白的塑膠薄膜袋，在空中飄，飄進了敞開的窗戶。眼鏡閒著沒事好動在他的水果攤邊做金雞獨立，一條腿盤在頸項上，也像風一樣打著旋。他的褲襠「哧」的一下又繃裂了一條縫，街這邊的晚紅都聽到響聲。看著眼鏡的樣子，晚紅直想發笑。她說：「眼鏡，你發燒，孫猛子這樣一個兇神惡煞的人，你為什麼竟聽他喚使，落下勞改釋放犯的臭名。」

「我為什麼要講給你聽？」

「我要聽，我要聽……。」晚紅一口氣說了許多我要聽，宛如竹筒倒豆子。

「憑什麼。」眼鏡吶吶地說。

「你不該吃我的蹦蹦豆。」

「我不是為孫猛子，我沒那樣蠢」

「那你跟廠長有仇？」

「私仇倒是沒有，是公仇。」

「公仇？」

刀片廠的廠長職工們都恨，恨不能啖他肉。這麼響噹噹的一個明星企業，三兩年就給他糟蹋得不成樣了。他過去也像孫猛子一樣是社會上混的，吃喝嫖賭樣樣精通。他因為與主管工業的副縣長是郎舅，搖身一變就成了刀片廠的廠長。當了廠長，他每天挾著公事包進進出出，暗地裏習氣卻是不能改，挪用公款揮霍不顧職工死活。眼看廠子要倒了，職工們就發急，大夥拿了把柄上訪，一拖兩年，沒任何結果。眼鏡說：「一想到我和媽往後的生活沒著落，一想到全廠職工的生活沒著落，我就發誓要做了廠長，不做了他，我心裏就不能平靜。」

晚紅就唏噓。

水雲來了，她臉色活泛多了，大概是她的病痊癒了，臉上掛著笑容。她說是特意來感謝眼鏡，多虧眼鏡幫了大忙，她問眼鏡想吃什麼。眼鏡說他不抽煙，就來一瓶北京二鍋頭，外加一隻麻辣豬腳。眼鏡一個人在他水果攤邊吃著，吃得汗流浹背。

水雲就過來陪晚紅說話，她說：「晚紅，我要走了。」

「走了？到哪去？」

「流浪，一座城市流浪到另一座城市。」

「你不能停下來，找一個好地方安靜地生活？」

「我就像運動中的風，不可能一下子想停就停下了。」

晚紅知道水雲父母均是半瞎的人，糊口不能自保，還有一個弟弟在念書。水雲不流浪誰流浪。她問：「什麼時候走？」

「明天。」水雲說這個城市她混得太熟稔了，雖然朋友多，但都是逢場作戲，真正的朋友，只剩晚紅。

「既然這樣你走了也好。」晚紅清楚水雲是怕這個城市熟人多了，在街上遇到避免彼此尷尬。水雲吃這碗飯也難。

但是，水雲走了，在這個城市晚紅就少了一個朋友。

往後的一天，眼鏡沒來擺攤。他的攤位空著。這是晚紅擺攤以來從沒見過的事。她心裏產生了一種深深的失落。她不時望著對面的空攤發呆，又不時朝眼鏡的來路眺望。眼鏡還是未來。

幸好這天巴子跟來了。巴子見主人落寞無緒，逗著主人玩。晚紅與巴子正玩著，街頭上牽過一頭大黃牛，牽牛的人是屠戶，晚紅認識。那牛眼裏流著淚，「哞哞」叫喚，不肯往前走。也許是牛想起往後不能耕地了，無限傷感留戀罷。

巴子遽然看到牛這種龐然大物，害怕地「汪、汪、汪」大聲吼叫。巴子剛滿月晚紅就從鄉下把它帶來城裏，自是沒見過牛，即便小時候從牛的家鄉來見過牛，長大後卻忘記了牛的形狀。以至牛是惡是善都弄不明白了。

這一天，晚紅心情不佳，大早收了攤。

第二天，眼鏡又擺攤了，比晚紅先到。

晚紅就問：「眼鏡，你昨天鬼打暈了？沒擺攤。」

「看孫猛子去了。孫猛子吸毒販毒遭刑警銬了去，他老婆求我去桑林看守所瞧一瞧。」眼鏡又說：「如果不是瞧他老婆可憐的份上，我才不去看呢，耽誤了我一天的生意。」

下午，眼鏡在賣水果，幾個便衣扮做買水果的從背後制住了眼鏡。一個人聲音低沉地吼：「我們是公安，放老實點。」

「我想明白我又犯了啥。」眼鏡心裏坦然，未做反抗。

「昨夜孫猛子越獄逃跑，而你是他被捕以來唯一見過他的人。跟我們去說清楚。」

晚紅見狀神情大亂，她問：「眼鏡，你沒事吧？」

「沒事。」眼鏡眼睛透過鏡片清澈透明地望住晚紅。眼鏡的眼睛從來沒這樣清澈透明過。

公安擁著眼鏡進入了一輛停在不遠處的警車。晚紅猛然記起什麼，掏出一拳豌豆。這時，警車已經門關嚴實緩緩起動，愈開愈快。晚紅在車屁股後頭追著喊著，眼看追不上了，她索性將一拳豌豆撒向車子。

豌豆掉落在水泥街面上追著車子水一樣流著跳著，吸引一街的人眼也一波一波的，恍惚是城市的脈搏在舒緩地跳動。

注：《城市豌豆》發表於《天津文學》二〇〇九年第九期

# 霜天霜地

# 一

地上一片白，就連屋門前的水田也是滿眼一片白。冰一樣，蠻冷，是那種刺骨的冷。起初以為是下雪了，細一看，並不是。不期而至的，是降霜。

當華吉早起開門遽然瞧見這一幕的時候，驚愣了好一陣子。他咕噥著：「剛進寒露邊呢，看來，今年的霜天是提前早到了。」

滿屋子裏關住的溫暖跟著華吉背後一個勁努力往門外奔，撲向霜天空曠的原野，想讓被霜天強姦的大地暖和起來。可惜，這溫暖的力量太微薄勢單，才一出門，就遭霜天霜地毫不客氣打了收條，沒了影兒。空餘下老天蒼涼的歎息。

華吉背著雙手在草坪上溜達。腳下，凍僵的小草發出「唠嚓」、「唠嚓」痛苦的呻吟。華吉面對白茫茫的蒼天，呼出一口沉重的濁氣。濁氣在嘴唇四周的鬍鬚上立即凝結成細碎的水珠，透著亮。

豹子的前腳粗魯地搭在欄杆上弄出「砰、砰」的響聲。它已經看見華吉了，就在欄裏不安地躁動起來。豹子四肢粗壯，肌肉結實，形象高大，很雄性的。好像它永遠有留不住的勁勢。有時候，華吉還真羨慕它。

豹子是華吉飼養的一頭種豬，名字是華吉自己取的。他的意思是希望他的種豬像豹子一樣雄壯活潑，逗顧客喜愛。

這些年來，豹子沒辜負華吉厚望，每到一塊地方，給發情的母豬配種，從來不需要複配，成功率幾乎達到百分之百。母豬產仔多的十五、六頭，最少也有八、九頭。笑裂了母豬老闆的嘴。四鄰鄉親的，只要誰家母豬發了情，均說「找華吉去。」

華吉跟著豹子榮光極了。

山地人是很看重種豬的。豹子每配一回種，就能獲得三十塊報酬。配種期間，母豬老闆還管豹子和華吉吃喝。華吉把豹子當成活寶了。豹子的不安分並沒引起華吉的不滿，相反，華吉還好言安慰豹子：

「豹子，莫急嚧。」

他慢悠悠踱過去，卸了欄杆。豹子從欄舍裏鑽出來了，氣勢逼人。它不停地圍著華吉繞圈兒。平常，這個時節正是豹子進食的時間，豹子已經習慣了。華吉就說：

「豹子，省下這一頓明天吃吧，過一會秀姑那兒還有活呢。」

秀姑住山背後，單屋獨向。她男人在縣城一個基建工地做苦力，很少回家。昨天，秀姑家的母豬發情了，是豹子配的種。秀姑家的母豬是一頭老母豬，發情來勢緩慢。華吉說：「秀姑，還沒紅透呢。」

「什麼沒紅透。」秀姑不解地問。

「屙尿的地方不見黏液，只怕母豬的情沒發透。」華吉說。這種事華吉見多了，成精了。

「死鬼，就沒一句正經話。」秀姑臉色就很不自然，蕩漾著淡淡的紅暈。

「這遭，怕是枉跑一趟了」。華吉頹然道。

「休息一會，看情形再說吧」。秀姑說著，調了一盆精料伺候豹子。又著手張羅華吉的飯菜，轉個不停。

忙活了一整天。華吉酒醉飯飽。母豬那方面的動靜卻還是不見鮮明。秀姑又添餵了半升魚粉和蝦米，用來給母豬催情。末了，她朝母豬臀部狠狠踹了一腳，罵道：「沒用的東西。」

「算了。」華吉說。

「不行。」

「這種事霸不得蠻。」華吉一方面是真的替秀姑著想，霸蠻配種怕產仔量不高；另一方面華吉也是為自己和豹子，母豬產仔量不高事小，人家就會說豹子不頂用，砸了豹子的牌子。樹的影人的名，人靠名氣混飯吃，名頭倒了就什麼也不值了。因此，各行各業的人都小心地呵護著自己的名聲秀姑也有這個打算。一般來說，母豬發情週期是一個月，假如這一次粗心大意錯過了行頭，就只好推遲到下月了，那樣就多浪費一個月的飼料，挺不合算。她堅持說：「華哥，試一回。」

「要試就試吧。」華吉無可奈何。

豹子在母豬欄舍外轉悠了老半天，早耐不住了。秀姑一開門，豹子就虎氣地鑽進母豬欄舍，忙著套近乎。老母豬抵抗著拒絕著，與豹子在欄裏兜圈兒。儘管豹子後來終於還是苟且做成了那事，但整個過程看上去老母豬是勉強的，是不配合的，或者說是被迫的。它在豹子的虎威下屈服了。

天色不早了，秀姑就熱情地留華吉過夜，說：「華哥，別走了。」

「不啦。」這是華吉第一次打折扣。若是往常，且算秀姑沒主動留，華吉也早賴著不走了。這一回，他明白秀姑的意思，是想讓豹子晚間再配一回。豹子需要休息補充體力，連續作戰會損傷精血。想到這兒，華吉就安慰秀姑：「明早，豹子再來複配，效果會更好。」

「華哥，你生分了。」秀姑拿出三張拾圓的票子往華吉懷裏揣。

華吉擋回去了，吶吶說：「我是怕砸了豹子的名頭。」

# 二

「華吉，你要出門？」華響穿著一件半新舊的毛大衣踱到華吉身邊說。

「嗯。」華吉感到疑惑，哥哥從不過問他的事，天寒地凍的，為何一大早就恁地熱心？

「耽誤半晌，我們聊一聊。」華響在弟弟面前說話素來自成一種威嚴，不容抗拒。

兩兄弟臨風站立霜地上，相互對望著，流露的眼神不知是溫馨還是迷茫。背景是他們身後靜默的一排木屋。木屋瓦楞上也佈滿了雪白的霜，琉璃一樣。一縷炊煙鬆軟地升起，又四散開去。那是華響嫂開始生火溫洗臉水了。華吉突然打了一個冷噤。

華響關心地說：「這兒冷，進屋說去。」

「不，要聊就在這趕緊說，我沒空。」華吉兩眼望著豹子，豹子正在拱土。新土亂七八糟散落霜地。豹子頭上冒著熱氣。

「呷五保的事，欒山村長告訴你了嗎？」

「知道了。」

「你有什麼想法。」

「你認為？」

「若是要我拿主意，這事不妨暫時緩一緩。」

華響父母去世的時候，留下了一筆豐厚的遺產，那就是兩兄弟每人一棟木房。俗話說，父母疼滿崽，因此，華吉那一棟比華響的新一些，木料粗實一些，很值幾個錢。聽說村裏把華吉定成五保戶，華響就著急了。華吉成了五保戶死亡後，那棟房子就得充公歸集體，這是政策規定的。華響就迫不及待來探華吉口風。

聽著華響的話，華吉眉頭一動，渾不在意說：「那就緩一緩。」

他掏出懷裏的一張紙頭，將它撕成粉碎，丟棄腳邊。紙頭是民政部門印發的五保戶申請表格。

華響親眼瞧見華吉態度明朗，放心了，他高興地說：「弟，我們畢竟是兄弟，真是親的不疏，疏的不親。」

上前天，樂山村長特意上華吉的門，問他：「你今年六十一歲吧？」

「滿六十一，吃六十二的飯了。幹啥？」華吉回答。

「你已經夠五保戶的條件了，把這份表格填一下。」樂山村長送出一張表格。

「我還健旺，我不呷五保。」華吉拉了臉說。

「是樁好事呢，辦好手續，每年就能享受到民政部門發放的錢糧衣物等待遇。為這個待遇，有些人削尖腦袋作假往裏鑽。」樂山村長又說村裏是非常重視他這件事的。是認真貫徹落實政府溫暖的民心工程。

「這種溫暖我不要，如果你喜歡，就自個兒溫暖去。」華吉發脾氣了。「表格你收好，什麼時候想通了，什麼時候來找我。」村長惋惜地走了。望著樂山村長走遠的搖頭晃腦的古怪樣子，華吉臉上蠟黃蠟黃，彷彿霜打過的茄子。父親在那棟木屋住了一生，華吉也在那棟木屋住了一生，木屋依舊還是木屋。木屋靜坐在山與山之間的空地上，安詳而又古樸，就像一位久遠的千年看客。華吉恍如就在夢裏。還是欒山村長的話將他喚回現實裏，人生旅途原來說漫長不漫長說短也不短。這一天，華吉真正意識到自己老了。歲月的腳步就像催情的激素，不知不覺催人老了。華吉的思緒透過霜天這個嚴酷的季節，緩緩飄飛。

一旦一個男人成熟到該結婚成家的時候，他的親人友鄰們就格外關心起來，在山地，這種樸素的鄉情像一缸醇酒，向來就這麼自然地芬芳著。

那時候，華吉的父親還在，華響已經結婚自立門戶。華吉和父親組成一個家，家底不薄也不厚，日子質量算是中等偏上。又加上華吉人高馬大，長得標致，做媒的來了一茬又一茬，但就是沒有說合的。華吉不是說不中意，就是說沒有眼緣。鄉親們就議論：「華吉這伢，眼比天高，怕是想娶皇帝爺的公主。」

華吉只是一笑。

往後，做媒的人漸漸少了，他們怕華吉眼高又是無用功。華吉父親就罵：「你這孽種，也不稱一稱自己幾斤幾兩。」

父親故去做道場打卦，輪到華吉怎麼也打不轉。華響就跪在父親靈樞前，替華吉哀求：「爹，華吉頂撞了您，火氣就消了吧。」

道師就打卦，是陽卦。陽卦不是好卦。

後來，還是一邊的欒山嫂動了惻隱之心，她補上一句：「二叔，您老人家是擔心華吉婚事麼？」話還沒落音，卦就變了。是一副上好的陰卦。全屋的人均說：「欒山嫂，你真神。」

欒山嫂心裏那個高興，從臉上流出。

故去的父親擔憂著華吉的婚事，死不瞑目。

欒山嫂踢了華吉一腳，說：「這回該明白了。」

華吉臉上愁霧更濃。

熱心的欒山嫂想分憂解難了。

過幾天，欒山嫂家裏來了一位姑娘。欒山嫂說是她本家姊姊的妞兒，想放回娘女。約華吉過去看看。那姑娘美麗溫婉，很可人。華吉猶豫起來，他是該好好琢磨這件事了。

當晚，華吉摸黑走進了秀姑家。秀姑正在納鞋底。秀姑見他來了起身裝了一盤花生放在桌子上，低頭納鞋底。華吉一邊剝花生一邊看著秀姑納鞋，他把剝的花生米攤掌心裏，待有一拳多的分量時，就全部往口裏一送，嚼著津津有味。秀姑抬起頭笑著說：「瞧你這副吃相。」

「我就這種德性。」華吉彷彿很得意。

秀姑只是笑，淡淡的笑。那時，秀姑已經結婚三年，但沒生育。她問：「你心裏有事？」

於是，華吉一五一十敘說欒山嫂做媒的事，請秀姑一塊兒合計合計。

秀姑低頭靜靜地聽著，沉默了半個時辰。她去裏屋箱底翻出一雙簇新的千層布鞋。鞋底襯著一個心結，淡紅的那種，就如路邊的野菊。這是秀姑特意給華吉做的，做了好久，一直沒機會拿出來。這時，她顫抖著手交給華吉，說「送你做個紀念，一心去做你的新郎。」

華吉接過布鞋，揣進懷裏。第二天，他就搖著頭回覆欒山嫂：「難為你操心費力了。」

欒山嫂怒了：「華吉，等著去做你的光棍吧！」她恨華吉的不可救藥。

## 三

原野裏，三五個小頑童在耍。他們一起床就偷溜出來，湊在一起，手凍得像包子一樣腫，青紫紫的。但他們渾不覺得疼。大概是玩興壓迫了他們的感覺神經，忘記了痛。

路邊的一塊水田結著厚厚的冰。冰鏡子似的清晰地照見水底腐朽的禾莞和沉泥。玩童們砸開冰，把冰塊小心翼翼地搬到田埂上，弓著腰用舌去舔冰塊，不一會就舔出一個洞，他們再用一根小棕繩穿過洞將冰塊提在手中。恍惚他們手裏提著的是一個斑斕的琉璃世界。歡快的野笑聲使山地霜天的早晨平添一種熱鬧。他們驀然瞧著路過的華吉和豹子，紛紛嚷道：「華吉公，您又去背母豬啦。」

平常，遇著公豬和母豬交配的場面，他們均喜歡停足觀看，認為那遊戲夠刺激，頂好玩。

「瞧，你父母喊來了，快回家，別傷風了。」華吉很喜歡調皮的孩子。

走完田間小路，便是爬坡的山路。去秀姑家的這條路，豹子昨天剛走過。山路上也鋪著霜，很滑。一隻蟲子從樹上掉下來，落在霜地上，扭動幾下，便僵去不動了。識途的豹子精力充沛信心十足大搖大擺直奔它想要去的地方。華吉反倒還遠遠地落在後頭。他把手煨進袖筒裏，口裏微微喘著氣。唇邊鬍鬚直立成了一根根冰稜兒。

有上坡就必須有下坡，坡不大。豹子幾乎是小跑著進入秀姑家的。秀姑正在餵豬潲。豹子的突然而至把她嚇了一大跳，心兒還怦怦跳著。她嘀咕著：「華吉怎麼沒來？」

她探出頭望向來路，發現了半坡上的華吉。華吉拄著一根拐棍，生怕滑倒，全神貫注地走他的路，好像挺吃勁。她急忙把藕煤爐封火門打開，又添加了一個煤球，讓火亮透。

華吉一進門，滿屋的溫暖就撲面而來。凝結在肌膚上的寒氣慢慢融化了。秀姑趕緊關上門。避免暖氣走失。華吉將秀姑拉到寬凳上。寬凳又寬又長，能夠供人睡覺，鄉間上農家堂屋都擺，很常見。

「神經病，你想做什麼？」秀姑有些迷惑。

「證明一樁事。」華吉說。

「麼事？」

「我還沒老，還行。」華吉執著說。

「你呀，細伢子樣。」秀姑手指輕輕擰了一下華吉腮幫，親暱地說。

華吉摟著秀姑放置寬凳上。秀姑勸說：「晚上也不遲吧。」

「不，就是現在。」華吉似乎不容分說。

「那到床上去吧。」秀姑退步了。

「寬凳很好。」

「會著涼的。」秀姑擔心地說。她真拿他沒法。

就這樣，溫暖的寬凳上，一個老男人和一個老婦人就做起了好事。也許他們自我感覺挺好，狀態不比年輕時差到哪裏去。因為，他倆在這種忘我的境界裏，已經麻木成連門被人推開都不知道了。

推門的人是欒山嫂，她家母豬發情，是特意去找華吉的。她推開門一眼看到這種尷尬，連呼：「發財！發財！」慌忙退出門外，掩上門。

山地人迷信說人做這種事是看不得的，看到的人必定倒楣揹運。

華吉是豁出去了。他只管從容地做自己的事。等事情妥貼後，他才朝門外瓮聲瓮氣說：「欒山嫂，你自個兒趕豹子去，晚上幫我送過去就行了。」

「華吉，你倆這對狗男女，姦夫淫婦，我真替你們丟八輩子臉，混帳東西，王八蛋，騷貨，臭婊子。」欒山嫂數罵著，趕著豹子離開了。她怕誤了母豬配種。

照鄉間上的話說，華吉和秀姑確實算是一對地地道道的姦夫淫婦，偷偷摸摸做賊似的一晃便是三十來年，他們不算，誰算。

秀姑男人順林一表人材並不比華吉遜色。順林是秀姑舅舅的獨子。秀姑長大了，她媽就對她說：「幫舅舅把香火接下去。」

責任重大，秀姑欣然領命。

結婚那天，嗩吶聲響了一路。順林家屋柱上貼著迎新的紅紙對聯，上書「天作之合」，一派喜氣洋洋。

山裏人結婚均是要吃「好和」蛋的，一般是四枚，不成單只成雙，為的是圖個吉利和合，早生貴子。吃過「好和」蛋，熄燈就寢，秀姑發現順林是蔫的。秀姑以為順林膽細急蔫了，就鼓勵他，不用急，慢慢來。

努力一陣，順林氣短說：「表妹，對不起。」

以後兩三年，秀姑不聲張，順林四處延醫，沒任何進展。順林說：「秀姑，離吧。」

「甭提了，興許有指望的。」秀姑寬順林的心，其實，秀姑是想，好女不嫁二夫郎，女人嫁到第二嫁，就不值錢了，沒意思了。

一門心思，秀姑勤儉持家。看到人家餵母豬賺錢，秀姑心癢癢地，也蓄養了一頭。

那時華吉飼養的是一頭地方種豬，後來又換成了雜交種豬。種豬換了一回又一回，但名字只一個，就是一律叫豹子。華吉說他只喜歡這個名字。

秀姑和華吉之間的第一次，糊糊塗塗的。那也是一個霜天的早晨，秀姑約請華吉與豹子配種。霜是陰霜，不見白。陰霜凍死狗。凍是那種乾凍，只山頂當風的地方襯著些許白。樹身彷彿憑空縮小了幾倍。

豬欄裏秀姑事先鋪了稻草，又生了一盆炭火。母豬溫情地迎合著豹子，豹子不愧是箇中高手，放肆調情，欄裏充滿曖昧的氛圍。看著，感染著，秀姑臉上泛起朵朵紅暈，後來竟軟綿綿地顫抖起來。華吉關切地扶住他，傻裏傻氣問：「秀姑，你怎麼了？」秀姑嚶嚀著，順勢倒在華吉懷裏。於是華吉就做了秀姑。豬在欄的那邊，人在欄的這邊。事後，華吉望著稻草上那灘血，以為自己太狠了，內疚說：「秀姑，你沒事吧。」

「還好！」秀姑第一次感覺到了做女人的快樂。她說：「華哥，常來玩。」

## 四

夜晚，霜風細細的無孔不入地滲透進骨頭縫裏，手指頭，腳趾頭便斷了似的痛。

華響家高朋滿座。村裏有頭有臉說得上話的人都來了。當然，這麼熱鬧的場合，自然也少不了欒山村長。他就坐在華響身邊，喝茶聊天。他身前桌面上整齊地放著文房四寶，看架式大概是準備寫契約什麼的。這時候，欒山村長往往是雙重身份，一是以族人身份直接參與族人事務，二是以村長身份代表村級政權行使監督公證職能。

屋裏氣氛相當莊嚴。華吉一落座，就感到渾身不自在。他獨來獨往慣了，弄不明白這些人正襟危坐究竟想幹什麼。

上午，華響捉一隻大雄雞去拜訪欒山村長。欒山村長出去忙事沒回，是欒山嫂接待的。欒山嫂把他迎進屋，客氣寒喧一番，就說：「你家華吉是畜生呢。」

「欒山嫂，他幾時得罪你了？」華響驚問。

欒山嫂一想著華吉和秀姑那事，心就晦就作嘔，成天思量著怎樣出一口嘔氣。華吉個性不羈，根本不是循規蹈矩講道理的人。有時候，欒山嫂還真怕華吉横蠻，想教訓他，先就自感氣沮。但這種人絕不能讓他聽之任之，她想借助華響達到自己的目的。

聽完欒山嫂訴說，華響道：「秀姑平日老老實實，很守婦道，做出這種事確實不經想，人心不古啦。」

「母狗不搖尾巴，公狗不上背。」欒山嫂憤怒地說。

「他們越老越糊塗。」華響說。

「這對狗男女。」欒山嫂罵開了。

欒山村長回來了，見到華響，料準他有事，就支開老婆。他討厭老婆在旁邊那種天上事知一半地上事全知的婆婆媽媽。他說事喜歡清淨。

「村長，華吉可憐呀。」華響靠近村長。

「他的事，令村裏傷透了腦筋。」村長說。

「我幫你們做工作，他就是死活不開竅。」華響歎息一聲。他知道村長講的是華吉吃五保的事。

有婦人味。

「他思想有毛病。」

「毛病倒沒有，就是死要面子，如今這世界，面子值幾何，不如多來點實惠。」華響說話囉嗦，

「華響，你找我就為這事？」村長望著華響。

「有一件事，煩請你牽頭做主寫個契約。」華響轉一圈彎才上正題。

「契約？」村長問。

「無後為大呀，我擔心華吉老來無人贍養，想抱一個兒子給他。」

「抱誰？」

「三個兒子，隨便他挑選一個。」

村長拍著華響肩膀，激動地說：「華響，好樣的，兄弟畢竟是兄弟，是應該相互關心。」

村長臉色晴朗起來，他認為他有責任和義務促成這一樁好事。

待認準這些體面的人均是衝他而來時，華吉火了，他鐵青著臉吼道：「我的事，關你們屁事，真是褲襠起火鳥操心。」

無後，誰無後？華吉懷疑這些榮光的體面人是不是神經病了。

順林的小孩，是男的，一點兒不像順林，像華吉。華吉怎麼看怎麼像，怎麼歡喜。但這只是一種猜測，還需要獲得秀姑證實。好幾次，華吉忍不住問秀姑。秀姑總是緘口不答。問多了，秀姑就眼裏蘊著淚光帶著哭腔回答：「怎麼會呢。」

男人最怕女人眼淚，就是鐵石心腸的人也會的，華吉不希望秀姑傷心。秀姑也不容易，做人實在也是好難。華吉常常這樣體貼秀姑。

秀姑生育的男孩，是撞門喜。男女雙方第一次結合懷孕添喜，山裏人叫撞門喜。獲到這喜的悉數是福緣深厚的人。秀姑正式的第一次是豬欄見紅的那一次，她明知道是華吉帶來的。她發現自己懷了身孕，與華吉守口如瓶，卻對順林高興地說：「順林哥，我們有了。」

「有了，什麼有了？」順林喃喃地說。秀姑突然斜出的話令順林懵了。

「種，我們終於有種了。」秀姑指著尚未顯山露水的肚子，神態欣欣然。做母親是幸福的。只有能做和會做母親的女人才算是準女人。是女人就人人想做母親，這樣的機會女人都有。同樣是女人，可是秀姑盼這機會，盼得好心酸好蒼涼。

人逢喜事精神爽。乍聞喜訊，順林樂暈了。儘管種不是他自己的，他還是快活。順林家終歸有後了，這才是至關重要的。至於種源，倒不必斤斤計較。不管是誰下的種，只要順林和秀姑倆夫婦不說，天底下誰也沒資格提出異議，即便借個膽子也不敢，除非他皮癢。

從此，順林更愛這個家，更愛秀姑。家儘是秀姑操持，順林過意不去。日子有瞭望處，順林勤奮地賣苦力掙錢，他想，做牛做馬也值了。

順林見天留心一件事，那便是下種的人究竟是誰。那人真不簡單，悄悄弄了一頂綠帽子，自己竟然蒙在鼓裏，做人做到這份兒上，實在是窩囊。

生活中，有心在難和易之間搭起了一座橋。有心人難變易，無心人易變難。做任何事情均是這樣。甚至還聽人說有心人發揮到了極致，還能與石頭對話呢，順林沒有這種特異功能，他不能與石頭對話。慢慢地，華吉不可避免地走入了他的視野。華吉和秀姑表面上不怎樣，但表面的裏面，順林看到或感覺到了，兩人之間的一種電一種磁場，像火山一樣蘊藉著。這些東西太深沉太隱晦，順林讀不太懂也不想讀。他擔心這些東西讀透了，肥皂泡似的就輕易爆了。他笑著問秀姑：

「秀姑，種是你吃露水長的？」

「華吉幫你下的種。」秀姑大膽答。

「他是我們的恩人了？」順林料不到秀姑採取的是直接坦蕩的說話方式。

「你應該這麼想。」秀姑想如果順林接受不了，就與他離婚，再與華吉結婚。

「好，聽你的。」順林說。逆來順就是他早就深思熟慮打好的腹稿。他害怕失去這家，他害怕孤獨和淒涼。

「能這樣理解最好，我會好好報答你的，順林哥。」秀姑外表平靜如故，此刻，心裏卻翻江倒海。

「華吉知道種是他的嗎？」順林問。

「不，我永遠瞞著他。」

「秀姑，謝謝你。」順林感動得哭出聲來。

## 五

霜黏附山頂，一天到晚不見融，並且一點點地在壘。

山坳上，華吉一個人躅躅獨行，一步一步，身形那麼醒目。華吉走這條路不知不覺走了數十年。路上歪歪斜斜重重疊疊的儘是華吉昔日留落的腳印。欣賞著這些腳印，華吉笑起來。他不知道自己癡癡傻傻把一條挺簡單的山路走成了什麼。

四周山脈高低錯落，一陣陣林濤聲此起彼伏，傳送遠方。山腳下的村莊顯得那麼渺小。村莊裏進進出出的人們如螞蟻般緩緩蠕動，漸杳漸沒。翻過山坳，一彎簷角凸現眼底。簷角就像鳥的尾巴認準一個方向翹著。那種不變的執拗，是那麼靜默，迎接著華吉。那是秀姑家的。華吉閉住眼睛就能輕易地辨出單純的色彩。

秀姑家的屋檔頭，順林正在砌一堵土磚牆。順林首先打上攪稠的泥漿，再把土磚一塊一塊疊上去。土磚就如一個個凝固的日子，順林把它們砌進牆裏，越壘越高。

「順林，做什麼用？」華吉問。

「砌豬欄。」順林答。秀姑算計說，近來仔豬價格有所回升，糧食價格又猛跌，養母豬賺頭大了。她想添養一頭母豬，而欄舍不夠用。順林是秀姑的傳聲筒，凡是秀姑說的，他從不違拗。他認定秀姑永遠在理。

既然是秀姑的意思，華吉也是極願意全身心投入。他也砌起牆來。

「快歇一邊。」順林勸華吉。雞毛蒜皮一點小事，也麻煩華吉。順林心裏過意不去。

「加一分力量總是好的。」華吉一邊砌牆一邊答。他每回見到順林，就想起自己弄他女人，就多添一份內疚感。若是能通過幫他倆夫婦多做一點事，多分一點憂，削減深重的罪孽，何樂而不為。多年來，華吉一直這麼努力著。

秀姑忙完家務，也來幫忙。

不消一下午，他們仨就將一間土磚欄舍砌成秀姑心目中想像的那種完美。秀姑心情舒暢。他們仨之間的和諧伴著悠悠的林濤聲聲停在晚風中，被暮色四合。

堂屋裏飄出醇濃的香味，充滿了家的溫馨。秀姑家僅剩兩隻母雞。山地黃鼠狼多、狐狸多，秀姑小心防護著，能夠養大和保存這麼兩隻雞，已經很費神了。眼看著華吉這些日子心力憔悴，瘦多了，秀姑疼在心裏。她宰了一隻母雞，燉了。聽說黑豆能補腎補精氣神，就又放入半斤黑豆，一塊燉。另一隻母雞是給兒子留著的。兒子快回家過年了。

「嘿，好香的燉雞。」順林沒話找話，想把氣氛弄得更濃一點。他捧出一罐水酒，說：「來，華吉，我們一醉方休。」

「要得。」華吉擺著一種捨命陪君子的樣子。

兩個男人碗裏各盛著一隻碩大的雞腿，那是秀姑自己吃之前夾入的。雞身上就數雞腿肉肥，啃起來軟乎乎的，噴香。

一碗酒下肚，順林面紅耳赤，說話舌頭打顫了。他只一碗酒的量，再多喝，必醉無疑。他又給自己和華吉的空碗滿上酒。華吉本想阻攔他，又一想難得有這興頭，難得一醉，就隨他。

「咕嚕」一聲，又一碗灑下肚。順林趁酒性沒發作，扶著桌沿站起來，哆嗦地對華吉說：「兄弟悠著點兒喝。」

說罷，他搖搖晃晃朝自己臥房走去。他從不與秀姑睡同一個房間，他顧慮自己的無能會誘發秀姑的不快和傷感。他是睡去了。他木頭一樣重重地倒在床上，用被子深深地埋住身體，埋住不為人知的醉態。

順林走了，華吉一個人喝，秀姑是不喝酒的。秀姑悠長地歎一口氣，移坐華吉身邊，摟著他的腰，耳朵緊貼在華吉心口上，聽那心跳聲，遙遠而又緩慢。她輕輕地挪開華吉酒碗。

華吉屋門前空坪邊有一顆四季常青的柏樹，柏樹下生長著一株無名小草，那草葉片豐滿肥碩，身體裏似乎隨時都有充足的清甜的水汁欲從葉尖上往下淌。豹子很喜歡吃這種草，吃了一回又一回，以為吃沒了，沒料，到了來年，這無名草又從那兒倔強地長出來。

「秀姑」華吉輕輕地叫。

「嗯。」秀姑柔柔地應。

「來生，我倆還會相好麼？」

「會，肯定會的。」

倆人眼裏的淚珠兒就像天空中的雨，唰唰地發出下落的聲音。

人都是會老的，這是自然規律，誰也抗拒不了。只是沒料到華吉的晚景就這樣猝然而至，他和秀姑年輕時候都忽略了，如何去面對如何妥善安排，必須重新合計。

「華吉，你將房屋賣了。」秀姑說。

「誰買？」

「我買。」

「為啥？」

「為你。」秀姑是這樣想的，把房子買了，她和順林搬過去，和華吉做伴兒，好歹圖個照應。她兒子永吉在外打工也倦了，想回家定居，他就守著順林的老房子。

「秀姑，你的想法雖好，阻力可不小呢。」華吉擔心說。

「明早，你就對哥說，看他買不買。」秀姑估計華響不會買的。

## 六

霜封的大地凍腫成一只包子。地皮上隨意地鋪陳著一層細碎的黑泥土，螞蟻屎一樣，晾曬著。陽光網開一洞，照著溫暖的華吉。

華吉站在華響屋簷下。

不一會，霜天的陽光一如曇花一現，斂去笑臉，又陰了。益發是冷。刻骨銘心的冷。

老父親在時，華吉常常去華響家，大多是受父親支派。父親一死，華吉就嶄齊沒去過華響家了。華吉的理由是，沒事，去他家幹嘛，當然，過年過節，華響也沒邀過華吉。

隔著門，華吉望著華響說：「哥，我想賣房。」

「賣誰？」華響問。

「順林。」華吉補充說：「如果你想買，可以得到優先優惠。」

「順林，就是秀姑老騷貨的癟男人，廢物飯桶，也配得你的絕財產。」華響刻薄地說。

「到底你買不買？」華吉反覆問。

「謝謝你的關心，我沒錢買。」華響穩坐釣魚臺。

「你不買，我也要賣。」華吉固執地說。

「誰都沒資格賣。」華響說。

「誰才有資格賣？」

「爹。」

「爹埋在黃土裏。」

「爹在我們家的神龕上。」華響和華吉家的神龕上都供著爹的遺像。華響又說：「我們都住著爹的屋，屋的一磚一瓦全屬於爹。」

華吉想，自己做人一生，到爹面前，委實直不起腰啊。

秀姑臉皮厚，把順林和華吉兩個大男人玩得團團轉，對這種滑溜的手腕，村人都罵，都恨。她將樣帶壞了。她背後，村人的唾沫星子積成了一條河。

華響尋思華吉賣房是秀姑主意。秀姑是後臺。打蛇須打七寸。秀姑這婊子婆也太張狂了。坐在屎上不知臭。華響氣急敗壞走進秀姑家，一嘴火藥味說：「秀姑，你想買華吉屋？」

「是啊。」秀姑見來者不善，大膽說。

「憑什麼資格？」

「錢。」

「幾個臭錢。」

「錢有香臭之分，使用購物都是平等的，你的錢香難道能多買東西？笑話。」秀姑笑了。

「不知廉恥的娼婆。」華響罵起來。

「我是娼婆，你眼饞，是麼，你敢不敢像華吉一樣，量你不敢，膽小鬼。」秀姑不屑一顧痛快淋漓說。

這女人清濁不分不可理喻，大抵是瘋了。華響無可奈何地走了。

從華響家回來，華吉去看豹子。發現豹子的欄舍破了幾個洞，凜冽的寒風一個勁兒往裏灌。豹子不敢躺水泥地板，只在欄裏走來走去活動取暖。華吉趕忙用稻草把破洞堵塞嚴實，地面也攤上厚厚的稻草。欄裏頓時溫暖了。豹子高興地臥倒在暖和的稻草上，很快就愜意地打起了鼾聲。

華吉感到肚餓，就淘米做飯。水缸裏結著冰，很厚，舀不著水。華吉就用錘子去砸，結果冰砸開了，陶瓷水缸也破裂成二片。「嘩」地一聲，水流成一灘，四處跑著。一支煙久，流動的水凝固了。一股水流注入一個低矮的鼠穴，正在溫存的兩隻鼠受驚倉忙逃出洞口，打華吉胯下溜過，不知去向。

偌大的一棟木房，單住著華吉，空蕩蕩的。年頭至年尾，木屋裏許多地方華吉根本就不曾涉過足。他懶得去管。那些地方縱橫交錯織滿蜘蛛網，落滿塵埃，就成了老鼠棲身的理想樂園。

華吉家頂有活氣的動物算是鼠。關心和愛護華吉的人去他家串門兒，瞧著老鼠有時候竟爬到華吉坐的寬凳上胡鬧，而華吉熟視無睹，心裏不平，就提個醒：「華吉，花幾毛錢買幾包鼠藥，不就得了。」

是家就離不開活氣，需要熱鬧。華吉喜歡家裏的鼠，正像別人喜歡自己餵養的雞群一樣。老鼠比雞逗人喜愛得多。老鼠會唱歌，歌聲非常悅耳。特別是夜深人靜的時候，一個人睡在床上聽那優美的鼠歌，不啻是在欣賞一支曼妙的催眠曲，迅快入眠。

一有空，特別是陰雨天，閒著無聊，華吉就和鼠鬧著玩兒，打發霉變的日子。他做一只鐵絲罩，一邊用一段小木棒支撐，木棒下端緊繫一根長長的繩子，鐵絲罩下面放著誘餌，誘餌有熟排骨、炒香的稻粒子、花生米、紅薯片等，佈置停當，華吉就坐在火桌邊，手裏握著繩頭，木頭似的依牆假寐。

一隻碩鼠鑽進鐵絲罩啃噬排骨頭。華吉搶時間麻利拉了一下繩頭，鐵絲罩落下來罩住了碩鼠，碩鼠逃無去處，乖乖受擒。

「哈哈，哈哈。」華吉大笑起來，嚇得屋裏的鼠們亂竄。華吉捉了碩鼠，剝去皮，掏盡內臟，炒著下酒，還是一道別致的菜肴。

華吉正忙碌著，欒山嫂一路罵至他屋門口。

原來，欒山嫂母豬還差一個多月到預產期，昨天晚上竟不幸早產了。欒山嫂傷心地哭了，這是從未出現過的怪事。她念念不忘華吉與秀姑那苟且之事，準是那回衝了煞氣了。觸了霉頭了。華吉是單身漢，潑不進水，總須咒他一頓，方才解恨。脫了霉氣。於是，欒山嫂攞一塊砧板，用草刀剁著，坐在華吉門口鬧騰開了。

「華吉，砍你腦殼……」

圍觀瞧熱鬧的人越聚越多，他們也議論紛紛。「華吉太不懂味了。」「豹子不堪用了。」……

華吉沒有理睬欒山嫂，只管坐在桌邊吃老鼠肉下酒。其樂融融。

黃昏時分，欒山村長聞知此事趕來批評了老婆幾句，拉她回家了。

往後，豹子斷了生意，再無人邀請它配種。

# 七

年底，已經漸次聞著了新年將到的腳步聲，雜遝無章。外面打工的人陸續轉回與家人團圓，準備過年。鄉村裏到處濃郁著節日來臨的喜氣。等望中，秀姑兒子永吉終於也如期而歸。秀姑和順林心裏一度的掛念總算有了著落。

鄉裏過年，挨家挨戶興宰過年豬。別人家的過年豬全宰了，就差秀姑家了。秀姑就對永吉和順林說：「今天恰逢雙日，挺吉利的，你倆父子把過年豬宰了罷。」

永吉和順林把自家餵養的一頭土豬橫捉到寬凳上，土豬肉肥，頗適合做燻臘肉，吃起來又脆又香。順林費力扯著土豬尾巴，永吉左手捂住豬嘴，右手握一把磨利的屠刀，毫不遲疑地刺進豬的心腔，土豬起初還撕扯著喉嚨大聲嚎叫，可是，屠刀抽出來之後，隨著血的標射，那種像哭的聲音就漸漸小了，細了，最終斷了氣，被永吉丟在寬凳下的霜地上。只有血滋滋地流，鼓冒淡紅色的氣泡，彷彿流不盡。

血，有色有味，比水濃。

搞掂土豬，秀姑吩咐永吉：「崽啊，去喊你華吉叔吃頓豬血吧。」

「我沒空。」永吉本來是很聽話的兒子，沒違拗過娘的意願。

「為麼格？」秀姑問得蒼白無力。

「不為麼格。」永吉小時候上學，同學們說他像華吉，是華吉的種，說他娘不是好女人，華吉不是好男人。永吉不明白大人之間的事，聽到這些言論，但他無地自容，差不多背被人戳穿了，就嘔氣。如今長大了，沒必要嘔這個氣了，他想。

秀姑和華吉的事，秀姑不好解釋，也無法解釋，她只感到自己罪孽深重。她哭了，眼淚泉眼一樣湧出來，聲如蚊蟲般說：「不聽娘話的兒子不是好兒子。」

歲月不留人，秀姑心已經百孔千瘡。她老了，疲憊了。世界是年輕人的世界，老了就不堪用了。

望著兩娘崽鬧皮絆，順林打圓場說：「我去喊華吉吧。」

下雪了。天空中東一片西一片飄揚著雪花兒，落在霜地上，與霜凝聚在一起，氣溫愈加低了。

華吉生病臥床，屋裏一天一夜不見煙火。

他一半是替豹子的氣數發愁，一半是感冒發燒打冷擺子似的抖。他以為是患了瘧疾，就將家裏能取暖的衣被搬至床上，但還是止不住抖。

順林推開華吉外屋門，見沒人，喊道：「華吉，在家嗎？」

「順林，我在呢。」華吉應道。

順林又推開裏屋門，屋內一團漆黑，目不視物，順林關心地問：「華吉，你怎麼啦？」

「傷風了。」華吉的聲音從被內傳來。

「看郎中呀。」

「無妨的。」

「不看郎中，傷風也是可以愈拖愈重的呀。」

「你有事嗎？」華吉問道。

「今天宰過年豬，請你吃豬血呢。」順林答。

「謝謝你啦，領情了啦。」華吉感謝順林的熱情邀請。像突然記起什麼地又問：「永吉這孩子回了啊。」

「回了，他本想來看望你，暫時抽不得空。」順林幫永吉掩護道。

「你回去告訴他，不用來看了，教他好好忙自己的事。」華吉把頭縮進被內，再不做聲。

順林關上門離去了。

華吉粒米不沾，沒進任何飲食，大便是沒有的，想小便了，他屙在床邊的尿筒裏。床邊是木壁，尿筒嵌在木壁上。尿筒是用鑿空的竹筒做的，木壁另一面放著一隻小便桶。華吉屙的尿順著竹筒流進便桶，照樣發出「嘩啦」「嘩啦」的小便聲，很響。這方法簡便適用，是華吉發明的專利。

知道華吉病了，秀姑心被貓爪抓過似的，惶恐不安，好不容易挨至斷黑，她摸進華吉屋裏，把所有的門都門關牢實。也不亮燈。黑暗於他們是一種享受。他們的眼睛於黑暗裏可以看見陽光下無法看到的東西。秀姑脫得赤裸裸的溜進華吉被內，嬌媚地問華吉：「華哥，你怎麼樣。」

「很好。」華吉無限快樂無限幸福地答。他精神倍漲。

「很好就來。」秀姑摟著華吉滾燙的身體，兩顆心席地而睡。

屋外，大雪紛飛，山裏人早就熄燈就寢，整個村落覓不著一線燈光，靜謐而安詳。

子夜，一場大火悄悄地燃燒了一個通宵，照亮著飛舞的雪花。雪花歡快地為這一場大火歌唱。村子裏的狗們末日來臨似的吠叫著。

第二天早晨，一地瑞雪。待到村人發現，火已熄滅多時了，華吉的木屋也平空消失不見了。火是華吉失的。他不知是有意還是無意將一根燃燒的煙蒂兒丟在稻草堆上，沒成想，這星星之火竟很快燎原了。

豹子衝破棚欄跑出來了。它體無完膚，奄奄一息。它倒在華吉屋前空坪邊的那棵柏樹下。那是生長無名草的地方。霜天不是生長無名草的季節，自然見不著無名草。

注：《霜天霜地》發表於《芳草》二〇〇八年第七期

# 遊戲女孩

「喂，給我打個電話。」

有一天，她站在公用電話亭外終於對我說。她的聲音柔弱無骨，眼裏透著一種求助的神情。可是，聽上去她的口氣又挺大，彷彿預知我不會拒絕她，一點轉圜的餘地也沒有。我倆素昧平生，不知彼此姓什名誰，她竟出乎意外用這樣直接的方式求助於陌生男人，我真佩服她的大膽。我只是沉靜地望著她，淺淺地笑著。

「究竟答應不？」面對我的沉靜，她沉不住氣，臉上淡淡的潮紅了一片。

這時，我才好奇地說：「親愛的小姐，我樂意為你效勞，但是，我不知道怎樣幫助你。」

「看不出，你還是一位很肉麻的人呢。」她燦爛地笑起來，無拘無束地笑起來。不經意間，笑聲就像雪地上的日頭，把陌生感融化了，融得一點不剩。

我坐在公用電話亭裏，一條腿自由地擱在凳子上，不安分地搖擺著，隨便問：「給誰打電話啊？」

「蔡主任。」她說：「這是他家的電話，你只要幫我找到他就行了。」

蔡主任，哪個蔡主任，是哪個部門的，我一無所知。儘管心裏藏著疑團，但我不便問，也不想尋根究底。萍水相逢聚散無常，似乎沒必要沾惹這些鳥事。只見她非常熟悉地撥了一組號碼，然後，她的手臂伸進電話亭視窗，將話筒遞向我。

我把話筒悠閒地夾在耳朵與肩骨之間，當聽到蔡主任家的電話免提拿起的聲音的時候，我就故作深沉地說：「是蔡主任家嗎？」音調幽長綿延，像是從地底冒出來的。

「是哩，你是誰？」接電話的是個女的。電話裏傳來她小心謹慎的聲音。

「是他的一位朋友，請找他接聽一下電話。」我不慌不忙支吾她。

電話那邊沉默了一會，她像是猶豫，不耐煩說：「雞有名狗有姓，躲躲藏藏，算是什麼。」說到後面，聲音好像變成了某種有形的物體朝我擲來，怒氣沖沖地說：「對不起，他去鄉下了。」來不及採取措施應對，「啪」地一聲，那邊單方面掛斷了電話。

捂著話筒，我呆若木雞。生活中，什麼樣的角色都有，偶然充當一回這樣的角色，倒也新鮮。我歎息著衝她攤一攤手，無可奈何說：「我盡了力了。」

她一臉失望地問：「是女的？」

我點一點頭。

「她簡直是一點素質也沒有，粗魯可惡得就如鄉下的老巫婆。」我詛咒那個女人。我猜想她大概就是蔡主任的妻子。想到無辜地受了她的輕慢，我心裏就有些鬱悶。無論如何，她都不應該用這種態度待人，太缺乏教養了。我又嚷道：「假如她是我老婆，非將她休了不可。」

這些話蠻中聽，恍惚觸到了她心坎上，她高興地讚許地望著我，立刻說：「你最有意思了。」

「為了你，我還從來沒受過這麼大的委屈呢，你應當給我一些補償。」我嘟噥道。

「是哩，是理應得到補償，你說吧，需要什麼樣的補償。」她大氣得什麼都可的樣子，反倒使我很難為情的。

「你，你叫什麼名字？」我忍不住問。

「雪梅，下雪的雪，梅花的梅。」她爽快地回答，但她也不說她從哪裏來，到哪裏去，做什麼事。只說她出身農村，大學畢業沒事做在流浪。

雪梅，這個名字蠻有詩意的。我裝腔作勢吟哦著，眼裏自然就幻化出一種意境，皚皚白雪的原野上，一種叫梅花的花堅強地站在雪地裏，迎寒鬥豔……

我不無賣弄地品味著這個美麗的名字，並將它和她的人聯想在一起。不料，雪梅卻毫不在意說：「名字只不過是人的一個符號，況且，這個名字是我父母取的，如果說一定隱喻了什麼意思，這個意思也不屬於我，而是屬於我父母。我一直以來就弄不明白，梅花為什麼一定要開在冬天，如果開在春天或者夏天，不是更好麼？老哥，你不要搞複雜了，我喜歡複雜的問題簡單化。」

這個雪梅太有趣了。於是，我對她說：「雪梅，認識你我真高興。」

「是麼？」她「吱」的一聲極響地做了一個飛吻，小鳥一般清脆地叫道：「拜拜。」

她像天邊的一朵雲，輕快地飄走了。她蹦蹦跳跳隱沒在街上熙熙攘攘的人流中。我心悵然若失。電話亭落滿了金色的晚霞。

電話亭四壁均鑲嵌著透明的玻璃，夕陽映照下閃閃反光，特別引人注目。枯坐在這個透明的物體裏，我感到無比的安適和中意。我剛參加工作兩年就下了崗，就自謀出路辦起了公用電話亭，到現在我已經經營有三年多了。

小本生意不是出息人做的。電話亭屬小本生意細水長流，度日糊口還馬馬虎虎，靠這發財那是指望錯了。因此，我一個年紀輕輕的大男人常遭受世人的白眼，他們似乎在說這個年輕人怕就是這個出息了。按理，有志向的人是謀大事做大事的。但是，我並不在乎，世上路有萬萬條，各走各的，又沒礙著誰，犯不著非要這樣看重別人的評說，理會別人的指長指短。所以，我陶醉在自己苦心營造的狹小世界裏，管他春夏與秋冬。開電話亭總比那些下崗閒置在家無所事事的人要強，他們任何收入也沒有，而我儘管從事這個不很體面的行當，卻是勞動所得，日子充實。我常這樣暗自安慰自己。

南門市場是這座城裏最熱鬧的街道，整天擁擁擠擠的，大多是賣菜賣土特產的農民，他們天沒濛亮就開始在這街上忙忙碌碌，一直忙到斷黑。大家給這條街起個外號叫農民街。我的電話亭就很榮幸地座落在農民街的腹部，也就是街中的交叉路口。來電話亭打電話買煙的多是鄉下人但也不乏城市人。總之三教九流的都有。每天，我在這亭裏，看人來人往，閱人無數，倒也自在。

不過，像雪梅這樣鮮明張揚著個性的，卻是極為少見。

在此之前，雪梅不定期也光臨過幾次電話亭，但均是打了電話付錢就走，就像成千上萬的顧客一樣，平常得毫不起眼。我模模糊糊記得她第一次出現在電話亭的時候，身上飄著山地青草的氣息，撥電話號碼的左手食指殘留著農村姑娘剁豬草時不小心受的刀傷，相當電眼。我的眼睛停留在那一道醒目的傷口上，雖然傷口已經癒合多時，但我還是全方位發揮想像，揣測她受傷時鮮血迸流的形影。她疼嗎？她哭了嗎？她怨艾嗎？我的思想就這樣輕輕地像魚遊曳在這種縹緲的意象裏。她發現我在注視著她的傷口，急忙慌亂地把受傷的地方藏進褲兜裏，不一會，又把手拿出來，坦然地撥打電話，是那種我沒做小偷的自信和堅韌，恍惚有一種軍人在戰場上英勇負傷時的雄壯和榮光。

這麼長時間窺視別人的隱私，是對別人不尊重，我以為已經傷害她了，我以為她以後不會再來了。天生就有的好奇心終歸使我過早地驚飛了這一匹小巧玲瓏的俏鳥，我無形中犯了一個不能寬恕的錯誤，並為我不應該的行為深深愧悔。

可是不久，事實又再一次證明我的判斷欠準頭。不知過了好些天，正當她在我印象中漸漸淡去的時候，她又從哪裏冒出來落在我視野裏。

那是一個隆冬的下午，天氣特別冷，下了幾天的細雨剛息。電話亭玻璃上罩著一層淡淡的霧水，看外面活動或靜止的景物有些朦朧。生意冷清得沒一個人來光顧。我坐在電話亭裏烤火，翻看一些雜七雜八的書。

電話亭前的街面上簇圍著一圈人，像鐵桶一樣緊。他們是什麼時候到這裏來的，我一點也不知曉。我的整個身心浸泡在書上跳蕩的文字裏，沒閒心去理會窗外的事。這一群人的中央躺著一個雙腿畸形的殘疾人。他不能站立走路，他身體下墊著一張厚厚的橡膠皮，是從農民街的端頭滾過來的。街面上骯髒的污水把他滾成一塌糊塗，臉不見臉，鼻子不見鼻子的。寒冷的天氣使衣著單薄的他瑟瑟發抖。他口裏含混不清呵呵有聲，身邊擺著一隻裝過牛奶的空洋鐵桶。

「造孽喲！」善良的圍觀人紛紛將零星紙幣放進空洋鐵桶，好像他們熱心救助的是整個不幸的世界。期望中，紙幣如落葉一般墜進空桶。

這時，人群裏鑽出一位嬌小的女孩，也就二十來歲的樣子，她笑盈盈從皮夾裏抽出一張嶄新的十元人民幣，優雅地一揮，人民幣就像硬幣一般筆直落向鐵桶，兩物相觸，彷彿聽到猛然碰撞的交接聲。

我的眼睛一亮，是她。

她總是這樣出乎意外適時而至，像一陣風，說去就去，說來就來。

她來了，她來到電話亭，又打了電話。接電話的可能也是女孩，沒聊上幾句，就掛了，內容無關痛癢。

「他會站起來。」她冷不丁說。像是自言自語，又像是特地對我說的。說完，她輕聲唱著一支明星的歌走了，清幽的歌聲漸去漸遠。我望著她背上的黑色坤包發愣。

是麼，他還能站起來麼，那個下肢殘疾滿身污濁的人還能站起來麼，我不敢想像。她輕巧的一句話，讓我琢磨了一下午。

整個下午，我都在仔細觀察殘疾人，希望雪梅的話在某一條線索上能夠得到驗證。我相信她絕不會無緣無故說這麼一句不負責任的話。我是一個地地道道憑眼睛和感覺判斷事物的人。並且，自信率特高。我知道接下來我該做些什麼。

果不其然，暮靄降臨了，街頭上一切變得模糊。殘疾人悄悄地脫離開人們的視線，去到一處背彎的去處，竟奇蹟般站起來了，他拐進一條陰暗的小巷，腳步利索極了。

天啦，原來世界這樣難以琢磨，原來他是一個出色的演員，他剛才逼真的演技真真讓我服了。由此，我愈發是服了雪梅的精明。

往後，雪梅來電話亭越來越勤了，有事沒事，打打電話，聊聊天，轉眼便是半年。有時候她是順便路過，有時候她也許是故意轉到這裏來的。

我抑制不住心頭的躁動，問她：「你哪裏人氏？」

雪梅眨巴著眼，口裏嚼著檳榔，她說：「吉慶。」

「吉慶？」我心裏猛然暖流一樣湧出熟悉的親切，因為那是我老家所在的地方。我的先祖就安息在那裏，我的童年也是在那一方寧靜而神奇的山地度過的。

「你去過吉慶？」她偏著頭問。

「不止去過，說起來我們還是同鄉。」

「那我很榮幸呢。」在異域他鄉遇到故人，看得出來她真的很高興。

「雪梅究竟來自吉慶哪一座山，哪一棟瓦房？」

她詭祕地笑著：「你猜唄。」

我胡亂猜了一陣，不見章目。再問，她又顧左右而言它。把我撩撥得心癢癢地，她卻並沒當回事。我慌不擇語：「雪梅，你真不真誠。」

「真誠？什麼叫真誠啊。」她滿臉稚氣，渾然無知天真得像尚未啟蒙的孩子。

我真是自討沒趣，非常尷尬地晾在一邊。空氣似乎凝固，風也死了。

沉默一會。她咯咯笑著說：「老哥，我帶你去參觀一處地方。」

「什麼地方？」我陰沉了臉。

「我的住處。」

「行呀。」我口頭應著，心頓時鬆泛了，彷彿有涼風嫋嫋吹過。

街頭上五花八門的商店招牌好像也沐浴了四月的陽光，明媚多了。我和雪梅以散步的方式走在街頭，回頭率特高。偶爾邂逅我的熟人，他們指著雪梅關心地問：「她是你朋友？」

是朋友麼？捫心自問我自己也不明白。如果是朋友，又是哪一種意義上的朋友？是不是那種特殊意義的朋友？我搖搖頭。對雪梅，我實在瞭解得還不夠多。儘管她魅力無窮。朋友本是一個挺簡單的辭彙，在這裏卻讓我頗費神難以定位了。我不能答覆關心我的熟人。

倒是雪梅慷慨地答：「當然是。」

雪梅的住處位於城市邊緣，是一個單人間，大約五十平方米。她說租金不貴，也只五十元一月，還包水電。站在她的陽臺上，一邊可以看到高樓聳立的城市，一邊可以看到山地廣袤的田野。我情不自禁說：「雪梅，你好風光。」

「是的呢，我不風光誰風光呀。」雪梅當仁不讓，臉上分明蕩漾著幸福的神采。這畢竟是住在城裏啊，與偪促的鄉村對比，完全是兩碼子事啦。她打掃完衛生，招呼我說：「你坐呀。」

她的房間雖然簡樸得只有一張木板床，一台舊式彩電，卻很乾淨。她打開電視機。我坐在床沿上看電視，一邊問她：「你怎麼知道那個殘疾人會站起來的？」

這個問題一直困在我心裏無解，總想找機會求個答案。

「因為，在別處我曾經看見他也依樣畫葫蘆。」

「既然識破機關，為什麼你還犯傻施捨？」

「別人心有鬼，我心無鬼。我圖的是一時興起。」雪梅儼然悟道高人，豁達大度使人咂舌。我不知她是從哪本破書上摳來的歪理邪學，令人哭笑不得。

我清晰地明白，這絕不是單純意義上的單純。她忽然使我產生害怕的感覺。遠處有汽車賓士。我感到心在浮蕩著。世界是一大堆泡沫，所有有形的東西都變成了一種虛無，輕飄飄的，望不到底，著不到任何實處。我多麼地彷徨無依。

忽然，沒關的門洞裏走進來一個個頭不高的男人。看見他，雪梅忙替我介紹：「這就是蔡主任。」

「蔡主任，久仰大名。」我們兩個男人就如久未謀面的老朋友一樣熱烈地握手，彼此寒暄。

蔡主任長相一般，氣質一般，談吐也一般，他身上委實沒有一點特別的東西讓我記住他。然而，他的到來多少讓我看到實實在在的人間煙火，至少讓我暫時游離了先前那種虛無的感覺。

我心鬆動了一下。

恍然記起是委託別人在幫我守電話亭，我不能在這地方逗留太久。我起身向他倆告辭走了。我在走廊裏分明聽見蔡主任在說：「這後生蠻懂味。」

五月，陽光離我們越來越近。我身上的衣服由原來的三件脫減成了一件，還是覺得悶熱。用來遮羞的衣服簡直成了人的累贅，有時候，我真想把它扔得越遠越好。

一個來月沒見到雪梅了，我心裏竟然莫名地好慌好空。這期間，我去雪梅的住處找過她。找她不為別的，只圖跟她聊上幾句。也奇怪，無論聊什麼，過後心就貼了，就實了。遺憾的是，我並沒有如所想的那樣見到她。一把鎖將她與這個世界的聯繫和消息全部鎖起來了。我在她門口徘徊，甚至執著地等待。鎖孔裏透出潮濕的氣息，一如久無人居。門上的塵埃也原封不動。這一切的跡象表明雪梅離家去遠方了。遠方是一種距離，更是一種縹渺，幾多熟稔的人事，只要搬上遠方兩個字就輕易地隔斷了。遠方太令人生嫌。回到電話亭，我鋪開一隻煙盒紙，隨意寫起詩來，題目是「一張白紙」：

憂鬱把感覺疊成礁石
一顆心就這樣安靜
沉澱在幽深的海底
隱忍和堅韌浮出
水面舒展成一張白紙
折入信箋
郵向遠方
……

可是，遠方在哪裏？遠方又怎麼樣呢？最終還不是一張白紙。我把這首詩燒了寫，寫了燒。無邊的蒼茫和徒喚奈何的感覺深深地籠罩著我。

一天，我瘋了般正在反覆寫這首詩。雪梅又幽靈一樣現身了。這一回，她不顧電話亭的窄小和悶熱，直擠入電話亭大方地坐在我身邊。看到那首詩，她皺著眉頭讀起來，朗朗有聲。

待她讀完，我問；「感覺如何？」

「想哭。」她說。

她居然一下就進入狀態找到感覺，我羡慕她的聰明和悟性。我請她談一談看法。

「憂鬱和一張白紙聯繫在一起，很有張力，這首詩寫得好，但是我不敢恭維，特別是你對生存狀態的那種認真和執著，我更是不敢苟同，人生苦短，輕輕鬆鬆走一遭不是更好麼？為什麼要讓自己過得這般沉重，讓世界這樣悲愴。」她解讀道。

畢竟是上過大學的人啊，讀得這樣透徹。我恍如被人點了穴，癱軟在凳子上，淌了一身大汗做不出聲。

「好啦，不談了，談詩太無聊了。」她拿過電話機，又旁若無人地撥電話。

這時，我才發現她穿著一套白色的裙子，脖子上掛著一隻漂亮的白色小手機。她打了幾個電話。我問她：「你有手機了，為什麼不用手機？」

「沒電了。」她輕描淡寫答。她又說：「好了，什麼時候記起來了，就打我的手機，最好是傳簡訊。」

她主動告訴了我她的手機號碼。從此，聯繫就會方便了。

我要過她的手機把玩著。我驀然看到手機螢幕上顯示一則簡訊：「握著老婆的手好比左手握右手，握著情人的手好像回到十八九。」

「這算什麼啊，太粗俗了。」我大驚小怪地說。

「難道粗俗不好嗎，你身上什麼都好，就是太崇高了。」雪梅就是這樣總給人意外的驚奇。

她的話我往往接受不了，但咀嚼一陣，又好像的確是那麼一回事。我把電話亭所有玻璃窗都打開，使空氣流動。眼饞雪梅的日子一天比一天鮮活。這個世界的所有就像是為她而存在的。我向她請教遊刃有餘的竅門，她懶散答：「玩。」

而且，她還大侃了一通玩家理論。人的世界組成不外乎男人女人，有時是男人玩女人，有時是女人玩男人，男女組合在一起就玩生活。

順著這個新鮮的玩字，我就想自己整天把自己框在這個小小的電話亭裏，不知外面變化了的世界，就是想玩也玩不轉啊。我真的幻想有朝一日能夠丟棄電話亭，輕裝上路，滿世界瘋跑，好好地玩一回，那才是一種大境界。

「你知道這手機是哪來的嗎？」雪梅忽然問。

「花錢買的罷。」我判斷事物往往從循規蹈矩出發。

「恰恰相反，沒費一個子。」

「撿的？」

「與撿的差不多。」

果然天上掉了餅子。我納悶，這種好事我就從沒碰上過一回。雪梅的運氣總比我們好。

「蔡主任送的呢！」

「女孩子不應該隨便受人禮物。」我記得我父母是這樣教育我姐姐的。「你喜歡蔡主任？」我明知她和蔡主任沾糊在一起，卻還冒二傻氣。

「我不願回答這個問題，在我這裏沒有喜歡和討厭這些詞。我只知道玩，譬如，蔡主任想玩我，我就玩他。」

「你真是個大玩家。」

「你不是也想玩我麼？」

「是麼？」我懵了，我知道玩麼。

「可是，你和蔡主任玩的方式不同。我的方式也就改變了。」她眼睛明亮地望著我，估不準走向。她的身邊不乏男人，我算什麼，一個支配守電話亭的男人。

近來，我時常聽到電話響，拿起免提聽不到盲音和其他任何聲音，只是一種寧靜，幽深的寧靜，然後許久才聽到免提輕輕擱落的微響，有時候幽深過去後又是一陣綿綿音樂，細如遊絲。來電顯示電話區號是〇二〇，過些天是〇一〇，飄忽不定。朋友們說，只有兩種可能，一是騷擾電話；二是有人在用另一種方式愛你。

懂得愛的人能夠詮釋心與心之間最深的內涵。被愛是幸福的，這個浪漫的愛人又是誰？

我坐在電話亭裏等待愛情，沒事，就動不動給雪梅發短信息。我感覺到陽光每天都是新的。深巷裏，響起哀樂，並且一路迤邐踏街而來。老遠我就看到一支素裝的送葬隊伍，隊伍後拖著十數輛小車，一律配著白色的花圈。勢氣將街道的每一個空間都塞滿了，交通淤滯。

我看見蔡主任皮遝地帶頭走在隊伍前面，病懨懨的。他胸前兩手端著一隻黑框遺像，遺像裏是一位離開這個鬧世微笑而去的老人，無疑是蔡主任的老爹。

蔡主任和他老爹領著隊伍迤邐而行。雪梅也在隊伍的末尾，她朝我擠眉弄眼，狀極滑稽。

當晚，我耐不住寂寞去拜訪雪梅。剛至走廊，便聽到雪梅房裏傳來吵嚷聲，略一聽，便知是蔡主任和雪梅在吵。蔡主任喪服加身，確是好雅興。只聽他說：「你就將就我，玩一回吧。」

「我們不是在玩麼？」雪梅依然是笑。

「你別裝蒜，打馬虎。」

「誰敢跟你蔡主任打馬虎呀。」

「看在我所投入的時間和金錢份上，你滿足我一回吧。」蔡主任懇求。

「至於時間和金錢是你自願的，我並沒要求你這樣。你走吧，過一會我哥會來看我了。」雪梅說著猛然把蔡主任推出門外，關死了門。任蔡主任在外往裏擠，門紋絲不動。雪梅不再出聲答應，不理他了。蔡主任悻悻地走了。

我急忙閃入過道裏，幸災樂禍地目送蔡主任垂頭喪氣的背影遠去。正在我在考慮是否留下和離開的時候，突然聽到雪梅房間裏傳來一個匙子落地的聲音，開始以為是雪梅不小心掉落的，我沒怎麼在意。

不一會，「砰」的一聲巨響，熱水瓶摔在地上爆炸了，緊接著「劈劈啪啪」，一打碗碟又成碎片。我好奇地像小偷一樣通過門縫向裏面窺視，看見雪梅站在房間中央，淚水正泉源一樣湧出來。

五月的風從窗口灌進去，把她的衣襟和頭髮吹動。

注：《遊戲女孩》發表於《山東文學》二〇〇八年第七期

# 恩牛碑

# 一

林四海左眼皮跳，老跳，止也止不住。

左跳財，右跳災。他從不輕易跳眼皮，這麼發瘋般跳，難道真要應驗了？只要能發財，就任由眼皮跳吧，天天跳也成。林四海心情輕快，眼睛低在路上，期待。說不準前途某個地方就有人家遺落的大團結呢。

然而，大團結沒撿到，等來的竟是禍事。對象還是他的宿怨老張頭。

哪裏跳財呀，活活的，這不是跳災麼。

林四海後悔死了。他本來趕著猛子犁廟邊那幾分水田，沒想老張頭路過說水庫下林四海的責任田田埂不知怎麼垮塌了一邊，田水嘩啦往外流。那田是林四海家最好的責任田，也是全組最好的責任田，位於水庫下，灌溉方便，田泥又深，肥沃，當時組裏責任田調整，肥田瘦田每家實行搭配，林四海抓鬮抽到這田，全組的人都羨慕他好運氣。那田林四海剛施了家肥，並且還養了一田魚，這樣一來，不但肥水流失了，魚也肯定跑光光啦。林四海顧不及犁田，急匆匆看現場去了。他抽身上岸時，一腿的泥水，不停地灑了一路。

老遠，他就看到自家田裏的肥水果真往別人家的田裏流。在斷水處，他還看幾條手掌大的鯉魚探頭探腦，說不準也在覓機向外溜。林四海就心疼地凶巴巴把它們趕進田裏。也看不出田埂垮塌的原因，是不是有人故意害人。林四海來不及細想，最要緊的是趕快把田埂壘起來，恢復原狀。

沒想到他壘田埂的這段時間，頂多一下午，猛子與老張頭家的小公牛會在陡峭山道上發生角鬥。如果犁田，和猛子在一起，管住了，就不至於釀出這等禍來。

老張頭家的小公牛被頂落丈來高的溝谷，摔斷了腿，走路一瘸一瘸。老張頭上門要求林四海賜個公道。老張頭說話嗓門細小，彷彿喉嚨裏咯著物什，不緊，不慢，卻聽得林四海頭皮發麻，發炸。

一見到老張頭來，林四海就預感沒什麼好事。

林四海板著臉，望住暑假在家放牧猛子的兒子，問：「星來，這到底怎麼回事？」

星來八、九歲年紀，在村上的學校讀三年級。他沒見識過這陣仗，也不清楚爹和老張頭之間的恩怨糾葛，但看臉色子知道闖了禍。放牛回家，他謊稱犯睏，老鼠一般偷偷溜上床，躲進被窩裏，不敢吱聲。這時見父親問及，知道事態嚴重，不能蒙混過關，就眼淚鼻涕哭成一堆。星來不說話先哭。在林四海那裏，這一招蠻管用。林四海即便想責罵也狠不起來。

星來放牛回家路上，村裏的牛群均會在一起。老張頭家的小公牛騷勁十足，一會向這個背上爬，一忽又往那個身上搭。那些比它弱瘦的小公牛和小母牛都被追趕得四散奔逃，不敢與它同道。

羊腸山道上一片混亂。

陡窄的山道上只剩下猛子。猛子就像根本沒發生什麼，照樣走自己的路，不忙，不慌。

面對這種冷峻，老張頭家小公牛應該知趣，見好就收。它惱猛子擋礙了視線，示威壯膽似的厲嚎，就像一個酗酒的醉漢為自己鼓勇。

小公牛的囂張誰都看了生厭。猛子見它往自己撲來，車轉身，輕易就把小公牛頂落山谷。山道坍塌，石頭挾著碎土滾起的塵煙從谷底漫上來。小公牛灰頭土臉，要多狼狽就有幾多狼狽。

## 二

林四海木蟲一般，坐在苦楝樹下。

那裏有一塊乘涼歇息的石墩，平時下地回家，林四海喜歡在這坐一坐。他從褲袋裏摸出一塊生薑，折斷一節，刨了皮，放進嘴裏，含著。生薑辛辣，氣香特異，林四海喜歡這種刺激，以為巨爽。一遇什麼事沒打心裏來，林四海就吃生薑。借生薑來發散心中的霉氣，久而久之，就成了癖好。他的生薑癖，就像別人的煙癖，酒癖。村人說林四海怪異，煙酒不愛，卻偏偏愛上了嚼生薑。林四海在屋後的菜園子裏特意闢了一塊地，種生薑，每年都種。一到夏天，生薑的氣味就在林四海屋場周圍飄蕩，整個村落的人就都知道林四海的生薑怕是又豐收了。

生薑成熟了，他不賣，全堆屋場一角，只為滿足自己的癖好。

過足了癮，嘴裏品嘗出了火辣辣嗆人的生薑味，林四海心地也就漸漸澄明起來。

烈日烙鐵一樣落在地上，毒毒的。空氣中好像某些看不見的東西著火，在燃燒，閃著炎炎的火苗子，穿過樹隙，往林四海臉上舔著。林四海的臉曬成了紅雷公，像掛在大門上的一把鐵鎖，鏽跡斑斑。那些鳥呀蟲呀藏進樹陰，或者罅隙裏，不見影跡。鴉雀無聲。

林四海擔心猛子中暑。他把猛子從欄裏牽出來拴在屋前草坪邊緣的苦楝樹上，那裏山谷的風拂浴，樹陰遮擋，涼快。

猛子不像林四海牽出來的，確切說是猛子自己走出棚子的，林四海一開門，它就迫不及待往外走，腳程比林四海還快。草棚那個鬼地方，背風，逼仄，堵得慌。猛子浴水似的，全身毛髮盡濕。林四海愛恨交織，在它身上隨便摸一把，一手的水珠，就咒罵：鬼日頭。

猛子呼吸到新鮮空氣，哞哞地拉長聲調叫喚。

猛子是林四海飼養的一頭水牯牛，高大的身架，強勁有力的大犄角，粗壯靈便的四條飛毛腿，一日耕耙個三、五畝田，一點不費事。大山裏難尋第二頭。林四海就靠它做陽春。

山裏人誰都巴望自家的牛強壯。

角鬥也不要輸場。

如果自家的牛輸了，就感到自己像牛，𢤱𢤱的，一下子比別人矮半截，說不起話。僥倖贏了呢，就像吃了七八分蜜，渾身上下通體舒暢，一剎時就擁有了揚眉吐氣的資本。

但林四海例外，他心眼老實，隨隨便便，上一點好，下一點也不錯。在他看來，人活世上就是相互作伴，非要紅臉灰臉爭個短長幹什麼呢。

他羨慕村裏那些長年在外打工賺錢的人，他們有知識、靈活，賺到錢是他們的本事。像他這樣的人，即使是借個腦瓜子給他，也肯定鬧騰不出大的響動來。自己幾分本事自己知道。

他心思全都花在田裏土裏，從不去琢磨人。種什麼作物，什麼作物適宜什麼季節，犁是犁，鏵是鏵，他套得精，沒浪費過土地光陰。旱天，別家的莊稼枯蔫，他卻成天挑水做死裏澆，不分晝夜。一年下來，同樣的土地，他一準比人家多收三五擔穀物。

只要出了門，他從不讓手閒著，猛子喜歡的草料總要攏撈幾把回家。夏日的夜晚，山地默蚊子多，牛屎蚊多，猛子身上被咬了很多坨。默蚊子不出聲，咬起來比誰都厲害。林四海心痛，就如咬的是他，每天晚上點燃艾蒿，用蒲扇朝牛欄裏煽，薰蚊。艾蒿燃放的煙霧掛在牛欄簷角，東歪西扭，沒有方向地瀰漫，散發出迷人的香氣。碰到這香，蚊蠅就遁得遠遠的。林四海感覺心裏蠻受用。猛子呢，曉得感恩似的，配合默契，一到農忙該它使力的時候，就卯足勁，翻了一溜地，又一溜地。林四海使起來得心應手。

村人都說，猛子很旺家的。

這一次，出乎林四海意料，猛子竟惹出這般的禍來，沒法收場。

林四海當著老張頭的面找來一根結實牛鞭，交給老張頭，說：「老張，這畜牲惱人，來，來，抽幾鞭解解氣頭。」

老張頭倒愣了一下，接過牛鞭，臉漲成豬肝色，什麼話也沒說，只尷尬地站著。許久，只見老張頭把牛鞭往地上一扔，發起狠來說道：「那不行！除非用你家猛子換我家的小公牛！」

猛子比小公牛坯大，雄壯，犁鏵功夫強。老張頭話一出，越發感到這主意有賺頭，臉色不禁由陰轉晴。

儘管林四海心裏不情願，但他只能隱忍。人家抓著刀柄呀。理虧啊。

他提足精神，滿臉賠笑，眼睜睜看到老張頭牽著猛子漸漸遠走。

## 三

待老張頭走遠了，林四海對星來說：「爹平日裏怎麼交待？不能與老張頭一起放牛。」

「我沒忘記您老的話啊，卻不知為什麼呢？」星來臉露疑惑，弄不明白爹講這話的用意。

出門時，星來看見老張頭趕著牛上筆桿山北坡，便遠遠避開他，繞道去南坡放牧。不想，回家的路上，老張頭從山那邊轉出來，星來由山這邊鑽過去，碰到了一塊。兩頭憤怒的鬥牯相遇，這場糾紛自然想避免也避免不掉了。

老張頭平日裏莫測高深，落雨踩高處，吃不著任何啞巴虧。他是農民，家裏的犁鏵鋤頭之類種田工具，鏽的鏽，壞的壞，也不見打理，沒幾件可以派上用場，臨邊用不得了，就厚起臉皮找林四海借。整人卻很有一套。倘若你惹惱了他，他有萬千的主意加倍報復你，並且天衣無縫。

一想到老張頭的為人，林四海不寒而慄。

這麼多年，林四海雖然小心謹防，禍事還是來臨，就如前世欠他的。

那年，村民小組的集體禁山裏，一晚上被竊去五根框正松樹，樹葉樹皮沿著山路一直落到老張頭家附近。當時，林四海當組長，組裏丟了樹，必須對村民有個交待。第二天，林四海立即帶領村民搜查老張頭家，沒找到任何線索。搜過後，老張頭就謾罵：「日他娘的×，身正不怕影子斜。」他一把拉住林四海坐在桌面上，說：「請準備三萬響爆，從山上爆到我家門口，洗清賊名字。」

「日他娘。」林四海聽到有人反映才採取這措施的，以為十拿九穩。朦朧月光下，那人分明看到老張頭往家扛樹的背影，真是活見鬼。平心而論，林四海這一聲沖天娘並沒針對誰，但老張頭認定是罵他。兩人牽牽扯扯鬧到鄉政府。鄉幹部批評林四海思想簡單，安撫老張頭。這事不了了之。

樹是老張頭偷的。

他把樹藏進糞窖裏。林四海自然找不到。這是林四海沒有想到的。他沒找到證據，沒證據就不能隨便亂說，誰要你蛇沒打到七寸上。老張頭以為面子掃地，損了尊嚴。樹是集體財產，不是你姓林的，幹嘛這麼做得出手？老張頭食不甘味，絞盡腦汁，苦思冥想對付林四海的辦法。

他走東家串西家，在河西買來一頭好鬥的對牙騷牯。（山地人看牙論牛的年齡大小，對牙為兩歲，四牙為四歲，六牙為六歲，齊口就說明牛也像人一樣步入不惑之年老之將至了。）那對牙騷牯渾身肌肉健壯，頭上兩角向上叉著，冷森森的，就像嵌著一對鋼錐，兩眼猛射精光，目空一切的橫蠻霸道之氣，令人望而生畏。老張頭用一把鋒利的快刀，悄悄把牛角刨得更加尖銳，從藥鋪買回一些雄黃朱砂，攪和米漿餵服，培養對牙騷牯不懼一切的膽氣，信心。

不出一月，那牛果然被調理得膘肥體壯，有勁無處使。

這一天上午，林四海趕著自家飼養的一頭黃牯牛上地頭耕作，恰遭遇老張頭放牧對牙騷牯回來。對牙騷牯撞見黃牯牛，感到過剩的精力有了發洩的地方。兩頭牛纏鬥在一起。對牙騷牯角角見血。黃牯牛鮮血淋漓，體無完膚。這樣鬥下去，黃牯牛必死無疑。林四海憐惜自家的牛，不顧一切衝上去攔阻。圍觀的人越聚越多，對牙騷牯已是鬥紅眼，見有人膽敢上來，被加工過的角成了它最理想的武裝，它像欺凌黃牯牛一樣照舊朝林四海電閃逼來，林四海閃避不及，右手上臂被牛角尖紮了個對穿。林四海被釘在對牙騷牯頭上。對牙騷牯就像獅子舞龍似的。

只幾個回合，林四海就臉色蒼白，著不了地。

「不好，要出人命了。」人群中有人驚呼。

幾位敦壯的年輕人在路邊砍了幾根毛樹，橫著，挾著，方才遏阻住牛，救下林四海。

「那畜牲不聽招呼，怪不得我，怪不得我。」老張頭吆喝著牛搭訕而去。一句話就輕描淡寫脫去干係，且還留下滿地威風。

本是公心，卻落得這般下場。無論是誰，都受不了。

林四海胸膛堵了一塊石頭，化不開。他乾脆辭去組長不幹，發誓教子教孫不當村組幹部。傷癒後，他本想覓機找老張頭打一架，又出師無名，一直沒打成，只好一路隱忍。林四海從不去老張頭家串門，即便是下地回家撞遇急雨，路過那裏，也不去他家屋簷下躲雨，寧可打濕一身淋著回家。惹不起總躲得起吧。

乖人不吃眼前虧。林四海學不到乖，願意認這個矮。

## 四

老張頭家的小公牛一條腿吊在空中，在老張頭的護送下，用三條腿走進猛子的欄裏。老張頭家和林四海家背彎，相隔只有一兩個屋場遠近。老張頭嫌它太慢，不時在後面催鞭，好像他抽打的是別人家的畜牲。那小公牛痛得縮成一團。林四海見著可憐，忙迎上去接過老張頭手中的鞭子，說：老張，我來，我來。

就這樣，在林四海家裏，這條瘸腿的小公牛取代了猛子。

林四海打落牙齒和血一起吞進肚子裏。

他請來山地最好的畜醫給小公牛接骨療傷。畜醫在小公牛腿上摸捏一陣，敷上一些跌打損傷草藥。其中續斷、伸筋草，林四海認識，是山地人專門用來治這傷的，就想，這畜醫對路。但林四海仍不敢分神，在一旁幫畜醫用新鮮的杉樹皮把小公牛的傷腿牢牢綁起來，固定。小公牛以為是要整它，不配合，後來敷上藥止痛，認準林四海不會害它，方才安份。

林四海便感歎：畜牲也蠻通人性的啊。

以後每天清晨，林四海就上山刈割帶露水的青草，專割肥碩汁水豐沛的，每天一大捆。割草回來，汗沒歇止，就打豆漿，把豆漿用竹筒餵進小公牛的嘴裏。小公牛傷勢漸漸痊癒。因為斷掉雄黃朱砂，失去藥性控制，它眼裏的戾氣不見了，少了邪惡。

林四海看著竟生出些喜愛。

有時，林四海分不開身，叫星來去餵。

星來磨磨蹭蹭。他害怕，更討厭小公牛，如果不是小公牛，這一碼子事就全都沒有啦。在他以為，小公牛應該受這罪，接受懲罰。倒是猛子純屬無辜。他時常聽見不遠處老張頭家的欄裏傳出猛子的叫聲，他多麼想去看它，可是，自從猛子被老張頭牽走的那天起，林四海就對星來約法三章，其中之一就是從此不準星來踏入老張頭屋場一步，無論發生天大的事，眼睛都不要往那邊張望。

畢竟，星來是小孩，他怎麼忍得住呢。

覷準林四海和老張頭全上地，他偷偷摸摸去看猛子。幾天不見，猛子明顯瘦多了，毛色也枯了，但它再見到星來，既是裝蹶子，又是鼻子在星來周身嗅著，親熱極了。看著看著，星來往猛子肚子上捶一拳頭，眼淚就流出來了。他鑽進欄裏，頭頂在猛子頭上，互相摩挲。

星來在猛子那裏逗留至晌午，大人們收工才戀戀不捨分手，就如他們有說不完的話語。臨走，他打開牛欄門，把猛子放出來。

老張頭回家不見猛子，牛欄空著，他到處尋找，結果在林四海家的牛欄門口找到猛子。

老張頭就發火。本來在地頭勞動累了，就是不累遭毒日頭也曬傻了，還要他費神來找，這麼不羈，看你往後還敢跑出來不，老張頭想到這，手舉一根粗大的木棒，就往死裏揍。木棒斷成幾截。猛子也火，天不怕，地不怕，一返身就將老張頭頂在牛欄邊的草垛子上，嚇得那些在草垛子邊翻找食物的小雞亂飛亂跳一地。

老張頭手臂破皮，流著血。

林四海暗自好笑，感到猛子幫他報了宿仇，洩了嘔氣似的。一生之中，林四海最看不起老張頭這種人，老張頭挨猛子的頂，活該。猛子一點也沒頂錯人。

猛子就像老張頭剋星，處處與他為難做對。

老張頭心想，林四海都是腳板心裏的鯽魚，捉放自如，把玩來把玩去，難道還奈何不了你一頭畜牲麼？

老張頭貌似踩在高處，內裏卻很害怕。

他怕步林四海當年後塵。和猛子相伴就是和危險相伴呀。

經過一段時間調理，小公牛傷勢痊癒，長膘，比過去養眼多了。

老張頭提出犯悔，他不要猛子，還是要他家的小公牛。

老張頭臉皮也真他媽太厚，眼見小公牛調理順當，又感到自己吃虧，虧你說得出口。

星來坐在猛子犄角上，玩耍。他巴不得，馬上介面說：「行呀。」看著星來和猛子的親熱勁，好像一方不能缺少另一方似的。林四海就默認。對猛子，林四海是又惜又恨啊。

生薑，嚼了一節又一節，地上渣都沒掉一點。

第三塊生薑嚼完，肚子好像發燙，焚燒起來，焦氣味不停從鼻子裏升騰出來。

林四海終於做出決定，明天是曹家趕場的日子，賣掉猛子。

猛子角鬥撞禍，愈來愈惹人嫌。林四海低三下四，氣，悶平了喉。猛子太野，太率性，讓人琢磨不透。說不準，某一天，它會危及星來的。林四海越來越擔心。

林四海瞄住那對犄角，認準所有禍水均是這對犄角所生。

他自語：「從今往後，你再也不能惹事生非，只能安安分分做陽春。」

即使賣了，也不能去坑害人家。

他借來一把木匠用的鋸，想鋸掉那一對可惡的犄角。猛子搖著尾巴，碩大的舌頭輕輕地舔林四海的手背。林四海歎口氣，不忍下手。

## 五

梅山地方的人，把牛虻叫牛屎蚊。

幾隻牛屎蚊圍著猛子轉來轉去。它們好像是專奔著牛的敦厚來的，吸食牛的血液。猛子的尾巴、嘴巴，還有腿不停地動，可是，牛屎蚊狡猾，只往猛子動不到的地方噬。牛，這麼大的坯架，卻鬥不過一隻蚊子。這不是明擺著欺負猛子笨拙麼。星來見了，就生氣，幫猛子打。他在猛子大腿內側打到一隻，那蚊貪婪地吸血，肚子撐得鼓鼓的，正興頭上，不期被星來一巴掌拍得血肉飛濺。這吸血鬼，吸的可全是猛子身上的血啊。

河西的牛販子晏七爺在老張頭陪同下來到草坪。

晏七爺頭帶一頂斗笠，手執一根竹製七節牛鞭。他站在樹影裏，用斗笠扇著風，乾咳一聲，說：「四海，這牛要賣？」

「七爺，這畜牲好蹄腳，好犁耙，好坯架，您出個價啊？」老張頭臉露微笑，聲音破沙罐子一般。太陽下，斑駁的樹影在他身上搖曳，不時變換角度照著他油漬漬的臉。

晏七爺一手牽著牛繩，一手伸入猛子嘴裏壓住它的舌子，查看牙齒質地，然後兩眼掃帚一樣在猛子身上掃了一通，全然沒理會老張頭。

林四海只顧悶頭嚼生薑。草坪裏一時像停屍場一樣寂靜。

太陽隱入重重疊疊的山巒背後。習習南風從山谷那邊漫過來，給這曾被暑熱炙熨過的草坪陡添一陣徹膚的涼意，軃蔫的小草慢慢轉過氣來了。

猛子受不了這些玩弄，不安地煩躁地繞苦楝樹轉圈。做林四海的牛，雖然平日林四海父子對它好，它也感到好委屈呢，好難過呢。它想擺脫羈絆，但它無可奈何。

猛子毛茸茸的眼眶邊掉落兩行清淚。

老張頭主動和林四海套近乎：「猛子這畜牲二千五總值得吧，賣了再選換一頭。」

林四海心裏憋得慌。

晏七爺與牛廝混大半輩子，不論黃牛、水牛，其中良莠，一眼望穿。他作古正經從苦楝樹上卸下牛繩，說：「我要試試它的蹄腳和脾性。」

晏七爺是老張頭捎信約來的，事成了，老張頭可以從雙方賺取中間費。老張頭生怕七爺看出醜來，搞不成生意，忙不迭說：「七爺，這畜牲慈善，溫馴，左批左轉，右批右轉，不用試呢。」

「只怕未必。」晏七爺冷哼一聲。

只見他左手牽著牛繩，右手抓住牛鞭朝猛子臀部用力一擊，猛子負痛，「哞！」一個縱躍跳離丈來遠，調轉頭，揚著兩隻雄赳赳的犄角飛快地逼向晏七爺。

「猛子，不要亂來。」林四海制止已是不及。

晏七戶像拳術家練套路早摸準對方招式，他左足原地不動，右腳滴溜溜大翻轉，跳到猛子背後，躲過這要命的一角。

「畜牲，我劈了你。」林四海怕七爺出事擔待不了，急忙攔在七爺身前。

猛子見了林四海，硬生生撤下來，兩隻怒目噴著火盯著晏七爺。彷彿它要戳穿某個圈套。

晏七爺臉不紅心不跳，故意裝出受驚的樣子，拍拍身上的塵土，說：「這畜牲原本值二千五，眼下二千我也不要。」

「就二千，怎樣？」老張頭搭腔說。就如猛子是他家的，他做得了主。

你老張頭憑什麼可以做我姓林的主呢，還把我林四海放在眼裏麼。林四海心裏非常反感老張頭的喧賓奪主。

「嘿，想得美，萬兩銀子也不賣。」這話有撼人的力量，卻是出自星來的口。

不知何時，星來已走到他爹爹身邊，拉住林四海的手。

猛子慪慪的，對老張頭深懷敵意。
「猛子，我們走。」星來踩著牛角彎爬上牛背。
林四海木訥地站著，一時呆呆地無所適從。
猛子馱著小主人走出草坪，牛蹄輕叩著彎彎的沙石路，發出清脆的聲響。脫離了藩籬，自由自在。猛子昂起頭高興地「哞哞」叫喚，無憂，亦無慮。

## 六

斷黑，林四海佇候草坪，不住地往出山的路上眺望。有星無月的傍晚，山野裏到處是墨一樣的樹，卻沒見星來和猛子的蹤影。
隨著天色的不斷放晚，林四海心裏忐忑不安，他嘀咕著：「該不會有什麼事吧。」
他帶上手電筒進山尋找。
在一個草甸子裏，林四海終於發現橫躺在地的星來，也發現了不遠處的猛子。
鮮血螞蟥一樣從猛子鼻孔裏爬出來。
星來面色蒼白，雙目緊閉，不曉得暈死過去多久了。
林四海顫抖地把星來輕輕抱起來，大聲嚎哭：「星來，我的兒。星來，我的兒啊。」
林四海久婚不育，中年得子，視兒子如星外來客一樣珍貴，就取名星來。他呵著護著，生怕有何閃失。星來長到七歲，他都從沒捨得說過一句重話。現如今活潑可愛的寶貝兒子不知是死是活，林四海不覺悲從中來。

他灌鉛一樣回到家。哭聲驚動隔壁老張頭。

老張頭趿著拖鞋過來，不陰，不陽，說：「四海，我知道這畜牲早晚要惹禍的，唉，這畜牲。」

喝了一碗林四海熬的生薑湯，星來醒過來了。生薑又叫還魂草，真是靈丹。他掙扎著爬起來，一邊問守護身邊寸步不離的林四海：「爹，猛子呢？怎麼沒聽到它的叫聲了？我想看看它。」

「猛子，沒了。」林四海心情沉重。

「我要猛子。」星來空起眼睛痛哭，「猛子救了我。」

「猛子救了你？」星來大喊大叫大哭大鬧的聲音麥芒一樣紮著林四海。

一脫離林四海他們，星來飛快地走，生怕林四海反悔，把他們叫回去。直走到看不見他們了，才放鬆，頓覺眼前的山地寬闊起來。彷彿快樂又回到了身邊。他們找到了一片青青的草甸子。草甸子齊腰深的野草，肥嫩得滴油。猛子在草甸子裏安靜地啃草。草甸子周圍密匝匝的都是松樹和不知名的灌木，星來背後是一座陡峭的山壁。

星來盤腿坐在草甸子邊緣的一棵枯樹上，手裏把玩著一株燈籠草，輕輕哼唱著「老蟲叼雞」的兒歌：

一砍柴，二砍柴，
砍著深山老蟲莫落來。
要落來，
落來做麼咯？

叼你的雞呷，
拿一隻你呷，
少了，
……

唱著唱著，竟真的就出現一隻虎。只不過，這虎不是真虎，是高高危崖上的一塊巨石，竟比虎還兇猛。平時，這巨石懸在石壁上，不知懸了多少年代，滿是青苔。這時卻沒先沒兆突然掉落下來，直往星來滾落，轟隆有聲。星來嚇得臉色蒼白。他一聲驚叫，下意識想往猛子身邊跑。他腿發軟，跑不動。

猛子頭一甩，迎住巨石。

猛子輕估了石頭的分量，以為用它的神角是可以抗住那石頭的，它忽略了石頭的慣性，石頭把它的角撞掉，還把它的脖子也碾碎了。但猛子倒下去時，拚盡一身的力氣，沒忘將星來踢到一邊去。

猛子對林家有大恩。

林四海是個知道感恩的人。

他念起猛子對他家的好，心就痛，眼淚就大把大把的洶湧。沒有猛子就沒有星來的命。

林四海把猛子當神一樣敬重。

他在那個草甸子裏，認真巴意，掘了一個坑，把猛子就地葬在那裏。並且還豎了一塊碑，叫恩牛碑。

恩牛碑高出草叢，大老遠就能看見，上面並無碑文，只一張白石板。林四海卻和村人說，那石板上是有字的，寫著猛子對林家的旺和好。

從來，山地人只給有德行的亡人立碑，沒聽說給畜牲立碑的，這路數梅山人聽著新鮮。

老張頭勸林四海，這麼大一頭牛，埋了，可惜。不如賣了。

林四海聽不進，執意把猛子埋葬，下了土。還燒香，酒牲祭祀一番。香灰落了厚厚一地。

林四海剛做妥這些離去，老張頭生怕別人搶了先，轉眼就悄悄把猛子從墳堆中挖出來。他掘墳本想先從墓碑開始，那墓碑卻像生根，撬不動，地內像生出一雙大手緊緊捉住了墓碑。猛子肉身少說也有三百來斤，市面上牛肉價格可是十數元一斤吶。林四海真犯傻。老張頭想起就暗自好笑。他把猛子的屍體賣給了縣城的一個屠戶。

老張頭不費力氣，一個轉身就意外貪到一整頭牛，他笑趴了。

猛子的墳成了空墳。

星來眼角掛著淚珠疲倦地躺在林四海懷裏，睡覺了。他彷彿聽到山的聲音，渾濁而又清晰。他夢見猛子。猛子也是有靈魂的，它的靈魂脫離肉身，駕著祥雲在山地上空遊蕩。

老張頭偷賣猛子屍體的錢裝在袋子裏，還沒焐熱，他在地頭勞作時，就被一尾大黃蜂螫瞎左眼，左邊臉腫了，腫勢有南瓜那麼大。他痛得喊爹叫娘。林四海說這是猛子的魂靈在起作用，報應呢。

他還說，夜深的時候，他聽到猛子的「哞哞」叫聲，在牛欄裏久久迴旋，不散。

注：《恩牛碑》發表於《綠洲》二〇一一年第四期

# 彈花匠

這個月，多是久雨無晴的日子。一下子突然雨過天晴陽光乍露，我覺得心氣倏地振奮，同時也感到往日那種靡靡陰鬱在舒臂中抖落了，散淡了。

後門有一條沙石和落葉鋪就的小徑，蛇一樣延伸進樹木茂盛的後山。我把屬於自己所有的日子都深深地埋入書桌上厚厚的書卷裏，或許病人的痛苦呻吟裏，好久未曾受用過這種乍晴的清新和爽快。我想輕鬆一會，於是，我鼓勵慫恿自己：「到山上去，過一個玩癮。」

山路上的沙石經過久雨洗涮，在太陽下閃爍著潔白晶瑩的光熠。路旁間或有幾株狗尾巴草低垂著頭，彷彿是列隊歡迎我這久違的客人。我徜徉或停留在這山中的那一份寧靜裏，心中的積悶和孤獨一時得到安歇。人還是要有一點精神，頹廢就不得了，我告誡自己。

一隻碩大的黑蜻蜓從小徑那頭飛來，好像這裏是它的家，它已經跋涉了許多路，探過許多險，需要找一張可供歇息的溫床，哪怕是暫時的。它收斂翅膀匆忙降向狗尾巴草。狗尾巴草在微風中輕搖。黑蜻蜓驀然驚覺落在狗尾巴草上似乎不踏實，不安全。它飛起來，繞附近兜一圈，又落向那棵狗尾巴草，它終於確定那種不踏實感只不過是風的騷擾，並無多大妨礙，就放心落腳在那棵狗尾巴草上。

我忽發童心，從它尾部方向悄悄躡過去捉住了它，輕輕地。

黑蜻蜓沒有掙扎，也沒有逃跑的動機，它只是轉動滴溜溜的藍眼睛悲哀地望著我，好像是在告訴我理該它做的許多事還沒去做，它遙遙無期的旅途還暫是個開端。我可憐它，小心翼翼鬆開手放了它。黑蜻蜓沒有猶豫飛走了。我看著它急急地消失在遠天，忙乎趕路去了。我心頓生些許愧疚。

「哥。」幽靜的山道上猛地冒出一個顫動的聲音。

這聲音不大，怯怯的，在這靜謐的山林裏卻像驚雷一樣，把我嚇了一跳。我老以為這山上只存在有我，萬沒料到不知何時竟多添一人。我驚魂甫定，轉身看見喊我的那人背著一個發黃的牛仔袋，滿臉絡腮鬍鬚襯著一雙血紅的眼睛，愣愣的，就站在我身後不遠的一棵松樹下。這就是四聾子。

「四聾子，你怎麼了？」以前的四聾子是有真名姓的。由於他有些耳背，跟他說話有時要重複幾遍，他才聽得清楚，交流很吃力。他村裏的人後來就乾脆叫他四聾子。

「哥，我殺人了。」他兩眼呆滯，望著我，好像是期待我給這末路人指點今後的去留。

「殺人了!?」我的心一緊。我盯著他橫看豎看，掂量他話裏的真實性究竟有多少。殺人可不是踩一隻螞蟻，捕一尾蜻蜓。

「是真的？」我謹慎地補問了一句。

「真的。」

「殺的人是誰？」

「我老婆。」四聾子直著眼睛，口氣像冰一般，氾濫著涼意。

「怎樣殺的？」

「那一天夜裏，我在外面喝酒，很晚才回家。」他說。「幸運哩，幸運哩，她只知道把刀藏在枕頭下，卻絕沒料到我很晚才會回家。她等不及不小心瞌睡了，頭壓著那把彎刀，是砍柴的刀。她不是個好婆娘。先下手為強，我不能死，我還有兩個行將上學的細伢子。我就出去，在牆角落裏尋到一根挑籮用的棕繩，把棕繩一端牢繫在床腳上，再在繩子中間打一個圈，輕輕地迅速的套著她的脖子，我掩到那邊床腳下，揪把勁，緊緊綳住繩子這一端，就像勒一條狗。她腿瞎蹬了幾下，就吐出碩大的舌頭，不動了。我想，你完了可不要玷污了我的床，嚇著細伢子。我抱她出去，扔在牆端頭，幫她蓋上些稻草。你可不要怨我，我是有良心的，我怕你受涼才給你蓋些稻草。哈哈，她就完了，哈哈。」

聽到這裏，我斂了臉，不由仔細審量他。

四聾子是個彈花匠，他的手藝是跟我二姑父學的。照他們行情上的話說，他是我二姑父關門弟子，義徒。他人機靈腦子轉得快。二姑父蠻倚重他，逢人就說老來交了好運，收了這麼個善解人意的徒弟，青出於藍。

四聾子靠做被賺錢謀生。

那一年，我姐姐出嫁，按鄉間習俗，新娘出嫁，娘家都要打發嫁妝被。姐姐的嫁妝被是二姑父做的。二姑父帶著四聾子，每人一張弓，一個彈錘。才開張，二姑父說：「義徒，這可是給我侄女做新娘被，馬虎不得咧。」

「那個，自然。」四聾子繫上口罩，露外頭的兩隻眼睛誠實地望著師傅，就像兩汪清水。他理會師傅的心思。彈棉花時他特別賣力。

「彈！彈！彈！」的打棉花聲音在村子裏響起來，蕩開去，就像一首古老的歌，韻律整齊。他們兩師徒很快就融進這首歌裏。

優美的彈花聲吸引來村裏愛瞧熱鬧的細把戲們，他們東看看西摸摸，極盡頑皮之能事，礙手礙腳的。二姑父對他們扮鬼樣，趕也趕不走。四聾子那時還是個大孩子，他說：「小兄弟，別鬧，晚上我唱更好的歌，聽不？」

「騙人。」

「騙的不是人。」

「是烏龜。」

「是王八。」

「呵！」細把戲們一哄而散。他們相信了四聾子的話。

該吃晚飯了。母親支派我去叫二姑父兩師徒吃飯。我去時，他們正在做一床被的掃尾工作。四聾子從揉被的木盤上跳下來，渾身汗漬漬的，他用敞開的白襯衫抹一把汗，站到一邊幫師傅壓揉被角。他們的勤奮感動了我。我走攏去，一眼看見被子中央用紅、黃、藍、黑等幾種顏色寫著「花好月圓」四個字，遒勁有力，被子的右上角陪襯一彎新月。我眼睛發亮，像看到了西洋景：「嘖，嘖，簡直是一件藝術品。」

「見笑了。」四聾子忸怩做答。他還自信滿滿說，「我現在喜歡彈花匠這門手藝啦。」

二姑父忙說：「我是個沒書人，義徒別具一格想在被子上鑲嵌幾個字，正在猶豫，我擅自主張，說這是好事嵌吧，就嵌了。沒想嵌出來還像模像樣，真有那麼一回事。」

二姑父言下頗有一些得意。

父親母親聞訊來看了，姐姐來看了，都高興地直稱他：「好手藝，好靈巧，有出息。」

可是，我卻替他惋惜：「四聾子，你應該念書呀。」

四聾子脖子一鉤，頭就像突然失了支撐，沉沉地耷拉著。他兩眼好像無處安放，不自在地盯著腳尖，似乎世界上任何一切美好的事物都聚集在某一高處，可以望見，卻無緣拜會。

二姑父歎口氣：「義徒命苦咧，他父親只顧整天酗酒，沒錢，趁家裏無人，就賣稻穀沽酒，少吃拮据的家本來承受不了。義徒念到小學四年級他母親就說不如學一門手藝，糊口飯吃。唉！世界上的人沒注勻呢。」

吃過晚飯，大家圍桌扯淡。

母親就嘮叨，前天晚上，山背坳彎土來了一隻兔子吃了五莞黃豆，昨晚上又來，比前晚上多吃了兩莞黃豆，上了癮，長此以往，彎土的黃豆就啃精光了。

四聾子正無聊賴，聽完我母親的話，他對我說：「哥，這算小菜一碟，今晚我倆去崩了那只可惡的兔子，明早打牙祭。」

我們山地人家，大都家有鳥銃，如果想吃野味，只須扛著獵槍往山上逛一圈，說不定野雞、兔子什麼的，下酒菜就有了。一般的野味山地人不在乎，他們像城裏人吃慣了豬肉一樣膩味。

那晚的月亮又大又圓，矮矮的，彷彿跳一腳，就能把它當柚子一樣摘落下來。山村的阡陌如同白晝一樣清晰。為了穩妥起見，我和四聾子都帶著手電筒。四聾子比我小兩歲，一路上就像麻雀開葷似的磨蹭這磨蹭那，窮耍嘴巴皮子。

「哥，你說城市好，還是山地好？」他走在後頭突然發問。

「你說呢？」我忙於復習功課考大學，委實不曾考慮這些無聊的孰優孰劣，倒是被他問住了。

「依我看，山地好。」四聾子有些自恃。

「幹嗎？」我漫不經心。

「這個時候，城市人為消遣生意場上官場上那份空虛，也許潮一樣正往酒吧、歌坊、夜總會等娛樂場所趕，歇斯底里，困獸一般。可是，眼下你我頭頂一盤明月，腳踩一片輕鬆，幾多逍遙幾多自在。」四聾子的話使我受到震動，我反過頭望了望他，我不知他竟能說出這樣有見地的話。他讀的那幾年書還真管用，像一個知識人說的，蠻有詩意。從這話裏，我聽出四聾子對山地有一種特別的偏愛，也有一些思考。

當時，我沒有想到在人生旅途的重要關頭，這偏愛一直影響著我感染著我，使我後來考入醫校畢業後不屑於城市相信了選擇從哪裏來到哪裏去。

我倆越聊越投機，以至拉近到沒有一點距離，就如手足兄弟。不知不覺，我們接近了彎土。彎土就如一條懶蛇，隨意地橫陳著。滿滿的一地黃豆樹上正掛著豆瓣，這時候看上去，綠得就像一團墨。我搖手禁聲。我走在前面，好似看到黃豆地裏有一團白色的東西在月色裏分外惹眼。那白色的東西在黃豆樹之間出沒，它身上發出的銀白色光芒分明能照見黃豆樹葉的脈絡。

「是一隻兔子。」四聾子端起槍，說。

那只白兔聳立兩隻耳朵，兩眼閃著紅瑩瑩的光。它意識到氣氛有些不對頭，撒開四腿飛奔起來。慌亂中它選擇了一條下坡的路。兔最大的特點就是前兩腿短，後兩腿長，因此跑下坡路直打趔。一有空隙，它還喜歡返轉頭看看是否有敵人攆來了。但是，它返轉頭身形必須一滯停，就在這一滯留的當口，四聾子的槍「砰」一聲，響了，槍子正中那匹白兔的頭額。我看見白兔像一顆石頭隕落在路邊草叢裏，靜止不動。我趕緊跑過黃豆地把軟綿綿的白兔拾起來，興奮地說：「四聾子真神。」

從此，我母親再也不用發愁，整日擔心彎土的黃豆被啃光了。我也喜歡上四聾子，把他認做好兄弟。我說：「四聾子，高興能認識你。」

不久，我考入醫校，離開家鄉，一晃四年，也就沒再見過四聾子。我在醫校念書，學業也還輕鬆。我不時想家，揣摩家中的人現在幹什麼，怎麼樣，有什麼變化沒，還有四聾子。因此，我常如期收到許多家信。

家信厚厚的，猶如一篇篇小說，盡解答我心底所存的疑團。我信中提及四聾子的次數相當多。所以，儘管我沒會過他，卻也約略知道一些有關他的事。

四聾子作我入醫校那年由父母做主與臨村的姑娘銀花結婚，生育一崽一女。四聾子去外頭做被賺錢，銀花主持家務。日子過得雖沒有富餘，卻也沒有虧空，年保年倒是不成問題。如果日子在平淡中悄悄度過，自沒有話說。後來，閒言閒語冷嘲熱諷漸多起來，四聾子感覺到有頂大大的綠帽子遮瞞了他本該明白又不曾明白的一些東西。於是，日子也一天天的不平靜了起來。

有一天，四聾子依約帶了工具外出做被，老闆臨時變卦，說棉花準備不夠充分，待過些天再做。四聾子自認倒楣，只好怏怏而返。

他回家時已是子夜時分，村裏任何人都睡盡了，寂靜無聲。唯有一輪弦月在茫茫夜天裏孤獨地旅行。四聾子踏進家門，撳亮燈，一眼看見父親正在床上摟著銀花。

四聾子愣愣地站在門口，鐵青了臉。父親急忙從床上爬起來。他提著褲子從四聾子身邊側身躡過，灰溜溜的。父親是一塊天牌，四聾子又能拿他怎麼樣呢。難不成把他的腿放斷？那不受害的又是自己，還要落個不孝的罵名。

屋裏只剩下四聾子和銀花。銀花用被子蒙住臉，翻身面對牆壁睡著。四聾子走到床邊，掀開被子揪住銀花頭髮，一邊印了一個洩火的耳刮子，粗重的響聲裏充溢著四聾子滿腔的憤怒。銀花沒有哭，顫抖地蜷曲床上像隻蝸牛。

四聾子緩緩走出屋，腳步聲異常沉重。他孤單單一個人在空曠的原野躑躅，偶爾默默地停立著看天上密匝匝的星辰。星永遠沒有煩惱和憂愁，眨巴著眼，詭祕地笑。這有什麼鳥看頭，他媽的只不過是幸災樂禍，四聾子憤懣地想。

他低下頭，左腳碰到一個飯碗大的嫩南瓜，那是父親栽種的。他結婚後就與父親分開吃喝，一家變兩家。他瞥了一眼南瓜，心裏驟然生出一個巧妙的主意。

皎潔的月光柔和地輕撫草上的露珠，夜深的原野這裏那裏均呈現晶亮點點。

四聾子從褲兜裏掏出一塊平常刮紗用的鋒利薄刀片，以瓜蒂為中心，將南瓜呈圓形切開，然後，又找些小木塊雕刻上字，蘸滿狗屎塞入南瓜肚裏。被切開的南瓜沿滲透出細細漿液。他把瓜蒂像瓶塞一樣蓋緊，南瓜的漿液又將瓜蒂與瓜身牢牢黏合在一起，沒過幾天，那個嫩南瓜神奇地全部長平，絲毫未留一點切過的痕跡，即使是神仙也難以看得出來。

他父親去到地頭，發現那只南瓜格外瘋長，不出半月竟有籮筐大。料想味道也特好。他摘了瓜抱回家高興地打開一看，裏面全是臭乎乎的狗屎糊糊。他急忙扔了，南瓜掉落地下摔得粉碎，狗屎濺了他個臉上衣上褲上全身到處都是。末了，現出幾個小木塊，小木塊上分明有「作孽」、「自新」、「悔過」之類的字樣。他父親嚇懵了：「這是天書，天書哩！」

南瓜藏天書的消息狂飆一樣席捲全村。村裏一時譁然，議論紛紛。巫婆說：「父親幹下傷天害理的事，上蒼顯靈警醒他，父親必須想辦法消災躲禍，並以警下戒。」

在這偏僻的山寨裏，巫婆的話就是皇帝的話。

父親如坐針氈，酒也不敢喝了。

後半夜，他悄悄在堂屋神龕下供奉香案，跪了，口裏念念有詞，一邊悔過一邊祈求保佑。他說：「我兒四聾子外出未歸，我無意中發現媳婦銀花與別的野男人私通往來，我很氣憤，但轉而一想，兒子長期在外，媳婦感到孤單，為免肥水不流外人田，我何不伴一伴媳婦啊。銀花被我抓著把柄沒有不順從的……」

寫到這裏，我不由長歎一聲。我想順藤摸瓜多寫一點，又恐太離題。我筆頭狠狠地叩著稿紙，山響。

……

我醫校畢業後，經過半年多的籌備，在家鄉開了一片診所，生意日見興旺。不過，因為我要花一半以上的時間業餘爬格子，一雙手只能捉一個魚，所以，無論哪方面也不見蒔弄得怎樣出色。

大概是農曆十月十一或十二日早晨，我剛洗漱過。老母親就嘮叨：「今天是你二姑父花甲生辰，你代表全家去打個轉……」

二姑父家所在的村莊叫九頭沖，從我家門口公路邊的小路岔進去，有時石板路，有時泥路，更令人煩的是，還要翻山越嶺，到後來，就簡直不是路了。走一趟，二三十里地，累得人夠嗆。如果走在路上，一不留神，路旁伸展的荊棘劃破你的腳手、臉面，血濺濺的。我實在不想去。但是，一來礙於二姑父生辰，不去不行；二來四聾子住二姑父隔壁，中間只相距一條田壟。四聾子作為二姑父徒弟鄰居，說不準會在酒席上見到。我早就想為四聾子寫點什麼。

於是，我答應媽，去了九頭沖。

二三十里地，走走停停，竟趕了四、五個小時。到達二姑父府上，日頭偏西，正排筵席了。二姑父忙不過來，我也累了，打過招呼，寒暄一陣，自去覓地方坐下。

第一輪催客落席的鞭炮聲響過，還不見四聾子的影子。我心裏尋思，莫不是四聾子外出打工未歸？我正這樣想著，突然一抬眼看見四聾子從二姑父屋簷下走出來，一手抱著個孩子，一手拉著個孩子。他頭髮蓬亂而且長，眉頭深鎖，表情木訥，只顧低頭走路的樣子，好像他心事滿腹。若是相遇他鄉，我不以為他純乎是個乞丐或流浪漢才怪。

我惻隱依依，高興地喊他：「四聾子，這邊來。」

四聾子聽見有人喊他，猛地一抬頭，認出是我，眼睛一亮，親切地說：「哥。」

他在我身旁的空凳上坐下，一邊坐個孩子，孩子蠻聽話，規規矩矩坐著。我望著他不知說些什麼才好。他也呆呆地坐著，深深地埋著頭。

二姑父屋門前偌大的一塊空坪，擺滿了桌凳，祝賀的客人和鄰里鄉親不斷地從兩邊山坳走攏來。

三五成群，不一會，就把桌凳全坐滿了，黑壓壓的，空坪人頭攢動，鞭炮聲、細伢子吵鬧聲，把二姑父屋周圍點綴得空前喧嘩和熱鬧。我和四聾子之間，誰也沒說話，就這麼沉默著。

我幾次動了動喉結，但不忍心魯莽地打破這難為情的沉默，生怕無意中用詞不妥刺激了他，引發他傷心和流淚。男子漢的淚不輕易流，不隨便流，一流就必須是傷痛之至。我不忍心傷害他，我唯願他過上幸福平靜的日子，正如人類希望和平不希望戰爭一樣。

我們之間始終沒有說話。

開席的炮聲響起，我們這桌也陸續坐滿了人。接著，麵粉、芋頭、豇豆、腸子粑粑等極富山地特色的菜肴端到桌面上了。菜山酒海。酒是山地人自釀的糯米燒。

四聾子一大碗公酒咕嚕一聲全倒入肚裏，我想阻止他，你可不用這樣喝，話還沒出口，就有人伸出大拇指：「有種。」另一人接腔：「四聾子酒量超出他父親多多，真是長江後浪推前浪。」

不由然，我心裏產生一種莫名的悲哀。四聾子在我家做被時節多有個性的呀，滴酒不沾，怎麼，怎麼成了這樣子了呢……四聾子你不用這樣，真的，大可不必的。

坐我們這桌的人，礙於我是生人，開始還不怎樣，後來，幾大碗公酒下肚，海天海地，話都多起來，又放肆扯到四聾子身上，彷彿四聾子是他們消遣無聊的談資，一點顧忌也沒有。

「四聾子，眼下山地妹進城做有錢人情婦上樓子的人，又不單你老婆，小裏小氣個什麼。」

「老婆摟在別人懷裏，不虧不損，沒少你一個子兒，睜隻眼閉隻眼不就沒事了。」

說這話的是兩個年紀跟四聾子相仿的人，他們話沒落音，又一個年紀稍長的人說：「四聾子，老婆偷漢子，證明你沒卵用，枉為一個男人哩。」

對這些話，四聾子沒一點反應，也不生氣。他似乎習以為常，聽得耳朵起繭了。他只是默默地灌糯米燒，大把大把地夾菜，旁若無人，好像這些破事都發生在另外一個人身上，壓根就與他沒有任何瓜葛。

這樣熬過了許久。

終於，散席的炮響了，筵席散了，賓客也多稀稀落落散了。夕陽投照在露天餐桌上，待收拾的碗筷上殘剩的油漬發出細碎的白光。剛剛熱鬧和喧嘩過一陣子的二姑父家裏，一下子變得空蕩蕩，冷清清的。

我這是第二次來二姑父家，人生地也不十分熟，我形單影隻坐在二姑父堂屋角落裏，陪著零星留下的幾個路遠不能趕回家的正規親戚，當然，其中也不乏一些二姑父割得來談得攏的鐵桿朋友，二姑父摯意拉他們打住逗留幾天，難得聚會，多親近親近，二姑父說。

冬日，山地的傍晚來得快去得也快，殘陽恰好離開桌面，夜幕就闃然降落。寒冷的山風從各個岩縫裏樹叢裏鑽出來，驅趕和侵蝕太陽餘下的那一點點溫暖。

二姑父給灶眼裏添上幾塊木炭。我們一邊烤火，一邊嗑瓜子蠶豆。我心情落寞得無以復加，望住電燈沒話找話：「二姑父，電，幾時架過來的？」我記得第一次來的時候好像沒照電。

「架電架電，我們村裏嚷了許多年，我們習慣了桐洞燈煤油燈，大家都說照卵。今年上半年，村領導換屆，清一色的年輕人，他們霸王硬上弓，說架就架過來了。有了電，家裏亮多了，山地也亮多了。」二姑父咧開嘴露出濃茶薰黑的牙齒，溢著笑靨。

我也感慨良多，改革開放，山地也在慢慢變化著了。

這時，四聾子媽媽走進來。我並不認識她，她自己說是四聾子媽媽。我下意識從上到下多看了她一眼，她穿腋下釘布扣的大襟衣，矮矮的個子，手臉皮膚被朔風吹得皸裂了，隱約可見一點點風乾的淡淡的血痕。她是個操持過度的典型山地女人，心力交瘁似的。她跟四聾子一樣稱呼我叫哥。她小心說：「哥，求您救救四聾子。」

「為啥？」我平靜地答。

「這世界上，四聾子只相信您啊，求您誘導他解開死結。」說完這話，她用手去揩抹眼眶裏打轉的眼淚。也難為她，家裏亂糟糟的，忍辱太多負重太多，但她依舊努力地延續她美好的願望，緊緊箍住這個家，不讓它散了。她沒文化，琢磨不透事理，她唯願唯一的親骨肉四聾子甭要就此頹廢了，就此毀滅了。

「老媽媽，不用著急，相信一切都會好起來的。」我勸慰四聾子媽媽，我問她：「四聾子去哪裏了？喝完酒就不見了。」

「喝完酒，他就走了，回家了，可是他沒有回家，他倒在回家路上的田埂邊，左手擦破了皮，右足浸在冰冷的水田裏，酒氣醺醺。嗚嗚。」四聾子媽媽傷心地哭泣。她說她請幾個敦壯年輕人弄他回家，他惺忪著眼一口痰噴在她臉上，說：「滾，滾，關你屁事。」

其實，酒醉心裏明，四聾子懷疑那些攙扶他的年輕人裏頭說不準就有沾了銀花身子的人，他們明裏是人，暗中做鬼。所以，他不承他們的情。他埋怨母親多事。

四聾子媽媽哭個不停，越哭越傷心。

「不用哭，我和您去看看。」

夜，涼颼颼的。

我從二姑父屋裏出來，濕漉漉的夜風直捲入我後背衣領裏，我激靈打了個冷顫，裹緊上衣。我眸望天空，天不大，好像落下來四面被偉岸的山巒支撐。山巒沉睡在美麗的夜色裏，遠看去只一片墨樣的影子。

「活著不如死了，雖然死了但我還活著。哈哈。」寒冷的夜風送來四聾子喃喃的孤單的自語聲，使原野平添幾分淒迷。

我走過去抱著四聾子，貼著他耳朵說：「四聾子，你認識我是誰？」

「認，認得，是，是哥。」四聾子無力地答。

「哥帶你回家！」我這樣說著，心卻已經在哭泣了。

「可是，我沒了家。」

「有的，人人有個家，只是你喝醉了，找不到，哥帶你去找。」

四聾子踉踉蹌蹌站起來，軟綿綿的靠在我肩膀上。我和他親愛的母親攙扶著他，深一腳，淺一腳，走，很吃力。

四聾子家是山地普通常見的三間土磚瓦房，月光下顯出異常的孤寂。四聾子媽媽住東邊那間，四聾子住西邊這間。我和他媽媽扶他走進他的屋裏。

屋裏亮著燈，兩個小孩短凳上一個，地下蓑衣上一個，睡熟了，小腮上留著結痂的鼻涕垢。挨門的牆壁上牽拉兩根鐵絲，一邊掛滿細伢子糟蹋未洗的髒衣服，尿臊氣難聞；一邊晾著女人穿的款式新潮的洋服裝，濃烈的香水味直往鼻孔紮。

我皺一皺眉，說：「四聾子，俗話說只架橋勿拆橋，我卻斗膽勸你離婚。」

四聾子點點頭又使勁搖搖頭。

四聾子媽媽說：「四聾子，如果你不錯了當初，這家又怎麼會爛到現在這個地步？」當初，四聾子跟著二姑父在鄉間做被，看到許多山地姑娘年初土裏土氣去沿海開放城市打工，年底回家大疊大疊的票子，金耳環金項鏈，一身洋味。他止不住多瞧了幾眼。他也想改變一下環境使日子舒適起來。

有天晚上，四聾子對妻子說：「銀花，趁媽還健旺，可以為我們照管細伢子，過完春節，你出去打工，我照舊做被，放肆賺幾年錢，待發了財，找一處好口岸好碼頭，開片店子。」

四聾子媽媽只顧數落四聾子，沒完沒了。

我卻全力開通四聾子離婚如何如何好。

說著說著，只覺眼前一亮，四聾子老婆銀花串門子回來了。我生怕她聽見了拆橋的那些話，不禁臉上有些燥熱。

銀花看見我，一愣，格格笑道：「哦，你就是哥。」

「哎！哎！」我竟變得口吃了，還緊張。

頓時，屋裏靜下來，誰也沒說話，大家都沉默著。銀花望著我。我點燃一支「白沙」煙，抽著，抽完了，扔了煙屁股，我正了正身子說：「銀花，難道你不想改變一下自己？難道你不想要個溫暖和睦的家？」

「哥，你不曉得的。」銀花哭了。女人就是這樣，笑容易哭也容易。她說：「四聾子是個昧良心的人，不顧我的死活，那年，我出去打工吃盡了苦，我進的那個廠的老闆是色狼，他找藉口騙我去他辦公室姦污了我。我痛不欲生想告他，他害怕就將我趕出廠門。我人地生疏，找不到工作，無依無靠，回家又沒路費，為了生活，我不得不成了阻街女。從此，我破罐破摔，不知廉恥……」

銀花越哭越傷心。我同情她的不幸遭遇。我無所適從，說：「不要激動，不要激動。」

「我賺了足夠的路費回家，可是，我患了該死的病，我把病傳染給四聾子，讓他嘗嘗受苦的滋味，我要報復他，他不是好男人，是好男人就不要女人去賺錢。」銀花似乎有些變態，說這話時沒有一點踟躕，鐵板著臉。

我說：「銀花，你們都冷靜地想一想，心平氣和做些溝通，甭各走極端。」

「哥，人活著不如死了，死去的人要復活有什麼意思。」銀花的眼睛使人驚顫。

我心裏一個勁涼，涼到腳底。我癡呆呆想，他們夫妻懵懵懂懂，犯了糊塗病，我作為望聞問切的醫生，若是用一瓶點滴吊轉他們，該多好。可是，我知道這個願望只是徒然。

我頭痛欲裂。

屋外已傳來鳥啼聲，早晨的第一縷陽光從視窗和門縫裏跳了進來。黑黑的夜晚和我們揮手作別，隱去了。大地好像漸漸精神起來。我離開了四聾子家，離開了二姑父家，離開了九頭沖。

我心裏湧動著深深的落寞和失意。

不料，我回家沒些天，四聾子就屠了他老婆。這是我始料所不及的，來得恁快。值得慶倖的是，四聾子被公安局逮去又放了，因為四聾子患有間歇性精神病。

四聾子你應該站起來，我希望你站起來呢。間歇性精神病是可以治癒的。我恍惚看到四聾子精神抖擻，一手抓弓，一手握著彈錘，汗漬漬的，「彈！彈！彈！」的打棉花聲音在鄉村珠子一樣輕快地流動。

注：《彈花匠》發表於《天津文學》二〇一一年第五期

# 玩火

# 一

勝利村的二疤子誰都認識。

他左額上一條長長的疤痕，疤痕的旁邊有幾對針腳印盤桓著，像一條百足蜈蚣沉睡在那裏，蒼白，僵硬。疤是他學步時老屋的石沿給他留下的，當時縫了一路針。慢慢地，這疤渾然融成他臉上一部分，讓他無端蘊蓄了一股殺伐之氣。加之，他貌似生下來就對這陌生的世界懷有某種敵意，戴上面具一樣，呆板，不苟言笑。所以，茫茫人海中，只消一眼就能輕易把他認出來。

二疤子和村裏的三狗子穿開襠褲起，就在一起玩耍，並且同學。三狗子手不握寸鐵，一心唯讀聖賢書，一副秀才模樣；而二疤子從小就上得無皮樹，吵得起灰，手上什麼都操，就是不拿課本。每次成績單一出來，三狗子總踞著第一的位置，二疤子拖在最後扯尾巴，他倆就像行進在一支長征的隊伍裏，首尾呼應。二疤子自嘲說：好歹我也是「第一」吶。

看到這成績，二疤子父母吃不下睡不覺，尋到三狗子，說：你們兩個玩得起勁，平素學習請你多幫他一把，別讓他老「倒數」就行，這張老臉掛不住啊。

三狗子就在課餘時間找機會點拔點拔二疤子，每當這個時候，二疤子雞啄米似地頻頻點頭示懂，其實，只有天知道那一點漿糊在他腦袋裏究竟結下了多深的硬殼。

二疤子天生蠻力。他在村長家的黑白電視機前看過霍元甲後，便迷上武術。他跑到山後一片無人的樹林裏練拳腳，狠擂猛踢，彷彿那片樹木和他有仇。那些陪他餵過拳腳的樹木像被他吸去精氣神，全都癟拉腦袋，萎縮著身子，總不見長。

在村人眼裏，二疤子簡直是張飛再世。

馬上這事便像長了翅膀似的，一傳十，十傳百，傳遍十里八鄉。也不知是褒，還是貶。反正他小有名氣了。

他經常翹課曠課。

若是課堂上看不到影子，那他準是去後山了。他父母找過幾次，也打過幾次，不見悔改，無奈，只好放之任之。和他一般大的孩子都不敢惹他，但有一些大孩子不服這個狠，特地尋到後山挑釁。三拳兩腳，去挑釁的人就被二疤子給打趴下，如同折翅落在地上的蝙蝠。

樹木畢竟是個呆物，不會騰挪躲閃。二疤子覺得用樹木餵手不過癮，成天覓機往人堆裏鑽，尋事釁非，鬥勇鬥狠，強出風頭。他父母是老實巴交的農民，沒讀過書，更沒練過把式，不知怎麼到他這裏就變了種。

他們把他當鬧藥一樣，厭煩。

他父親發誓不再管他了。就算他前生是牛變的，教三個早晨也會耕地啊。

沒了約束，二疤子益加像脫籠的猛虎，不分地點，不辨場合，見著不順眼的就動手，把他們當做試驗身手的靶子。

他手粗腳重，和他一起玩的孩子沒有不鼻青眼腫的。

被二疤子欺負的小孩無力還手，只好嚎哭著跑回家向他們的父親告狀，說二疤子就像瘋人院裏跑出來的人，動不動沒來由就對他們施展拳腳，搞得他們心驚膽顫。這些父親們早已久聞二疤子的臭名，囑咐子女儘量別去惹他，以躲為上。

一些脾氣暴躁的父親，看不慣，想整一整二疤子。他們在勝利村二疤子放學的土路上堵住他，揪著他的衣襟，戳著他的鼻樑，問他憑什麼無故欺負小孩？面對這樣的事情，二疤子掙脫身掉轉頭就走，不敢吭聲。以至於那些想幫小孩出氣的父母都洩氣。他們痛恨二疤子，卻又無可奈何，只好找到二疤子的父母申訴：多教育啊！禍害啊！

沒成人就已這樣，長大不曉得會變成什麼模樣。

二疤子父母雙手一攤，一臉苦相，也是訴不盡的無奈：這個不成器的鬼崽子，是一對牛耳朵，灌不進風，以後他再欺負你崽，你就給我打，狠狠打，往死裏打，看他還敢不敢手癢。

到該吃飯的時候，二疤子大多還在外面瘋，忘了回家，趕不上吃飯時間，家裏沒人喊他吃飯，待至他回家揭開鍋蓋一看，鍋裏只剩鍋巴，有時連鍋巴也沒有。他就一聲不吭走出去，來到古舊的木橋下，獨自望著那流水，發呆。

餓得敵不住了，他就去坡上刨紅薯。他刨紅薯像老鼠一樣，不露痕跡，先是用樹枝在紅薯藤根蔸下面掏一個洞，把紅薯悄悄摳出來，再填滿那洞恢復原狀，紅薯藤也不至枯死，因它的根沒動，妨礙不到它的存活，等到那地的主人去挖紅薯時，才發現這蔸是空的，沒有重量，搞不清是怎麼回事。

二疤子的死黨們經常被各自的父母責罵：你們不怕二疤子打麼？跟他這樣的社會渣滓能混出個名堂來？他們不但不怕，相反還在二疤子挨餓的時候，送煮雞蛋、煨紅薯之類的東西給他吃。吃過了，他們也將二疤子作為互餵手腳的靶子，當沙包一樣擂，砰砰有聲。二疤子好像不是血肉之身，眉頭從不皺一下，還不時歡快地點評：

這一下來得刁鑽，狠！再來，過癮！

## 二

這些死黨裏也有三狗子。

別人就侃他，你這麼有出息的人也去跟二疤子鬼混，不是自毀前程麼？三狗子只笑笑，並不解釋，依舊和二疤子一撥子人玩耍。三狗子不喜歡一個人，一個人就像一粒沙，一片葉，一滴水，只有聚集才能顯示它們。它們存在。

三狗子考上重點大學，二疤子輟學在家。少了二疤子他們，三狗子在大學裏混得極不是滋味。大學的同學見他是鄉裏的，又落單，動不動拿那種不屑的眼神瞥他，特別在他心儀的女同學面前，他們有意買了許多小吃大家分享，唯獨把三狗子撇在一邊，當他是無形的空氣。三狗子總是自我安慰，這些同學生活優越，互相攀比享受，學習卻不用功，這些行為只是向他認輸的一種表現而已，但不管他在心裏如何的阿Q，這種面子掃地時的場景，仍愈發刺激他懷念與二疤子在一起的日子。

他打電話給二疤子。二疤子安慰他：放心，你那些鳥同學就交給我，保準往後沒誰敢在你面前日毛。

果真沒過兩天，二疤子帶著眾兄弟尋到學校來了。三狗子見到二疤子，好像眉毛陡長三寸，請他們在校外一條小弄吃飯。那餐館叫順吉餐館，招牌不大，是老店，五個桌子全坐滿客人，有些窩逼，並且油煙味重。三狗子沒錢，只能在這地方請。吃完飯，三狗子伏在二疤子耳朵邊私語一陣，就向班裏和老師處請假，稱是上醫院看病去了。

下了幾場猛雨，校園裏的綠樹又竄出新枝，竟然能聽到鄉村的蟬鳴聲。欺負三狗子的那幾個同學正相聚在一個亭子裏，和一些女同學談笑風生。二疤子手裏握著一隻蟬，揪住一個個子高大的同學，說：你笑什麼，是想起你的八字好笑麼。

哪知那同學自恃人高馬大，沒把醜陋的二疤子放眼裏，他介面回道：哪裏跑來的雜種？若是罵粗話狠話二疤子比誰都行，但他看不起這種沒氣勢的表現方式，真正的男子漢是靠他的行動說話的。二疤子僵起臉，說：廢話少說，我現在想打你，打你的印堂。二疤子並不如何站樁立勢，想出手時就出手，拳頭如破竹之勢落在那男孩印堂上，鼻血，箭一樣噴射出好遠。

那些同學看到二疤子一個社會上的閒散人員，敢闖校園行兇，就紛紛聚攏來，幫忙。二疤子要找的正是他們，一拳一個，沒人可以逃脫。不一會功夫，地上稻草一樣，倒下一大片。二疤子蔑視他們，額上的那條蜈蚣似乎甦醒，緩慢移動著它的腳。

靜謐的學校就像一個捅亂的蜂窩，沒了秩序。旁邊有學生偷偷跑開報告校保衛處，治安人員全體緊急出動，把二疤子逮著，送交拘留所剃了光頭關了半個月禁閉。

對那半個月拘留，二疤子說不要緊，就當上學，繳了一次學費。他高興自己言出必行，終於讓自己的諾言得到兌現，誰敢欺負他的哥們，誰就要隨時準備付出代價。這個話他是在被捉時當著那麼多的師生說的，說話時大有英雄英勇就義時的神氣，天不怕地不怕的樣子，好像他鐵硬的手掌有把握罩住他們。他看到三狗子夾在一大堆師生裏，遠遠地看著他，暗笑。他怕引火燒著三狗子，一個人攤了這件事。

二疤子從拘留所出來，把衣服斜掛在赤溜溜的肩膀上，大搖大擺，返回到三狗子學校。大門口學生們三五成群，進進出出。他逮到那高個子同學，朝他晃了晃拳頭，說：怎麼樣？還想試一下麼？

那同學馬上雙手抱拳，結結巴巴說：不……不打不相識，不打不相識，是，是啵，我，我們交個朋友吧。他請二疤子，二疤子邀約三狗子，稱兄稱弟，吃喝一頓。從此，三狗子在學校的日子好過多了，大家都知道他有個這樣蠻橫的兄弟做後盾，再不敢隨意開罪於他，有事也讓著他。

往後幾年，三狗子沒見到過二疤子。二疤子手機電話換了又換，行蹤飄忽不定，自然便斷了聯繫。直到突然有一天接到二疤子打來的電話，告訴他，他二疤子這些年是去少林寺拜師學藝去了，回來還獲得幾屆省級武術擂臺賽散打冠軍。他不是以前的瞎混，已是有點套路和淵源的了。這些，圈在學校裏的三狗子怎麼搞得清呢？出校後，久沒音訊，忙於工作，三狗子都有點淡忘了。二疤子在電話那頭說著笑著，幾千里之外的三狗子在他的聲音裏感覺到他心頭的那種成就。這個電話，兩人又接上線。三狗子逢人就說：

我就知二疤子是一塊材料，是可以派上大用場的啊。

## 三

二疤子學藝載譽歸來在梅縣的一家武館兼職做散打教練。梅縣人崇尚習武，慕他名來武館學藝的年輕人絡繹不絕。他做教練一般只掛個虛名，很少上班。他每天東遊西蕩，有時候十天半月不去武館打轉，人影子都難見一個。但武館並不追究，任他來去自由。武館只要他肯掛名就行，圖他的名聲。

在梅縣甚至梅縣以外的地方，幾家武館聘他做這樣的兼職教練。

他呢，也就樂得白撿薪水。

有一天，二疤子突然接到了三狗子的長途電話，說有要事找他幫忙，需要當面洽談。當他放下手中一切雜務，從外地趕到煙巷子「黑寶貝」按摩院門口，天已黑透了。煙巷子是梅縣的紅燈區，那裏滿街流動的男人和女人，無論胖瘦，就像發情的貓，用眼睛，用嗲叫的聲音，呼朋引伴，彷彿隨時隨地都可以苟合，風情迷蕩。

二疤子仰頭仔細地看了看那招牌，才不緊不慢踱進去。他在服務員的引領下走進了「黑玉園」。「黑玉園」就是一個小包廂的名字。裏面一只按摩床，床頭還挖了一個半尺來方的小洞。二疤子拿眼睛裏裏外外溜了一圈沒見三狗子。三狗子歷來喜歡玩這種神神祕祕的遊戲，虛虛實實，逗人把玩。二疤子就像他肚裏的蛔蟲一樣熟悉這些套路。如今的三狗子更是把這些套路玩活了，所以年紀輕輕一路飆升，坐到了梅縣公安局長這個寶座。

三狗子姓劉，梅縣的人自然禮恭畢敬喊他劉局長。二疤子卻不這樣，碰到的幾回，無論是人前還是人後，他依舊像穿開襠褲時一樣敞聲叫他三狗子。在人後這樣叫倒是無妨，可在人前就未免掃了劉局長大人的面子。劉局長有點不樂意，有一次把他拽一邊，私下裏對二疤子說，在人前你給我裝一裝門面啊，搞得我好難堪。二疤子就嬉皮笑臉說：難堪什麼？從小叫習慣了的，一時半會怎改得過來，況且這樣叫是我二疤子把你當兄弟啊，哪一天我不這樣叫了，那才會令你難堪呢。如果有人不服氣，你讓他叫叫試試，我相信他們借個膽也不敢。嘿嘿。

三狗子拿他沒半點辦法。轉而一想，他說的不無道理，現在自己身邊又有幾個說得真心話的人呢，就不再計較了。

三狗子特意把二疤子約到這胭脂之地來，想來那檔子事是足以讓他煩悶的了，要不然即使是二疤子他也不想輕易驚動的。在三狗子這裏，自打上次接上線後，二疤子續寫了大學校園的歷史，簡直成了他的「了難大王」，一旦遇到擺不平的棘手事，他就找他，好像他身上寫了「了難」兩字。

二疤子每次都是招之即來，一來即衝鋒陷陣，一點也不打折扣，直到把那些大大小小的坎坷掃平，熨貼。這次三狗子用女人招待二疤子。三狗子以為這招受用，神仙都愛風流事，更何況二疤子這樣一個油裏油氣的油痞子。好像，二疤子理應是在胭脂堆裏打滾的人。三狗子也一直用這樣的眼光量他。二疤子不吱聲，彷彿還引以為榮。

二疤子平時和女人們打打鬧鬧只是做做樣子，他著意要人家看見他出入這些胭脂之地，至少可以在一些聚會場合免去朋友們插科打諢譏諷他陽萎，抑或即使是這麼說時也能硬著嘴巴臉紅脖子粗的回敬幾句粗話狠話。平時，隨便別人說二疤子如何如何好，如何如何壞，二疤子都沒意見，一隻耳朵進，一隻耳朵出，他不太在乎別人對他的議論。但如果有人污辱他不是男子漢時，他準踩出他屎來。

他知道自己鐵一樣硬。

以前，三狗子請二疤子辦過幾回事，也是如此這般請他按摩推拿，二疤子從沒推辭過。三狗子就認定二疤子喜好這檔子事，在一起時也會不時與二疤子海聊幾句女人的妙趣。二疤子一副眉開眼笑，興趣十足的傻樣。

二疤子曾經暗戀一個豐乳細腰的女同學。別看二疤子平時在鄉裏耀武揚威，在女孩子面前卻是膽小如鼠。他左左右右一遍遍看鏡中的自己，總覺醜陋，自忖怎麼也配不上人家，就自卑，未有表示。但他做夢都是那女孩的姣容，其他任何漂亮女子都入不得他的眼了。早幾年他習武有成歸鄉之際，原本想著去看看她，順便向她求婚，誰知聽到的竟是她早已成家的消息，當時就愣了。

「黑玉園」包廂的按摩女二十多歲的年紀，長得一副好身材，氣質談吐也很脫俗。如今這年月，一切向錢看，從事這個職業的高學歷女孩越來越多，有人進而稱讚她們的義舉降低了社會的犯罪率，這當然屬於一種黑灰的調侃。這時，按摩女已柔媚地將二疤子領到那按摩床前，安排他躺下來，好好享受她精緻到位的優質服務。二疤子伸一伸肌肉健壯的胳膊，心裏犯著嘀咕：你來給我按摩豈不是隔靴搔癢，如果撩起那陣火氣了，反而難以熄滅呢。

於是，他拒絕說：我今天不想按摩，聊聊天就行了。

那怎麼行，那位請客的朋友已經付錢了，還特意囑咐我千方百計侍候好您吶。

他怒道：反正我他媽的不需要你的服務。

女子急了：你看不上我是不，你幫一幫我吧，馬上就要交學費了，我的學費還沒著落呢。

隔壁包廂裏隱約傳來男人的歡叫聲，還有女人的嗲嗲呻吟聲。好像這裏不存在壓抑，只有張揚和發洩。

二疤子有點難捱了，只好躺在床上輕輕打起了呼嚕，調息，假寐。任由女子在他身上撫摸。她推到他胯下，捉住了那東西。二疤子翻身坐了起來，說：你快放下，那東西是火，惹不得。

女子說：你放心，我又不是第一次，焚燒了也不要緊，我自願。

二疤子還真的玩過火。那是在一個要魔術的隊伍裏，在場面上，他把一支通亮的火把，放進他的短褲襠，把他的褲襠照得通紅，來回進出，搏得台下人一片緊張的呼喊聲。沒想，有一次，不小心從那火把上掉落一點火星在他褲檔裏，燒得他直跳。他憑著自己的蠻，硬忍痛沒露出任何破綻。他不想當場出醜，不想倒觀眾的胃口。但他回家脫掉褲子一查看，竟然起了一個大包，火燒火辣發痛，走路也礙事，鴨子一樣，一趴一趴。一想到這些，他就有些不耐煩，對那女子說，出去，出去，你快給我出去，待會我那朋友來了，我會對他說你服侍得很好，小費要他給你加就是，你放心去吧。他對女人沒有男人凶，即使凶，到最後也是草草收尾，末了，往往反帶有勸慰的意思。

見二疤子這樣說，那女子高興，暗想，誰願意真的服侍你啊。她走時忍不住回過頭來瞟了一眼二疤子，心裏感歎這年代還真有柳下惠啊，簡直是活見鬼。這臭男人如果不是性無能就肯定是同性戀。想到這，她走出門時狠狠往地上啐了一口痰。

躺在床上，二疤子想起三狗子，這小子怎麼還不現身？

# 四

二疤子在按摩床上美美地睡了一覺，醒來，發現三狗子身著便裝，坐在他身邊深鎖眉頭一個勁抽煙，煙蒂扔了一地，橫七豎八的，零亂不堪。看到二疤子醒了，三狗子就問：還舒服唄？

二疤子答：還行。

三狗子說：下次請你搞雙飛燕，那個更刺激。

三狗子還強調，服侍他的那個小姑娌雖年紀輕輕，卻是蠻知道討男人歡心。到「黑寶貝」來就是值得，沒枉來。

聊了一陣子閒話，三狗子歎一口氣就把話頭扯到了他老婆身上。罵他老婆粟萍不是好東西。原來，三狗子想把局長去掉，換上縣長，本來運作毫無差池，怎料上級組織考察公示期間，突然斜裏卻飛出來一封舉報信，把他悄悄搞下來。並且，聽說有關部門還要針對舉報信進一步立案偵查。

這個寫舉報信的人不是別人，竟是他老婆粟萍。

粟萍，二疤子見過幾次面，對二疤子不是很友善，並總是一種高傲的姿態，拿瞧不起人的眼神覷他。她是研究生，三狗子讀研時與她認識的。三狗子愛情事業雙豐收。這小子真是好福份，牛得讓二疤子這一撥子人都羨慕，為擁有這樣的兄弟，而引以自豪。甚至，他們私下還預言，憑三狗子的能耐絕對會長成一棵參天大樹，因此大家都巴望協助他做出一番轟轟烈烈的事業來，巴望能依著他混個像模像樣的日子。現在粟萍這女人竟吃裏扒外，不但不支持自家老公，還要去拆他的台，這是做妻子的應去做的事麼？三狗子的良好仕途怎麼能斷送在這女人手上呢？這豈不會讓這一窩子兄弟都感到失望麼？三狗子現在就是一棵樹，三狗子倒了，會扯起根來帶發一樹蔸子的痛。二疤子很氣憤。但二疤子犯難，這是你的家事，我怎麼能插手啊，是別人還好辦，難不成我還去幫你把她打一頓，可，是粟萍，我也去打麼？

粟萍出身於高級知識份子家庭，她喜歡三狗子，是喜歡他的學識才智。對於三狗子的出身，她家裏非常反感，一個農家伢子要真正進入一個知識份子家庭，不是一件簡單的事，有很多東西根本無法融入。都勸粟萍要考慮清楚。

粟萍堅持說：我又不是喜歡他的出身，是喜歡他這個人，至於出身誰也無法選擇呀，刨根究底，你們能肯定你們祖輩沒有務農的嗎？當時，三狗子對粟萍的知遇深懷感恩，發誓要好好待她，決不負她。

可是，婚後日子久了，三狗子發現粟萍雖然是大家閨秀，實際上脾氣牛大，還是醋罈子。先是她經常跑到牌桌上旁敲側擊那些與他打牌的女人，不要纏著我家三狗子。火氣大時，語氣就如棒槌打鼓，弄得那些女人面面相覷，做不得聲。這些女人要麼是上級領導的太太，要麼是一些轉彎抹角的關係，無論在仕途，還是在別的領域，三狗子都會用得著她們。她們在背後，手段往往比那些地位顯赫的人物還要厲害。

回到家裏，三狗子低聲下氣開導粟萍，如今打牌已成時尚，沒事時玩耍一下也無妨啊，又沒礙著你哪裏。粟萍父母均是做學問的老學究，平時也見不得打牌賭博之類的歪風邪氣，常常在粟萍面前嘮叨，施壓。

粟萍就譏諷三狗子：虧你還是公安呢，還是領導幹部呢，羞不羞人囉。三狗子就漲起臉，領導幹部也是人啦，我又只打一打牌，不幹別的壞事，說著說著，他就直往粟萍身上蹭，於是，一場批判會每次就以兩人的巫山雲雨告終。

有一回，粟萍在買菜回家路上，忽然一眼撞見三狗子挾著公事包側身閃進按摩店，心裏咯噔一跳，就留上了心，躡足跟了上去。

那按摩店是由幾間大房隔開，再裝修成小包廂，沒有很好的隔音設備，弄出一點響聲，隔壁就能聽到。粟萍進去後假說腰痛瞅準在三狗子隔壁的包廂裏靜靜地做推拿。只聽到三狗子在隔壁包廂和小姐嘻嘻哈哈打情罵俏，那形態好像他們是早就相熟了似的。

粟萍就很不高興，心裏添了堵，悶悶的。

她知道了，她家三狗子心野。

她沉住氣，不露聲色。她想探測三狗子究竟心野到了何種程度。

不多久，她就隱約聽到那邊悉悉索索解褲帶，還有鑰匙串碰在硬物上的聲音。接著又聽到了喘息聲和媚叫聲。想像別的女人在三狗子身體上撒妖的樣子，那可是她的戰場啊，你也配麼？粟萍耐不住忽地翻身爬了起來，跑過去一腳踹開隔壁房門，抓起三狗子的衣褲，恨恨地丟下一句話：三狗子你就這個品味啊。然後，她頭也不回走了。

三狗子傻呆著眼。他赤身裸體沒穿衣服出不了門，這個面子真丟大啦。他在包廂裏惶恐不安，又不好聯繫部下，別看那些人平日裏以他為中心，屁顛屁顛，卻沒有一個人可以託付做這樣的事。最後他只好請老闆去買一套衣服穿了才走出按摩店。

幸虧沒有人知道他是局長。

他暗暗慶倖自己過去很少去電視臺等公眾場所露面，弄得一些人稱讚他為人低調，不事張揚，如今倒正好派上用場，免掉了這些隨時都可以惹出來的麻煩。

經過這次倒楣事件，三狗子的確收斂許多。許多次，別人請客，他都是有賊心沒賊膽。但很快，沒多久，三狗子好了傷疤就忘了痛，出現了整夜不回家的現象，通宵達旦在外面吃喝玩樂，鬼混，朋友也越交越多，上至各級領導，下至三教九流，辦事越加順風順雨，紅黑兩道暢通無阻。

這日子，粟萍受不了了，一天也過不了了。

其他的事隨便三狗子，因為吃喝都可以打著公事的牌子，但到外面玩女人，粟萍卻無論如何也不能容忍，盯得鐵緊。肥水白流別人田，好像那是挖了她的祖墳，只要感覺哪裏有點不對勁，她就打三狗子電話，查他的崗。她想不明白自己為什麼對這事這麼敏感，彷彿三狗子在外面一沾女人，她就生了感應。有時，她想遷就一下三狗子，但她做不到。

一天，三狗子撒謊說是在一個賓館裏開會，粟萍卻隱隱約約聽到女人的聲音，她立即從一一四台查到那賓館的電話撥過去，那賓館回覆說並沒舉行什麼會議。粟萍就急，不停地打三狗子常去的賓館電話，查他房間號，竟然給她又逮個正著。這一回，三狗子自知迴避不了，這女人給他的壓力太大，他什麼計策都不想用，就直接捅出來：我們離婚吧。

他嫌粟萍心眼小，不活絡，侷礙他的手腳。

## 五

離婚在即，粟萍卻又心有不甘。她想挽救三狗子，挽救她的婚姻。然而，三狗子已經拒絕與她交流，乾脆與她分居了。她知道二疤子與三狗子關係非同一般，就不遠千里去勝利村尋找二疤子。希望二疤子能夠出面幫忙做三狗子的工作。

二疤子一個人還住著父母的祖屋，祖屋沒及時翻新，有些破敗。二疤子不在家，門上一把鎖，鎖上鏽跡斑斑，窗戶也是空的，沒有欄杆，佈滿蜘蛛網，任憑誰都可以從視窗輕易縱進去。透過蛛網分明看到屋內地上橫陳的稻草和垃圾，那張東倒西歪的破床都鋪上了一層厚厚的塵埃。

勝利村治安狀況很不好，經常發生偷盜的事，可是，放著二疤子這久無人居的家，卻像道士畫了一道保平安的符，沒人敢去動他一根毫毛。生怕動了就會遭遇不測。

二疤子在老家臭名昭著，沒一個人說他的好，大家都像防賊一樣防著他，沒有人願意和他交往，生怕惹火燒身。又加之他父母早亡，兩個兄弟也以他為恥。

費這麼大的力動身專程找他，見不到人，也找不到他的聯繫方式。粟萍失望地在勝利村的土路上，徘徊。她想，怎麼樣才能把三狗子拉回來呢。找不到外援的力量，粟萍焦躁不安。一想到離婚，一想到三狗子往日裏對她的不好，就漸漸生出恨來。

哼，離婚？說得倒輕巧，當初是誰收留你這個鄉里伢子的，現在當局長了，就把我當猴一樣耍，沒門。你毀我一生幸福，我就毀你一生前程。氣，就像穿孔的皮球，冒出來，壓也壓不住。三狗子無藥可治。粟萍對他徹底不抱希望了。於是，粟萍在關鍵時刻寫了檢舉信報復三狗子，既然都快離婚，也讓你嘗一嘗不好過的滋味。

三狗子通過內線知是老婆幹的好事。他心裏怨恨，想：一日夫妻百日恩，你也太過分啊，那就怪不得我。

理所當然，三狗子想到二疤子，覺得又該請他出馬。二疤子犯了一陣難，最終，他為哥們兩肋插刀的義氣還是占了上風。三狗子看出他的心思，在他耳邊私語一番，手還不停的比劃著，聽得二疤子直點頭，一邊也直冒冷汗，暗暗道：這小子，真是做得出來。

二疤子會自製手雷，常去水庫裏炸魚，並且從未失過手。三狗子經常吃到他的勞動成果。他就是看好二疤子的這手絕招，動員他用手雷去把粟萍永遠消失掉。他扳著指頭分析只要時間選擇巧妙，就不會留下作案痕跡，並承諾事成後給二疤子十萬塊錢，讓他遠走高飛。

儘管二疤子放蕩不羈，不合群，可殺人，對他來說，畢竟還是頭一遭。他最不願意讓別人小瞧他，何況除掉粟萍對三狗子事業還有很大的幫助，那可是他們一直看好的人，他的事業就是他們的事業，這番事業可不能毀在一個女人手裏。

二疤子隨時把手雷帶在身上，準備伺機行事。

他在街上遇見粟萍，街上人多，不宜下手。粟萍毫不知情，還像遇到救星一樣驚喜地喊他：二疤子，我找你好久，還專程去你老家。

我老家這麼遠，走一趟也不容易，你找我什麼事？二疤子納悶，平時不把二疤子放在眼裏的粟萍，如今為什麼這樣看重他二疤子，二疤子心裏竟然格外一熱。

你和三狗子是好朋友，想請你勸一勸三狗子懸崖勒馬。粟萍當著街上那麼多人，竟哭起來。好像委屈滿腹，與過去那個傲慢的模樣，判若兩人。

二疤子心就發軟，猶豫一會，說：我試一試，不知行不行。

一扭臉就是半月。

二疤子毫無動靜。三狗子去找他。他看到二疤子把自己關在出租屋裏喝酒，房間偏僻陰暗沒亮燈，酒是那種三五塊錢一瓶的劣質酒，地上扔了一大堆這樣的空酒瓶，還有煙蒂。三狗子就皺起眉頭，說：二疤子，你這是在幹什麼呀，你把兄弟的話當耳邊風啊，磨蹭什麼呢？

二疤子說：我見到粟萍，她要我勸你收手，你再考慮一下，畢竟夫妻一場，這樣做是不是太狠了點。

三狗子有些惱火，說：婆婆媽媽，婦人之仁，這好像不是你二疤子的風格吧，答應的事，你後悔，是吧。

二疤子瘟貓一樣，吞吞吐吐，說：只是你以後不要後悔。

三狗子立即高興說：這才是好兄弟。

一天傍晚，二疤子接到三狗子電話，通知他動手的時機到了。三狗子把粟萍約去郊外，說是出去散步好好聊一聊他們之間的事。粟萍一點沒猶豫按時赴約。她滿心歡喜想著，三狗子是不是被二疤子勸得回心轉意了。

三狗子和粟萍在郊外的小道上比肩漫步，墨一般的夜色籠罩著他們。這段道路荒寂，一個人影也不見。走了不遠，三狗子扯謊要方便，叫粟萍站在那裏等他，然後他就拐到另外一條小道上開車跑掉了。

二疤子橫在路上等待粟萍的到來，黑黑的，如一尊塔，額上的蜈蚣在黑暗中與他的臉融為一體，失去任何顏色。

粟萍原地徘徊，忐忑不安。她忽然看到前面橫著一道黑影，以為是三狗子，就喊他，不見回應。這地方前不著村，後不著店，寂寥得非常可怕，時斷時續傳來遠處山塞上野狗的叫聲。她腿肚子發軟，想道：三狗子怎麼這樣心狠呀，臨離婚了還要約到這裏嚇我。她越想越心酸，越心疼，半輩子的幸福就這樣沒了。她忍不住嗚嗚咽咽的抽噎起來。

天色太暗，看不到二疤子表情，只從他站立的姿勢上可以猜測到僵屍一般的冷硬，像戴著面具。這時候，二疤子的手雷已打上火，聽到這哭聲，二疤子的心又軟了下來。畢竟是一個弱女子，又沒有深仇大恨……他自己也弄不明白，在這節骨眼上，他怎麼會想這麼多，就在他猶豫的剎那，只聽得「轟」的一聲炸響，道路兩邊的樹葉紛紛揚揚，滿天漫飄。

粟萍淚眼朦朧之間，看到那個鐵塔一樣的黑影，面具煥發出通紅，透著亮，蟬殼似的輕輕掉落地上。那條沉睡百年的蜈蚣恍然甦醒，舒展著百足呈飛翔之勢。躲在面具後面的影子，瞬間化成一團烈焰，慢慢地扭曲，肢解，舞蹈。

在蒼茫虛空中，彷彿有一片潔白的東西，像羽毛飛上天空，飛遠了，不見了。

注：《玩火》發表於《青春》二〇一〇年第六期

# 無名果

「你撿到什麼寶啦？」

馬法官從路邊的桃李樹下直起身來，就聽到一個氣促的聲音問他，那個聲音有點迫不及待，好像是在說你撿到了寶，見者有份。幸虧馬法官對這個聲音很熟悉，沒被突然冒出的人嚇到。他裝著不經意的樣子返過頭，然後就看到背後站著伍麻子。多年不見，伍麻子臉皮已皺得像一坨雞屎。

他鼓起勇氣，說：「沒撿什麼。」

「沒撿什麼？」伍麻子不信，「分明看到你躲躲藏藏，做賊一般。」伍麻子眼睛土蜂一樣螯在馬法官身上，晃來晃去。馬法官很不自在。

在村子裏，伍麻子不是族老，也不是村長，就連村民小組長也不是，但他說話比誰都靈。特別是一些重大事情上，比如修路啊，比如誰家鬧糾紛打官司啦之類，誰也不能撇開伍麻子，撇開了他，你就任何事也休想辦成，事與願違。

見到伍麻子，馬法官就記起讀小學的時候，他和幾個夥伴在伍麻子屋門口玩耍，伍麻子家正在煮板栗燉雞，聞到香味，馬法官就直掉口水。山邊邊上，馬法官家有兩棵板栗樹，即便年成再差，每年至少也要打兩擔板栗。板栗外殼全是毛刺，容易刺傷人。只要打板栗，馬法官就戴上皮手套，歡喜地跟在爺老子屁股後面，幫忙。打完了，爺老子就把帶殼的毛板栗一擔一擔挑回家，馬法官守在板栗樹下，趁機用石頭將刺殼砸爛，偷吃幾顆。平常儘管帶殼的毛板栗堆滿半邊屋子，馬法官是偷吃不到的，爺老子下了鎖。待到起價，馬大爺就全把刺殼除掉，挑到集市上去賣。當然，每一年馬大爺少不了給伍麻子留一袋板栗送去，自已捨不得吃，更別提板栗燉雞了。馬法官和夥伴們邊玩邊想，這板栗是我家爺老子送的，說不定伍麻子看到了會叫他吃板栗燉雞。心裏有了期待，馬法官就賴在伍麻子家門口不走，伸長半顆腦袋在門邊張望，不料，伍麻子把一支啃得乾乾淨淨的雞骨頭扔出來，正好砸中馬法官額角，血頓時就冒了出來。馬法官趕緊用手壓住血眼，縮回家。

自此，馬法官就不喜歡伍麻子，有點討厭還有恨的意思在內。但他看到爺老子平常與伍麻子走得近，就也順著伍麻子，不敢得罪他。得罪他就是得罪爺老子。想到這些，馬法官低著眼攤開雙手說：「真沒撿什麼。」

他聲音細到只有蚊蠅聽得到。

當想到自己的工作還需要伍麻子費力時，猶豫一會，馬法官又乖巧地問：「伍伯爺，這麼早起來幹什麼呀？」

「跑跑步，活動活動筋骨，鍛煉身體。」伍麻子說。

農民天天有活，天天在活動筋骨，犯得著這樣正兒八經鍛煉？馬法官說：「伍伯爺，鍛煉是城裏人的事，你變城裏人啦。」

「老侄，你看我像城裏人麼？」伍麻子得意說。他家的地根本用不著他勞動，只要一到季節，鄉親們就搶著幫他做了。他平日坐在家裏不動都呼吸不均勻，運動後就愈加胸脯起伏不止，像前生是貓投的胎。他說近年來身體老和他作對，如果不鍛煉一下，身上會生起蛆來。說話神氣好像他呼吸新鮮空氣，比城裏人還牛皮幾分。

馬法官讀書時節，馬大爺就立勢，多次找過伍麻子，打預防針，說是你老侄法官寶畢業你可要幫全忙啊，我做牛做馬報答你。伍麻子打聲哈哈，到時再說，到時再說。

馬大爺以為伍麻子答應了他，就安慰兒子說：「只管把書讀好，工作事就找村裏的伍麻子幫忙。」伍麻子兒子在縣裏當縣長。平素馬大爺和伍麻子攏得近，不信伍麻子不幫。

馬大爺喜歡看包青天，只要是關於包青天的電視連續劇，他每天追著看，隨著劇情一時悲一時喜。對於包青天，民間傳說有無數的版本，看著電視，好像包青天的形象就得到印證，定格成頂天立地的一個男人，有眼睛，有鼻子。馬大爺最大的願望是兒子能做法官，像包青天一樣為人間主持正道，做出一番事業，所以在兒子出生後就取了這個很直截的名字。

馬大爺靠種地謀生，從不會做點小買賣增加收入，他拿不出更多的錢為兒子打點鋪路。他有的只是力氣。因此馬大爺拼死拼命的找土地要收成，咬著牙根送兒子讀書，兒子每以優異成績升一級，他就渾身來勁，鼓勵說：「法官寶，爭氣呀。」

「會的，爺老子，你放心，我會努力。」馬法官憋足勁說。

馬法官的確很爭氣，他把別人玩的時間全放在學習上，課外活動也極少參加。他不負所望考上了大學，讀的也是法學專業，這在村裏是不多的。馬法官上大學時，父親還在村裏特意辦了一桌酒席，以示慶賀。村裏人都高興，就如是自家孩子考上了，說馬大爺風水轉旺，把祖墳培高點，看來法官寶是個可造之材，說不準日後蓋過伍縣長呢。

做過酒宴，客人喝酒留下的殘羹氣味，還在滿屋飄蕩，馬大爺帶上鋤頭簸箕，拉上兒子就走。與父親相處這麼久，馬法官還是首次看到他的急迫相。馬法官不知他要做什麼，亦步亦趨跟在後面。走了好長一段路，馬法官才弄明白原來是朝祖墳的方向。這天的天氣很明媚，萬物生發，田壟裏到處聽到潺潺的流水聲。儘管水還有點寒冷，但吆喝黃牛整趕水田的，打起赤腳在水田邊修田塍的，大有人在。

一到墳山找到自家墳地。馬大爺父子倆就忙活開了。先是燒香紙，祭念一番，然後清除雜草，父子在遠處荒地取來泥土草皮，小心地培在墳墓上，直到把古舊墳墓堆成一座高高大大的山峰。

收工走在路上，馬大爺父子在暮色中返頭張望，看到高高的土堆上彷彿真有靈驗正在冉冉升起。

現在，馬法官大學畢業回到家裏，心裏很犯愁。同學們談未來談理想，他畢業卻找不到工作，回家又不會種田地，未來真的不敢想像。家裏除了一個老得掉牙的父親，沒別的親人。茫然無措的他做夢也想擁有一件寶物，換回一個適合的工作，除此之外，他別無所求。可夢想歸夢想，不等於現實。

兒子以優異的成績畢業，馬大爺卻不知如何才能安排好兒子工作，又沒別的門路。所幸馬大爺是個有準備的人，兒子一讀書，他好像就知要求伍麻子似的，送板栗，送新鮮田魚，有了好吃的就送，自家捨不得吃。他打定主意，一個筋斗栽在伍麻子懷裏，賴著他，惟有他能幫得到啊。

可是，一旦馬法官真畢業，馬大爺去找他，每次伍麻子唾沫噴泉一樣，說，難，鐵桶一般難入。同喝一口井水長大的人，如果幫得上，不幫你，我幫誰去？其實難不難只有伍麻子心裏清楚，來求兒子的人也不是他馬法官一個人，不都解決了？包括一些鎮長、局長，很多事情都是兒子這個當縣長的一句話而已。他說並不在乎你送了什麼，送禮的人多了去了。你馬大爺送的禮折成錢還不如人家一條煙或一瓶酒。馬大爺益加窘迫，他說志木葉子包鹽，是一片心意，禮輕情義重，你伍麻子莫嫌棄啊，你兒子沒當縣長時節大家彼此一樣的啊。他只想著逮到機會多和伍麻子親近，感情在於平日積累。

任憑馬大爺巴結，好話說了一籮筐，伍麻子就是不上路。

你這個一生下來就頂著個法官帽子的人，還要來求我不成？甚至伍麻子還在背地裏笑過，馬家的先祖葬地風水不好，沒有後勁，眼睜睜的一個人才出不來，把墳壘得再高也沒屁用。

伍麻子心裏的這些齷齪，自然馬大爺蒙在鼓裏，馬法官也不懂。馬大爺這麼努力巴結他，就是指望在關鍵時刻伍麻子幫他一把啊。雖然馬法官自小就對伍麻子印象不好，但大學一畢業，就真印證了畢業即失業這句話。馬法官找老師同學，跑要用人的單位，有縫隙就鑽，沒任何結果。他想早知這樣當初還不如沒讀書的好，用這一大把的時間，至少可以學會種地。在四處碰壁後，馬法官還是被馬大爺拉著去找了伍麻子。

那是一個傍晚時分，還有小半夕陽殘留在牆壁。牆壁就像被柿子水浸泡，發出淡淡的橙紅。伍麻子用一個木盆打了水在屋外水泥坪裏洗腳。馬大爺看到伍麻子腳晾在盆沿上，水珠子雨一樣一顆一顆掉落，旁邊凳子上擱著一塊擦腳布。馬大爺馬上抓起擦腳布，說：「老伍，來，我給你擦一擦。」看著馬大爺把伍麻子的腳放到自己膝上，一點點擦拭，就像他在擦一件心愛的裝飾品，生怕弄壞了似的，馬法官真恨不得把那雙腳給剁了，憑什麼？有個縣長兒子，就得把你當爺啊。馬法官極力控制住自己想拉爺老子走的衝動。

伍麻子閉目享受，一邊還說：「老馬啊，你洗腳蠻在行啊，城裏洗腳行裏也沒你手藝好啦。」洗完腳，馬大爺吩咐兒子，說：「法官寶，別站著發愣，去把洗腳水倒了呀。」

「噯！」馬法官聽到父親叫他，猶豫一下，緩過神來，走過去端起洗腳水。端在手裏，他發現木盆就如一座山一般沉，一不小心，木盆竟掙脫掉落在地，滾到了牆角，水長了腳一樣滿地亂竄。馬大爺尷尬地站在一旁，臉一下蒼白，狠罵兒子：「沒出息的。」他擔心出這樣的漏子，恐怕是求門無望了。

為了他的事，讓爺老子這麼操心費力，自己卻這樣不爭，馬法官很難過。看到馬法官難過的神情，馬大爺比兒子更加急，但他經見的多，裝著淡漠的樣子說：「法官寶，你已努力了，怪只怪做爺的沒本事，如果你是生在伍麻子家就不用著愁了。」

想起這些，馬法官有些緊張地看著伍麻子，一邊心裏想著：「夜路走多了，總要碰到鬼，沒想到今天就碰到了這傢伙。」

儘管他不喜歡伍麻子，但伍麻子是要求的人，他也想像父親一般裝矮，順著伍麻子，可臨邊做起來，卻沒想這麼難，總感彆彆扭扭的。

伍麻子起早床慣了，起來了就喜歡在村裏村外溜，跑步，做運動。他運動起來手腳僵硬，一下就可看出他的病態。伍麻子意外遇到馬法官，一愣，這小子出落得人模狗樣，卻是有些落魄，活該。

伍麻子四處瞅了瞅，也沒什麼可疑的地方，便將信將疑走了。

馬法官竊喜，巴不得他早走。

這次馬法官是真的得了寶了。

馬法官不經意在路邊上發現三枚果子，果上生滿毛茸茸的刺。他以為是金櫻子，沒在意。細一看，不是的，這果子和金櫻子有些相像，但絕對不是金櫻子，金櫻子還沒到結果的季節。不遠處，有幾棵矮小的金櫻子樹開滿白花。那果子樹孤單單，就生在毫不起眼的草地上，像一棵千年矮，永遠長不大，長不高。它旁邊全是一些高大的桃李樹，桃李樹上的葉子枯黃，沒見到一個果子，或許是早過果子的季節。

昨天從這裏路過沒有發現這果子，隔一夜卻讓他碰到了，這不是天意麼。馬法官饒有興致蹲在樹邊，仔細觀察，想弄明白怎麼突然憑空多出了這麼一棵異怪的樹。果子和樹葉的顏色一樣，綠茶色，就像燈籠草上掛著的三枚燈籠果。那樹小小的，寄生在那裏，幾乎遭桃李樹悉數覆蓋，稍不留意，很容易讓人忽略。馬法官從沒見過這果子，姑且就叫無名果得了。

蹲在那果樹旁邊，馬法官的思緒拓展，非常闊大無沿。他放眼看天，天就在他的視域裏，他的視域有多大，天也就多大。

他摘了一枚果子，在手裏惦量著。面對這陌生的果物，他有些懼怕，但冥冥之中好像有神助似的，他放進嘴裏咬了一口，開始感覺有些澀，幾秒鐘後，微涼，遍體生津。他站起來活動一下筋骨，出了一身微汗，竟感全身舒服極了。過去因為坐電腦多了，頸部肩周酸痛麻木的感覺盡失，神清氣爽。

原來這果子有治病的功效，這不是仙果麼，真真得到了寶了。

馬法官大喜。那果子遭他咬了一口，水汪汪的，齒痕隱沒其間。既然是寶物，他生怕糟蹋了，剩下的不敢吃了，他用衛生紙包好，接著又把另兩個也悉數摘了包好，小心揣在懷裏。

馬法官是昨天從城裏回來的，落屋時斷黑了。他父親馬大爺坐在竹椅子裏嗯啊呀呀，馬法官把手裏提的水果禮品丟在一邊，趕緊跑過去，問：「爺老子，你這是怎麼了？」

「沒大礙，就是腰腿有點硬，年紀去了，不行了囉。」馬大爺身邊擱著一把鋤頭，鋤頭沾著新鮮的泥巴，泥巴裏汪著水。看樣式他剛從地裏下來。

「爺老子啊，不知說過多少次啦，地裏活多，幹不了就別蠻幹，你老人家只要幫我守著家就成了。」馬法官說道。

馬大爺沒敢說，其實他是幫伍麻子挖土去了，伍麻子的土全挖完了，自家的地還沒動。但他知道兒子不喜歡自己去討好伍麻子，過份了。但是不討好行嗎？家裏又拿不出什麼像樣的東西去送禮，只能出賣這點不值錢的力氣了。馬大爺不說，其實馬法官也知道，因為他回家的時候路過了自家的地，一點都沒有動，而村上能夠讓父親這樣賣力的只有伍麻子。

晚上睡覺時，馬法官失眠了。雖是睡在慣常住的房間。但房間鮮於打掃，牆壁上粉刷的白石灰剝落得東一塊西一片，透著久無人居的潮濕氣味，聞著很難受，不太習慣了。父親年老，腿腳不靈便，終日往返的就是廚房和睡房，別的與他日常生活起居聯繫不多的房間就極少光臨了。馬法官一踏進他昔日的房子裏，森森的冷氣就撲面而來，床上被子也像泡了水，一晚上也睡不暖和，黏黏的，怪不舒服。所以，他失眠了。他好奇怪，這是自己的家，過去一倒床就酣然入睡的地方，現在怎麼會生出這樣怪怪的感覺來呢。是不是在外面讀書久了，過慣了聲色犬馬的城市生活，與家生分了啊。這想法一旦冒出來，馬法官嚇了一跳，就像小時候吃的罎子酸辣菜變質變味，這是太不應該了啊。家，就是根。雖然外面城市鬧熱，與這僻壤蝸居的鄉村比，自是天地之別，但不是屬於他的所有，往後像父親一樣年紀了，他終歸是要落葉歸根的。

父親就他這一個兒子。他理應在身邊盡孝，服侍他。可是，他那父親讀過幾年書，明大體，說鳥長大了不飛，還叫鳥麼。是男人就要活出男人的味，爭個出息。馬法官在外頭一想起父親的話，就渾身來勁，覺得眼前陽光匝地。這次他報考了縣裏政法系統公務員考試，弄了個前三名，就暗自有些高興。他想把這一喜訊告知父親，也讓他樂一把。

馬法官一夜失眠。本來是來這田野的深處散步的，所以有些漫不經心。雖然此刻撿到了無名果，但欣喜過後，便又顯得有些懶散了。冷淡的晨風在馬法官耳邊輕輕吹拂，如繾綣一起的女人呼吸，有點發癢。

昨天和父親天上地下聊天至深夜，當然，馬法官也說了自己考上了公務員的事，馬大爺很歡喜，不過最後還是說道：「明天還是去伍麻子家一趟吧，如果縣長能夠說一句話，那事情就十拿九穩了！」當時馬法官就表示了反對，但在父親的勸說下，再聯想到自己這些日子的遭遇，便也沒有再堅持，只是提出先由父親去和伍麻子說，如果有希望說動伍麻子，他再和父親一起去。

開始泛白的天空上，星星閃爍。馬法官依稀看到了父親的身影。

他父親馬大爺雞一打鳴，就睡不著，還有早起上茅廁的習慣。像裏急後重一樣，在茅廁裏蹲就是半個時辰。晨曦中，馬法官看到父親從茅廁裏出來，手捧著肚子，臉爛成了一條苦瓜。痛苦折磨的形狀，馬法官感同身受。他慌忙把父親扶躺在屋前草坪邊的竹椅上。馬大爺掏出隨身攜帶的去痛片，寬兒子的心說：「老胃病了，無妨的，緩過一陣就好了。」

見到去痛片，馬法官猛然記起那果子。父親的老胃病，不定時發作，遍請郎中，久治不癒，已成痼疾，興許也有效果。他把吃剩的那枚殘果放進馬大爺嘴裏。那果子馬大爺也沒見過，怕是有毒果，鬧人，他很猶豫。馬法官用自己已經試驗的效果說服馬大爺。馬大爺將信將疑嚼著，一點一點試著往肚裏嚥。

不一會，馬大爺感到胃部轟隆一聲，似有一股暖氣從腳底往上竄，直沖頭頂，其勁厚實綿長，源源不絕。馬大爺昏昏入睡。任由兒子千呼萬喚，也沒反應。馬法官著急死了，萬一是毒果呢，有害呢。但看著父親臉色紅潤漸漸像天空一樣明朗，便在一邊守護，充滿惶恐和期待。

看著父親，馬法官很內疚。父親費盡艱辛將他拉扯大，並供養他上學。他自認為考上大學為祖宗爭氣，報效祖國，大展鴻圖，沒想卻找不到工作。他攤開左手細細看著，看相的人說手掌中有一條事業線，馬法官看到他的事業線一直通到指根，一無阻礙，他想說不定會有轉機的。老師同學朋友，只要找得著的他就找，希望得到他們的幫助，他們說你認了吧，這是命，你沒聽說如今上海就有一些博士生畢業找不到事，去殯儀館應聘麼，何況大學生呢。

馬法官這些思緒正蓬勃延伸的時候，馬大爺打了個哈欠，從椅子上起來了，連聲說：「仙果，真真的仙果。」馬大爺不但胃病盡除，還面目精神飽滿，人也見得年輕幾歲。

「仙果，真真的仙果。」馬法官也非常地激動。

馬大爺身體好了，動作也便利索了，隨便對付了點早餐，便出了門。

伍麻子家在村北，水泥路修到了他家門口，還有專門的車庫。和村上其他地方雞腸子似的黃土路和低矮的瓦屋相比，伍麻子家是三層樓彷彿地道的城市建築，地板磚，牆壁磚，水泥吊燈像是不用電費一般亮通宵，那鮮亮簡直就是一隻鶴子立在雞群裏。還有，伍麻子抽的煙也不同，全是清一色的軟盒芙蓉王，六十元一包，與馬大爺抽的旱煙比，一包就夠他抽一年。過去伍麻子也和馬大爺一樣抽旱煙，自從兒子當了縣長，就改抽芙蓉王了，伍縣長說家裏煙多了，收久怕生霉，每次開車回家都要捎帶一些煙酒。馬大爺就想如果法官有這樣的出息，該多好啊。他甚至想像著兒子馬法官真的當上法官，別人求他辦事，送煙送酒的滋味。他內心也並不是要和伍麻子攀比高低，只圖兒子既然考上了，就應有個出息，努力也就沒白忙，讓盼頭有個著落。如果兒子真的當了法官，他就要告訴他能幫人處且幫人，給人方便就是給自己方便。

馬大爺走進伍麻子家，伍麻子正坐在客廳的沙發上逗貓。他把一個彩球不停地拋，那貓就不停地竄跳，接球。貓用力過猛，收不住勢，身子滑了好長一段，把球撞飛直往門口的馬大爺而來。馬大爺一伸手抓著球，把玩著。明眼人一看就明白，憑馬大爺僵硬的身手，怎麼輕易就捉到球呢。伍麻子彷彿看到從西邊出來的太陽，打量他在馬大爺身上的發現。

伍麻子一身的養身病。先是犯哮喘，他害怕，遍尋郎中，打針吃藥，無論西藥中藥都是一大包扛回家。反正有縣長兒子做後盾，買藥幾乎沒用過錢，只要去過他家的人，都知道他，他扛回家的藥幾乎可以開個藥鋪了。梅山縣內稍有名氣的郎中，都認得伍麻子。儘管他這麼積極尋醫問藥，病卻一點起色也沒，好像病入膏肓，難起沉屙。他讀過三句半書，就自己找來一些醫書，看，鑽研自己病情，自己給自己開處方，西藥英文不會寫，他就開中藥單子，君臣佐使，相生相剋，他講起來條條是道，連那些醫生也不得不佩服他，說久病成良醫，伍麻子算半個郎中了啊。伍麻子以為是醫生表揚他靈性，愈加起勁。結果，由於藥吃多吃雜，沒對路，損壞了肝功能，搞成肝腹水。

馬大爺就曾多次勸說：老伍，郎中不可自病，你別把自己當郎中搞啊，沒好處的。伍麻子卻不承認是亂投藥的錯，回道：馬老弟，你也是讀過書的人，你那書啊，算是白讀了。每當這個時候，馬大爺就不自在，自己白讀那是事實，沒錯，如果兒子白讀那就比要了他命還難堪。眾所周知，村裏就兩個大學生，伍縣長的大學是推薦的，他兒子馬法官卻是憑自己本事真刀真槍拼殺出來的啊。這可是他馬大爺一生的驕傲。

伍麻子奇怪地問道：「老馬，你在哪搞到了靈丹妙藥？」

「還真讓你猜著啦。」馬大爺把他兒子馬法官不經意拾到無名果的事添油加醋吹了一通。伍麻子將信將疑，這麼久的陳年痼疾，說好就好了？但他看馬大爺氣色，的確又像沒病，加上馬大爺病癒後矯健的身手，也由不得他不相信。

伍麻子拿出一盒芙蓉王，塞到馬大爺手裏，說：「好抽著呢，不衝。」

「不了，我還是抽我自己的旱煙更習慣。」馬大爺不接。他抽旱煙慣了，不想換，再說即便芙蓉王好抽，不衝，萬一抽上癮了，不再想抽旱煙，怎麼辦呢，每天芙蓉王，他是絕對消受不起的，會折陽壽。

伍麻子想了想，覺得說得也是在理，便沒有硬塞，一屁股坐回沙發上，順手抽出一根點著了，然後說道：「說吧！有什麼事情？」

伍麻子沒有喊坐下，馬大爺也不敢坐下，便站著說道：「是啊，我那兒子馬法官，讀書還爭氣，就愁沒個正式單位，現在考上公務員，想煩請你老幫忙。」

「行，我會和我們家縣長說的。」這次，沒想伍麻子竟二話不說就答應下來。

好事連連，看來馬法官好運氣來啦。馬大爺心情愈加愉悅。

伍麻子的聲音又馬上響起來，道：「你要法官帶上無名果來找我，讓我也見識下無名果，看有沒有你說的那麼神奇？」

得到伍麻子的承諾，馬大爺腳步就像突然卸掉重負似的輕快，很快便把馬法官和無名果一起帶了過來。

見到伍麻子，馬大爺恭恭敬敬遞上無名果。伍麻子接了後仔細研究了一會，便把它放在桌角上，然後轉過頭對馬大爺說道：「老馬啊，你崽蠻精神呢。」

「托您老人家福，現在我家法官寶公務員考試，得了個第三名，請你幫忙。」馬大爺說話打底邊去。照馬大爺想，過去馬法官大學畢業安排工作難度大，現在考取了公務員，名正言順，這個忙應是沒問題了。

馬大爺和伍麻子套近乎的同時，馬法官站在房子裏卻渾身不自在，滿臉堆著假笑，煩惱就像一隻瓢蟲在全身各個器官爬來爬去。一條五公分長的百足蜈蚣在牆根下追趕一隻瓢蟲。蜈蚣跑起來像飛一樣，逮著瓢蟲一下就鑽入了地穴裏。

「伍伯爺，這次可真得麻煩你老人家啦，侄子的前途都是你老的一句話了，往後我會好好報答你老人家的啊。」馬法官說。

在來伍麻子家路上，馬大爺就囑咐了：「法官寶呀，現在我們是去求人家，要把自己放低下啊，你那高華的樣子誰看了也反感的啊。」

「嗯，會的。」馬法官嘴裏滿口答應，心上卻想，現在我有了無名果，加上我考試也過了關，只是為了穩妥起見，才去找他，卻未必全是我去求他伍麻子，伍麻子不就是有個縣長兒子麼，至少也算交換啊，各取所需。我又沒要他白幫。所以，馬法官心安理得，想要挺起脊樑站起來，但一到伍麻子家裏，看到父親低頭哈腰向伍麻子懇求的樣子，這脊樑怎麼也挺不來了，只覺得渾身發癢，手腳都不知道如何擺放。

「你崽讀書是發了狠，是一件值得祝賀的大好事，後生可畏啊，不過這個名字稍微有點問題啊。」伍麻子取出一支芙蓉王裝在嘴上，點燃，長長地吐出一個煙圈後，慢慢地說道。

「名字有問題？」馬大爺小心說，像做錯事的小孩。

「當然，馬法官，八字都沒一撇，崽沒生就預先取了這個名字，一聽就讓人好生反感。」伍麻子依然是慢慢的語調。

「你想啊！假如你在法院，你還不是真正的法官，但別人一喊你名字就是法官，很容易引起誤會的。」頓了頓，伍麻子又說道：「人家真正的法官會怎麼想呢？」

「啊喲，原來這樣，」馬大爺頓悟到了問題的嚴重，慌忙說：「老伍，您說怎麼辦呢？」

「改個名字吧。」伍麻子說。

「這個……這個……」馬大爺喃喃說不出話來。

馬大爺還想說什麼，馬法官拖著父親走出了伍麻子家門。邊走馬大爺邊不情願說：「崽啊，改吧。」

「不改，偏不改。」馬法官憤憤說。「這關名字什麼事，他那是在裝蒜。」

「不改，你就白考了啊。」馬大爺憂慮。這個時候，大家都伸長手，競爭這麼激烈，會輪到你麼？

「這是公務員考試，是很嚴肅的，相信沒問題。」馬法官安慰父親。他心裏也確實是這麼想的，本來過來找伍麻子就是想要多加一道保險而已。公務員考試就是過三關，分數沒問題，就只剩體檢和政審，他自信這三關都是沒問題的，一個月前他就做了一次全身體格檢查，一切正常，至於政審，祖宗三代無任何歷史遺留問題。

聽兒子這麼底氣十足，馬大爺就不再堅持，他也覺得改名字，做人未免做得太矮了，太沒骨頭了。但他臉上皺紋擠得更緊了。其時，伍麻子正在砌一條圍牆，他說喜歡安靜，村裏的雞狗畜生時常打擾，搞得心裏煩躁，他想砌起圍牆把它們一律擋在外面。聽說伍麻子要砌圍牆，村裏去幫工的人多了。馬大爺想目前正有事求著伍麻子，別人都去了，自己不去怕不好意思吧。他交待兒子：「法官寶，你照管好雞養生啊。」

「人家又沒叫你，你趁熱鬧啊。」馬法官正在看書，頭也沒抬說。每天沒事他閒著就看書消遣，他總想著他的讀書會有派上用場的時候。

「蠢寶啊，人家沒叫才更要去啊。」馬大爺邊說邊帶上工具走了。

不料，到了中午，就有村人來喊他：「快去啊，馬大爺出事了，這樣一把年紀搞成那樣，何得了啊。」馬法官一聽，放下書，朝伍麻子家一路飛奔。

天遠，馬法官就看到伍麻子家附近的一堵斷牆邊圍著一堆子人。他們見馬法官來了，紛紛讓開一條路。馬大爺臉部手腳到處是血，口裏卻說：「沒事的，沒事的。」

原來是伍麻子請的泥工圖省事，基腳沒打穩就砌圍牆，結果垮塌壓著了正在攪泥漿的馬大爺，待馬大爺發現徵兆，已遲，磚瓦一骨碌滾下來，腿骨折了。馬法官記起無名果，悉數交給了伍麻子，既然給了人家，現在怎麼好意思去要回來呢。馬法官想也不想，背上爹往醫院飛跑。一路邊跑邊問：

「爺老子，你疼不？」
「不疼！」
「爺老子，你疼不？」馬法官反覆問，他生怕爹睡著了。
「不疼！」
馬大爺住了幾天院，花掉了幾千元醫藥費，留下了一身的傷痕。馬法官說：「爹，你是給伍麻子幫工才受的傷，這醫藥費他會報的吧。」
「你好意思說麼，人家又沒邀你。」
馬法官就不做聲了。
月底，公務員錄取結果公佈，馬法官體檢不合格，說是乙肝。聽到這消息，馬法官百思不得其解，恍惚全身憋起的勁力一下就洩了個精光，身心疲憊。馬法官覺得天旋轉起來，眼睜睜看到一些不明方向的東西紛紛往他逼近，他伸出雙手不知朝哪抵擋，就像一個一敗塗地的士兵。
馬大爺心痛地看著兒子，說：「沒什麼大不了的，跟我重新學種地吧，沒看我種一生的地，不也過來了麼。」
還能怎麼樣呢，馬法官就跟父親一同下地，幹活馬法官力氣十足，可不得法，幹著幹著，想起自己命運，就憋悶得慌，他禁不住一屁股蹲在地上。他想砍人，但又找不到對象，剁伍麻子麼，伍麻子只是不幫他，似乎夠不著那一步。他形狀不安，馬法官就像一棵茁壯成長的植物，突然遭遇打擊，一日一日枯萎。他感到再也找不到茁壯起來的出路。他後悔不該把他的寶物無名果由父親送給了伍麻子，如今事也沒辦成，白白丟失了無名果，如果無名果還在，他是可以用來去找人做交換的啊，不信擁有這麼神奇的寶物，滿世界會找不到一個交換的人。想起就心痛，就懊悔，他口裏不時叫道：「無名果，無名果。」

明知兒子要出事了，馬大爺卻無助想不到辦法，只好乾著急。

……

陽光暖人，伍麻子在村街上慢悠悠溜達。馬法官不知從哪個轉角突然蹦了出來，把嘴巴碰到伍麻子耳朵邊，神祕兮兮說：「你吃無名果麼，治百病成仙的啊。」

「去！去！」伍麻子推開他。

伍麻子看著他那傻樣，有些發笑。他討厭馬法官。這小子一看就知不是做法官的料，生下來時，他父親卻做夢給他起了一個這樣的荒唐名字，彷彿特地跟他家較勁。伍麻子聽到村人都叫他「法官，法官」，心裏就很不是滋味。他兒子是名符其實的縣長，是這方圓數十里唯一出的一個縣長，這樣一來，以假亂真，豈不是把他的兒子縣長叫矮了？不知情的外人聽起來，彷彿縣長也是摻了水份樣的。

伍麻子可不允許隨便抵毀他。十成的黃金兌一成假就掉色了。

伍麻子和村上人說，法官寶讀書讀猛了。

村莊上，到處是忙活的鄉里鄉親，馬法官袋子鼓鼓的，見到他們就伸出手，送出去的樣子，說：「吃果子，吃果子啊，治病的神藥呢。有病治病，無病養身。」好像他真的擁有許多無名果，很大方。

注：《無名果》發表於《當代小說》二〇一一年第十一期

# 冥屋

在這個太陽即將隱沒的時候，我坐在竹椅上看到月亮又走在太陽的來路上，遠遠地攆著，就像太陽收養的一個寵物，比如一條狗或一隻兔子。我看到它們走在一條若有若無的軌道上。

我的院子大門大敞，門外就是永福街。

我和謝明亮坐在院子中間的香樟樹陰下，喝啤酒，就著一碟花生米。謝明亮在工商局下屬的城關工商所工作，工作上衣食無憂，夫妻感情卻一直處在冷戰狀態，平端滋生許多煩憂。我一回來，他就找我傾訴。想討個主意。只是這樣的事，我怎麼好貿然出主意呢。

晚風涼爽地吹拂著，香樟樹葉子詩意地搖曳。

對門的萬永順佝僂著背橫過永福街走進了我院子，堆了一臉的笑，給做晚輩的我遞上根香煙，弄得我有了些不自在。他湊近我，讓我看他皮夾裏一個堂客的照片，問我還認得不。我說怎麼不認得，這不是你的堂客麼？叫什麼來著，看我這記性，出去幾年就忘記你堂客叫什麼了，但我還是能記起她清秀俊俏的模樣，孿淘的一個堂客們，叫人的時候聲音很是生澀，令人生憐。他見我實在記不起他堂客的名字，就說叫侯楊柳啊。對，對對，是叫侯楊柳，我想起來了。我讀中學的時候，常見這女子背著坤包蹦蹦跳跳去服裝廠上班，好像是搞服裝設計的技術員。可是，後來不知怎麼一晃就不見了，我一個小孩也不好詢問大人的事，當時記掛著這事，時間久了就忘了。我特意問起嬸子的近況。一說起她，萬永順眼裏勃起興奮的亮光，碎言細語地講起他和侯楊柳的生活片段，說她如何可愛，如何聰明能幹。我也會心一笑：自己堂客，哪裏會有缺點呢？

抽著煙，萬永順就問我：你們院裏可以紮屋子麼？

我不懂：屋子？啥東西？

見我沒明白，萬永順說：就是紙屋子呢！死人住的呢！冥屋啊！

這讓我犯難了。

冥屋這東西迷信啊，在我院內擺這些東西合適嗎？我一時就呆住了。

我父親做古是到鄉下老家去做的路，都沒在這院子裏做。我父親做古時非常清醒，他說一個鄉下放牛的能在城裏掙下這個院子，不容易，他說老了就去鄉下做那個路，免得後人生怕。再說他也不搞迷信的那套，只須給他開條路，張羅個追悼會就行。他是捨不得啊。這個院子從我記事起，還從沒做過這碼事呢。

萬永順說開了：沒事的，地方老風俗呢，本來是必須在鄰居家堂屋紮的，現在都是門面了，都出租了，沒空當了，放心咯！帶福的呢！

我有點納悶：給誰紮啊？

萬永順很輕鬆的語氣：給我堂客呢，說不定今晚就報銷了，最慢也慢不過兩天！

我算是明白了，萬永順這些年那一直未從現過面的堂客大限到了，沒地方紮冥屋，瞄上我家院內的空地了。

可是，我就搞不清楚，這麼多該去的人不去，萬永順也就五十開外，他那麼年輕漂亮的堂客怎麼這麼快就輪到了紮冥屋的份上了呢。天道到哪去了呢？

我大學畢業後就離開了永福街，在省城工作。我請了假，想回老家寫一部書。我喜歡老家那種古舊的氛圍，我以為只有在這種氛圍裏我的想像力才能得到充分發揮，才可以把我的書寫好。離開的時間長，長到可以磨掉許多事物，所以，我對老家的人和事變得非常陌生。

萬永順過去是在縣商業局裏坐辦公室，不但寫得一手好文章，歌唱得不錯，也喜歡唱。縣城所有歌廳他幾乎全去過。當然，縣城並不大，花上一兩個小時就可逛遛個透。他唱歌唱到侯楊柳廠裏去了，侯楊柳也喜歡音樂，他倆喜歡合唱《劉海砍樵》。一曲《劉海砍樵》唱完，滿廳的掌聲雷動。是歌聲讓他們由不識到相識到相愛。當然，萬永順忠厚、真誠、有責任心，才是侯楊柳最看重的。

小時候，我看到他們依偎著在永福街的青石板路上逛來逛去，好像那日子全是蜜灌的。我好羨慕這一對情人，寫了一篇叫《愛情》的散文發在中小學生的一個讀物上，贏得了語文老師表揚和同學的欽慕，沾沾自喜了好一陣子。

萬永順和我父親在同一個單位共事。當時，我父親在縣商業局任局長，因為是同事又是鄰居，萬永順常到我家串門，彙報工作什麼的，他來時總不忘給我買糖粒子，還有別的一些小禮物，我對他很有好感，叫他萬叔叔。我父親很看重萬永順的文采，認為這樣的人才站櫃臺，浪費了，把他調到了辦公室，擬做副主任培養。但不久，我父親就調到鄉鎮當書記去了，兩家來往漸少。萬永順副主任自是沒提成，如果真的提了副主任，也許下崗的事就輪不到他了。

再後來，服裝廠改制。那麼大一個廠說改制就改制了，侯楊柳就像一片落葉給風吹折，不情願地從樹身上飄落到了塵埃裏。

萬永順家裏還有個做不了事的老母。聽我媽說，萬永順母親是永福街最會下蛋的母雞。幾乎一年生一個，成活的卻不多。最終只留下了萬永順的姐和他兩人。他姐在縣工商局工作，待遇好，工作穩定，生活是不用犯愁。

侯楊柳說：老萬，我去深圳打工去。

萬永順說：那兒子呢，哪個看管。

侯楊柳說：放姐那裏去吧。

萬永順說：不行，我好歹還有一份工作，日子雖窘迫了點，過下去還是沒問題。

再後來，商業局也越來越不景氣，萬永順在辦公室待了沒幾天，就下崗分流，每月只領取基本生活費，再也強撐不下了。侯楊柳把兒子託付給了姐，難捨難分終於南下打工。萬永順難過地告訴這消息給我的時候，我切切地看到他流了淚。關於對男人的無奈和哀傷的神情記憶，偏偏是他給了我最直觀、生動的影像。萬永順沒事，就在他家門上張貼「代寫報告和書信」告示，這個營生沒多少生意，常常一個星期等不來一個顧客登門。

那個時候永福街還沒完全衰落，萬永順就在門口擺個盆子殺黃鱔，菜市場就在永福街旁邊，可能是這個縣城的人喜歡吃黃鱔，萬永順的生意竟是很興旺。起初，他不瞭解黃鱔的脾性，黃鱔的滑溜不是他所能掌握的，他時常為捉一條黃鱔而窘迫，顧客嫌他手腳笨拙，太過緩慢，在一邊看著的過程顯得特別心焦。他自己也躁，不好意思。他在菜市場買來黃鱔，練習怎麼制服它們。練了些日，他悟出了一些門道，知道如何使用手力，主要是用食指和中指屈成一把鉗子，鉗住黃鱔的中下部位，夾得繃緊，無論黃鱔怎麼樣狡猾，只要一挨著它的身子，十有八九，他一準在盆裏捉住黃鱔，然後往盆沿上用力甩一下，黃鱔就暈了，直了，軟軟地滑溜的手段使不出來了。萬永順就像戰場上的戰士終於制服了一個敵人，摸出一支皺煙叼到嘴上，一邊抽煙，一邊就用釘子將黃鱔的頭釘牢在砧板上，然後，用一把磨得極鋒利的小刀片，從黃鱔頸部切割進去，一直往尾部拖刮下來，黃鱔就成了陰陽兩片。萬永順盆邊放兩只鐵碗，一只接黃鱔血，一只丟黃鱔的內臟和骨頭，這些主顧是不要了的。

我母親犯頭暈，一暈就是幾天，起不了床。即便躺在床上也是雲裏霧裏，又沒有好的特效藥。聽民間說用米酒泡黃鱔血吃可治頭暈。她把找黃鱔血的任務交給了我。

我蹲在萬永順旁邊看著他幹活，不時拿眼瞟一下那一碗黃鱔血。萬永順說：老侄，你想跟我學徒剖黃鱔呀。

我說：我媽犯頭暈，想買你那黃鱔血泡米酒吃。

萬永順把黃鱔血全部倒進一個塑膠袋裏，交給我說：給。

我掏錢，他拒絕了。說鄰里鄰居的，小意思。

侯楊柳在深圳也是在一家服裝廠打工，老本行，做起來得心應手，很快就得到老闆賞識，加之姿色也不流俗，畢竟正規單位出來的，素質好，老闆經常帶她出去應酬。侯楊柳如魚得水，也樂於跟老闆出去參加活動。但當老闆動不動對她施展那個時，她總能適時想起，萬永順是她老公，她必須對萬永順負責。老闆就像走到河邊，急於要過去，卻找不到渡船，只能徒喚奈何。

發了薪水，侯楊柳就寄一半回家給萬永順，她自己省吃儉用，手捏緊一點也就過來了。她說攢點銀子往後和萬永順也辦個公司，不用看人家眼色行事。萬永順很感動，他真的好佩服自己當初找侯楊柳，侯楊柳不但乖態，還這麼顧家，這麼賢慧。

然而，萬永順到底不放心，他有時深更半夜打電話，問：老婆，你還好麼？

還好。侯楊柳總是樂哈哈回答，又問，你還好麼？

萬永順當然也答：還好。難道還能說不好麼。其實，萬永順不好，並不是身體不好，而是身體太好，睡在被窩裏想老婆，老婆遠在天邊，等於沒有。但有什麼辦法呢。

沒有半年，侯楊柳對萬永順就慢慢冷淡起來，電話少了。不久，就提出離婚。她經常跟老闆在一起，終歸經不起老闆的磨功，愛上了可以呼風喚雨的老闆。侯楊柳一口氣給萬永順十萬元，萬永順老實，說錢不要，腳生在你身上，要走就走吧，只是不要把我們離婚的事告訴任何人，要保密，包括兒子。侯楊柳流著淚答應了，走時把十萬元存摺放在枕頭下。她和萬永順共用一個枕頭這麼多年，也算是做個紀念。

永福街的人上上下下對這事一無所知。

我常去看萬永順剖黃鱔。在我面前他已熟練得像個老師傅了。他對我說你往後要是去菜市場買黃鱔，千萬要挑小指大小的呃。

為什麼呢？我疑惑地望著他。

他說，小指大小的黃鱔就像剛成年的黃花閨女，吃起來甜。大黃鱔一般是老的，儘管肉厚，入口卻粗，沒鳥味。比小指更小的呢，就太嫩，找不到吃黃鱔的感覺。

因為玩得熟了，我也去他盆子裏捉黃鱔玩耍。他隨便我捉，有個細伢子陪他也好，平添個說話的人。他說你好好讀書，捉黃鱔玩，就是玩精了你有鳥用。

我說往後要是我下崗了，也像你一樣剖黃鱔謀生度日呀。

你怎麼會下崗呢，傻瓜。萬永順笑起來。

萬永順說他堂客患腦腫瘤在省人民醫院住院，醫生說沒治了，在醫院挨時間花費大，也占醫院的床位，沒必要，好像有催趕的意思在內。他特意回來徵詢我，如果我同意在院子裏紮冥屋，他連夜坐汽車去把堂客接回來。

我見過冥屋。街坊死了老人，親人就給他做道場，紮了冥屋燒給他，好在陰間有個地方居住。但那是指老人，這個侯楊柳充其量也就四十多歲，這麼年輕，卻要在我家紮冥屋。無論如何總感到晦氣。我不大甘願。我說：你為什麼一定要紮冥屋呢？

他就回答：紮冥屋是侯楊柳的意思。

我說：她，一個離婚女人，按道理與你早無干係，有什麼理由要求你紮冥屋。他說：她患了病沒人要她了，好可憐的，是我主動去醫院看她，問她有什麼願望需要我幫助。畢竟是孩子他娘啊。從她空蕩蕩的眼睛裏我看出來，她對生命也不抱任何希望了。她說如果我真的對她好，就給她紮座冥屋，讓飄蕩的靈魂有個居住的地方，說得我眼淚一下就滾出來了，發誓一定照顧好她。

第二天，萬永順果真把他堂客侯楊柳接回了。我透過院牆門看到了這個垂死的女人，臉色蒼白，像一張白紙。下了計程車，萬永順背著她進了自家的屋。我去過他屋裏，屋就兩間，一上一下，加上樓梯，逼仄得難以轉身。

第三天，萬永順姐帶著小輩們陸續回來了，晚輩們許是相互間多久沒見，像過節般在門前的坪地裏鬧熱地聊開了天。萬永順見我從門前走過，笑著迎向了我：怎麼樣咯？到你們院裏紮吧，幫個忙啊！想不出該如何回答，我就隨口問了句：你家堂客好像沒事啊。

他依舊是大嗓門：快了，快了，家裏的人全回來了呢，在等呢！

到今天為止，算算是將近一個星期了，夜裏，還是能聽到對面樓上的堂客偶爾含糊不清的聲音，沒敢去仔細聽，怕聽到侯楊柳是被病痛折磨出的呻吟。

侯楊柳在家時喜歡做堆砂餅吃，每次都有我的份。我看她做過好多次。堆砂餅製作過程很簡單，純麵粉發了酵，戳成小餅，撒上白砂糖，烘箱裏烤熟，圓鼓鼓、白亮亮的。這小麥和白砂糖的簡單搭配是如此的味道純正、醇厚、清甜、經典！物質匱乏的年月裏，這小餅滿足了年幼的我對「副食品」的所有幻想。如今，漸漸成熟的我仍然喜歡這叫做堆砂餅的小食品，細細體會，竟然全是情感和性情上的認同了！

萬永順見我這麼久沒回覆他，他擔心我拒絕在我院子裏做冥屋，給我買來了一大堆水果，有梨子，有香蕉。我見狀慌忙說：萬叔，你這是做什麼呀。

嘿嘿，小意思，小意思呢。萬永順很難為情的爛著臉，彷彿我一定要成全他才放手。

您這是做麼子喲。我有點反感了。來不來他也曾跟我父親在商業局共過事，經見過些世面，卻這麼沒有骨頭，虧我父親還常說萬永順是有為青年，要我們學他的樣。如果我父親還健在，看到當年的部下萬永順這樣子還會這樣子說麼。我沒有鬆口。

到了晚上，萬永順又來了，他說請我去喝酒。我說要寫作，不出去。他動手來推我，我只好半推半就跟他去了。

永福街頭有一溜小飯館，他要了一瓶北京二鍋頭，我說退掉，就喝本地水酒，好久沒喝過水酒，還的確有點想。喝上幾杯，萬永順臉就酡紅起來了，他湊近我生怕別人聽到，說他與侯楊柳是離婚了的，不信，你看離婚證，白紙黑字。他說那老闆不是人，把侯楊柳搞到手，只是玩，哪裏會有感情啊，侯楊柳卻認真。結果等到侯楊柳患了腦瘤，就不管她死活了。到頭來還是萬永順聽到信把她轉到省城人民醫院。喝著喝著，他流下淚來，和著鼻涕落在酒杯裏。我看不下去，問他，你真的看上了我那院子做冥屋啊，沒別的地方啦。是啊，別的地方全是鋪面，租出去了。要不我也不來麻煩你了。

我只好鬆了口：那你到我院子裏紮吧，但不能太吵，影響我寫作。

當然，保證不吵，你放心。萬永順感恩戴德張羅去了。

萬永順前腳剛走，謝明亮後腳就來了。我們繼續喝酒。他望著走進永福街深巷裏的萬永順背影，對我說：這人有毛病。

一大早，我院子裏就來了幾個人。破竹的，紮架子的，糊紙的，全在忙活。我聽到其中一人埋怨，他困難我們糊口也難啊，怎麼就這麼便宜啊，平常紮一座冥屋不說一千，至少也有八百，你怎麼六百塊錢就答應了啊，看他那火急的樣子，盯他一會，估計八百是沒問題的。

那個糊紙的好像是頭，他說你懂個鳥，等他堂客死了，淨身，裝殮，做道場，唱生歌，送火葬場，葬禮，一路活全攬下來，你說這點出入算麼子鳥啊。

那個埋怨的人就不做聲了。當頭的畢竟是頭，想事深遠。只管跟著他好好做就是了，準沒錯。真是一行服一行，行行出狀元。

我那院子相當闊大，別說只紮一座冥屋，就是還多紮幾座，也容納得下。萬永順看上我院子，自是有他的道理。方便，施展得開手腳。

梅山縣城是座古老的縣城，有縣城起就有了永福街。縣裏想把永福街的青石板拆除搞開發，一些讀書人就上書說拆不得，這是古蹟，一定要給子孫保留。這樣一來，永福街就真的成了古蹟，如今走路的人也廖廖無幾。對我來說，少了很多嘈雜，這靜謐並不是壞事，我喜歡。以至我坐在房子裏寫作能聽到萬永順穿過街道，腳踏在青石板上的聲音，清脆，悠遠。甚至我還想像青石板像鏡子一樣照著萬永順的張望和轉身。

萬永順總要抽空來看下紮冥屋。他來每次都給師傅裝一輪煙。目的當然是檢查質量和請他們細心一點紮。往後誰都會走到這條路上去的，圖個長生和善報。

沒事時，我也站在旁邊看紮冥屋。這和農村裏建造木屋是一樣的，先是用竹條把框架紮起來，然後再貼紙。如果你生前有沒遂願的，比如你窮買不起電視機，就給你紮一台電視機放在屋子裏，總之，你所有的願望可以在這裏實現。作為死去之人，無論是誰，不論窮富貴賤，住在這樣的冥屋裏，都會心足意滿，再沒有絲毫遺憾。

那些師傅們做事很認真，早晨清早動工，晚上亮起電燈紮到好時候，只怕萬一病人死了，冥屋還沒紮妥當，誤事，惹主家不高興，撈不到後來的一條龍業務。三天還不到，冥屋就按照萬永順的要求紮妥了。

冥屋擺在空闊的院子裏，有屋柱，有門窗，有簷瓦。花花綠綠，比現實中住的房子還漂亮。萬永順像完成了一件大事，鬆了口氣。這件事完成了，無論侯楊柳什麼時候拜拜，他都落心了。

自從冥屋紮成後，我很少看到萬永順出門。

萬永順每天在那暗淡的屋子裏給侯楊柳煎中藥，洗澡，按摩推拿。做完了這些就抱著骨瘦如柴的侯楊柳睡覺，在她耳邊說一些剖黃鱔時黃鱔的滑溜，以及別的一些道聽塗說的趣事，聽到有趣處，侯楊柳的淚就珠子一般滾了出來。

作為街坊鄰居，我買了水果禮物去探望了一回。看到侯楊柳比剛回的那陣子好像氣色好多了，臉上見到了點血色。就下樓輕聲對萬永順說你堂客看起來近期不會去啊，你這麼急著做冥屋，是不是要催她快走啊。

侯楊柳已到了生命的最後時候，萬永順是聽醫生說的，沒想她回來竟可以吃一個蛋多的飯了。冥屋做好了，侯楊柳遲遲住不成，萬永順家的晚輩們就陸續出門做事了，該上班的上班，該打工的打工。

不久，我看到侯楊柳頭上紮著一塊毛巾，拄著一根棍子下樓來了。她坐在萬永順剖黃鱔的攤子旁邊，看他剖黃鱔。溫暖的陽光罩著他們。街坊鄰居看到侯楊柳大難不死，也時常過來問探一兩句，感歎她必有後福。侯楊柳就笑著表示謝意。

一天，萬永順喊我去他家喝酒，他整了一桌子菜。我問他有什麼好事，他說侯楊柳生日，慶賀一下，沒別人就我倆。我也高興，這是好事，說我那要去搞個蛋糕來呀。他阻止說，早擺在桌子上了，又不是大生。請你就是添個熱鬧，做個陪。

我到他家時，侯楊柳已坐在桌子邊等我。我和萬永順各占一方坐下，每人面前擺了一杯酒。侯楊柳也擺了半杯，她那酒是自己倒的。萬永順把她的酒杯挪到自己身邊，說你身體沒康復，別喝酒。她說腦殼裏面有點卡，從沒喝過酒，她想嘗下。全是下酒菜，寶塔黃鱔，唆螺，爆炒辣椒，都是口味重的。

喝著酒，萬永順感歎，沒想到侯楊柳正兒八經四十五歲了。來，楊柳，祝你身體早日康復。我也舉起酒杯祝福她。

侯楊柳卻低頭啜泣起來。

萬永順慌了神，說：好好的，你哭麼子呀。

侯楊柳說當初她瞎了眼，放著這麼好的夫君不要，卻離了婚跑那出金淌銀的地方，以為該是在那裏生根了的……

這時，謝明亮打來電話，說：哥們，在哪？

我說在我家對面剖黃鱔的萬叔家喝酒。他一見有酒，就來勁，說我來啦。

不一會，他就在樓下叫我。他坐在我身旁。萬永順很開心，說侯楊柳生日真是熱鬧，又多了個來添生的人，好兆頭啊好兆頭。他蠻勤快給謝明亮添了一付碗筷，倒上酒。一杯酒沒喝完，謝明亮手機響，是簡訊。

謝明亮看著手機簡訊，表情很輕鬆、很開心，笑容在臉上蕩漾。我問起他誰來的簡訊。他說：老婆祝我生日快樂呢！一臉的幸福。我不知道這「老婆」是誰，不管是誰吧，多年沒見他用這詞了，既然都用得上這詞了，怕是離婚事不遠了吧！

謝明亮自己告訴了我，他們夫婦分居了，倆人都覺得沒看到生活有啥變化，累了、倦了，就放手了，順便苦笑著說了似曾聽到過的一句很哲理的話：放手，也是一種愛。這話以前我覺得有些矯情，聽謝明亮垂著頭說起的時候，我差點就落了淚了。畢竟，說這話的男人，是我近二十年的兄弟。再短暫的人生旅程，攜手也好、攙扶也好，誰不希望身邊的親人、朋友有愛著或被愛著的人相依相伴。

萬永順和侯楊柳見謝明亮把離婚說得這麼輕巧，互相對望著苦笑。

吃完飯，侯楊柳提出看一看冥屋。她喝多了，半杯就多了，走路打著飄。

太陽就像一滴水珠還掛在屋簷上晃悠，欲墜沒墜。天上的雲就像一部好看的書，一會是一朵，一會是一線，一會又是一板，但無論它們像什麼，看起來貌似厚重，其實一點重量也沒有。它們就在這種失重狀態下，在天空中飄。一些飄走到看不見的遠方，一些又從看不見的遠方飄來。

我們三個男人陪著她慢慢橫過永福街。永福街特別安靜，時常聽得到街頭街尾的鬧騰聲音。若隱若現的陽光在青石板街上跳躍。冥屋還是靜靜地立在我院子裏，簇新，格外扎眼。侯楊柳圍繞冥屋轉了一圈。她就像一棵沒長成或已老去的楊柳，纖弱得隨時可以倒到冥屋裏去。她在萬永順衣袋裏掏出打火機，把冥屋點燃。熊熊火光轟然直上，蓋過香樟樹頂。香樟樹上私語的鳥們受到驚嚇，紛紛掠起，它們展開的翅膀裏帶著紙灰飛過牆頭。不見了影蹤。

注：《冥屋》發表於《作品》下半月刊二〇一一年七月

# 瘋子事件

# 一

陽光就像一個調皮的頑童滿世界瘋跑。

德滿站在階基上，對從門裏出來的小槐說：你去打理一下灰屋。

灰屋就在豬欄隔壁，低矮陰暗。小槐沒問父親打掃灰屋要派什麼用場。他一打開灰屋門，陽光跟著後面一同跳了進來，照見縱橫交錯的蜘蛛網。一俟小槐踏進屋內，德滿迅速地反手扣上門，就把小槐關在灰屋子裏。

小槐發現門突然關上，已晚了半步，連申訴的機會也沒有了。他不停地敲門，大聲喊道：放我出去！放我出去！回答他的只有德滿漸渺的腳步聲。

那間灰屋的窗戶上，貼著一張黃裱紙，畫著一些亂七八糟的紅色的東西。晨風中，黃裱紙像生了根，格外刺眼。

一大早，我把那東西當標語剝下來，折成四角板。

我最喜歡玩四角板。我常把牆壁上張貼的宣傳標語和廣告之類的一把撕下來，折成四角板。計劃生育標語，秋冬季節收繳農業稅大造聲勢的標語，熱烈歡迎某某領導進村指導視察工作的標語，柏灣村的牆壁上，電線杆子上，還有村口那棵中空的大楓樹上，隨處可見。標語紙張厚，折四角板再好不過。我用這種四角板和夥伴們玩，獵獵響，贏多輸少。他們羨慕，一下醒悟到奧祕所在，像一窩野蜂，很快就把標語掃蕩一空。甚至，標語白天貼上去晚上就被搞掉了。村裏懷疑有人故意破壞，放出口風嚴加防查。我們便足不敢出戶。

沒想到陰溝裏翻了船，我終歸在這事上惹出大禍。

黃裱紙是德滿特意張貼的。小槐撞遇邪，犯了瘋病，妖孽纏身。德滿怕他出去惹事生非，就把小槐關在灰屋裏，一邊花錢請道士做法事，消災。道士畫了一道符，吩咐德滿貼到灰屋的窗櫺上。小槐只要在灰屋待七七四十九天，足不出門半步，陰消陽旺，妖魔就不敢輕易招惹他。

德滿路過我們玩的地方，看到了我手裏的四角板。他氣勢洶洶拽著我回家，橫起臉朝我爹說：

「你崽毀壞了我家符，現在看你怎麼辦。」

他口氣石頭樣生硬，還說要我家包治小槐的病。

原來那是符啊，還派著偌大用場，我著實沒有想到。

小槐比我大十多歲，結婚剛做父親。他平時對我很好，大事小事，常有關顧。我怎麼會做出傷害他的事來呢。我心裏頓生慌亂和內疚。我爹罵我人小鬼大，安撫氣憤至極的德滿，他還惡狠狠將我打了一頓，打得我鼻子出血。從他打我時下手的狠勁看，是動了真怒的，惱他兒子不爭氣，成事不足壞事有餘。

原以為我忍受一頓皮肉之苦，這事也就算了。可是，德滿不甘心，他要求我家花錢請道士重做一個道場，前面那道場由於符被我搗毀，沒效用，白做了。重做道場，在我爹這一頭來說，面子上無論如何不好過，我家不致於弱到那地步。我爹又發作不了。怎樣才能顧及兩全，將德滿打發出門？

我爹嘴上的煙火一閃再閃。

猶豫一會，他把德滿叫進里間，在他耳邊不住嘀咕。德滿滿意地走了。我奇怪德滿這樣一個難纏的人，怎麼一下子就打發掉了？猜想我爹準暗地裏塞了德滿一筆錢，要德滿自己重做一個道場，但德滿不能聲張，為的是顧全我家臉面。畢竟小孩所為，不懂事，不是有意害人。德滿看開這一層，同意我爹的主張。

家裏破財，我心裏很不是滋味。

我蔫著頭，一年半載不敢玩四角板了。夥伴們圍著我詢問其中緣由，卻始終問不出所以然。我嘴裏就像銜著一顆青青的楊梅果，把想說的話全堵在肚子裏。

## 二

小槐半坐半跪，望住早晨新鮮的陽光，眼神懶散而迷茫。窗戶並不高，只到我們脖子上。我和夥伴們如一群烏龜，伸長腦袋貼在窗邊向裏面張望。

這個早晨太平靜，我們想弄出點事來。

「小槐哥哥，老困在灰屋子裏好鬱悶呀，出來啊。」「太陽從西邊出來了呀，大家快來看啊。」我們在窗外叫嚷，刺激小槐。

起始，小槐並沒當回事，迷茫的坐姿一點也沒有改變。他的態度多少使我們這一撥子人沉不住氣了。我們吵嚷得更凶，不堪入耳的聲音像炸彈一般不停地往灰屋裏轟。漸漸地，小槐起了動靜，首先他臉上興奮起嚮往，接著，他眼裏閃過一道光芒，流星一樣。最令我們入目的是他竟猛然翻身一躍，由坐姿變成了站立，簡直鯉魚打挺，動作一氣呵成，逗得我們哈哈大笑，直喊：「小槐哥哥，再來一下。」

他徑直走到牆角，那裏存放著春天裏牽引豆角藤生長的樹枝條。樹枝條使用了一個季節，風吹日曬變黑了。有的還生出細細的綠黴。小槐依照德滿意思貯放在這裏，以備來年春上再派用一季。只見他使勁抽出一根樹枝條，醮上便桶裏的屎，伸至視窗，朝我們咧牙嘻笑。我們紛紛縮頭，誰也不敢把頭往屎上碰，都逃得遠遠的。有一兩個夥伴受不了，撿起地上的土塊往灰屋的窗子投擲。

小槐一副漠然的樣子，並不在乎。

小槐囚進灰屋的前幾天，幾乎跟正常人沒兩樣。他每天站在視窗流淚嚎哭，訴說他不是瘋子，不要錯把他關在臭氣薰天的地方，放他出去。他能清晰地叫我們名字，壓根就沒瘋啊。看著他無邊的委屈和無助的樣子，我們想偷偷摸摸放掉他。在這種地方待久了，無病也會搞出病來。

德滿像是窺破我們一撥人的動機，除了調皮搗蛋，沒別的路。出於小心起見，他在門上加了一把大鐵鎖。還不斷警告我們，視窗沒糖，稀奇什麼？如果他揍傷你們，沒人負責。

這樣，我們就是想幫也幫不了。

德滿盯得太緊。

只有小槐那年輕的女人，一日三餐倒是按時送到視窗。男人困在那鬼地方，她同樣搞不清底細，不知男人到底是否瘋了。女人嫁出來這麼久，行為拘謹，說話細如蚊蠅，沒脫山裏人餘氣。她也想放男人出來，男人分明在身邊，她卻獨守空房，生生不能同床共枕。她對未來充滿無盡憂慮。但她沒鑰匙，開不了門，鑰匙掌握在德滿手裏。

關上十天半月，出去無望，小槐煩躁不安。他雙手插進地下灰堆，捧住灰往空中拋撒。灰就生了翅膀一樣，滿屋子飛揚。他一邊喊：「天，你開眼。」「毛主席，我的爺，你在哪？我有話要對你說。」叫聲那樣淒厲。

聽他叫，我們又來精神，學他樣子用樹枝醮屎伸到視窗，挑逗小槐哥哥，以期讓他叫喊更厲害。屎落滿視窗，通不得看，經太陽一曬硬結成痂。小槐女人細起心打掃乾淨，眼淚蚯蚓般鑽出來。德滿從外面回家見我也湊熱鬧，揪住我耳朵，說：「你忘記上次挨的打啦，當心我告訴你爹。」我的耳朵生痛，憤怒地反駁：「又不是我，是他們。」

待德滿一走，我挑唆那些夥伴，用鉗子搞掉鎖，放小槐哥哥出來，他一出來就更好玩了。說實在的，我的話在夥伴中蠻有影響力。這是我玩四角板時積蓄起來的威信，為了這我不時洋洋自得。有個年紀大點的夥伴不嫌麻煩真的回家拿來一把鉗子，二三下就把那鎖撬掉了。

小槐哥哥脫出牢籠，聞到外面的新鮮空氣，高興極了。他到處狂奔亂跑，慶祝他獲得自由。我也獲得報復成功的快感。

德滿嘔一肚子火。

他懷疑是我們這一撥子人在搗亂，挨個仔細盤問。我們搖晃著腦袋沒人相認，十足的無辜相。這是事前商量好的。德滿拿我們沒法。他老婆早故。沒老婆他就指使大兒媳小槐嫂子去罵街。

那女人穿的衣服皺皺巴巴，沾滿潲水，像幾天沒換洗。也許她不善打扮，也許她一個人地裏家裏忙不過來，沒時間顧到這些，面容憔悴。她作古正經展開罵陣：不知哪家的鬼崽子惡作劇，沒有父母教養，將我家小槐放出來，養崽要教育啊，不然，你家孩子會如小槐一樣變成瘋子。那女人站在一個全村人都可以看到的高坡上，聲音沙啞，破沙罐子似的，不像年輕女人的聲音。

聽到他大媳婦罵腔，我們躲藏在村邊的灌木叢林裏傻樂，並詛咒她是德滿的狗腿子，德滿要她怎麼搞她就怎麼搞，一點不顧兄嫂情誼，不會有好果子吃。當我回到家裏，我爹戳著我鼻子，逼視著我說：「你去了沒有，慣常都有你的份。」

我卻不敢承認，彷彿矮到塵埃裏。

## 三

瘋子有幾種。

淫瘋見人就脫褲子，喜歡裸奔；武瘋打人毀物，天不怕地不怕；文瘋只是自言自語，行為不對別人構成傷害威脅。當然，也有喝酒發瘋的，那就該另當別論。

小槐哥哥從沒打過人，要瘋也是文瘋。既然文瘋，他不會打人，就沒必要怕他防備他。所以，我像過去一樣，願意親近他。

然而，他放出來後還是惹出事端。

那天下午，我搬條凳子坐在我家屋前的桃李樹下做家庭作業，忽然聽到鎖匙沖的人放肆喊德滿，說小槐跳進了鎖匙沖的那口池塘裏，快去救人。喊聲遑急。我沒心思做作業，站起來往那喊聲處張望。

鎖匙沖儘管隔著一個不高的小山崗，但那遑急的喊聲越過山崗迅捷地送進村裏，我相信村裏的每一個人都聽到了。聽到了的村人都往鎖匙沖跑，有的是去救人，有的是看把戲。我也跑在那支隊伍裏，並且途中和玩伴們湊合到一塊。我們飆在最前面。要說救人，我們是缺少這個能力的，主要是去看熱鬧，當然不排除對小槐哥哥的關心。

鎖匙沖只有兩家住戶，兩棟木板房落寞地掩映在竹林中，像是手掌上多長出的一根指頭，看上去有些彆扭。池塘如一只大鍋靜臥在竹林之外。我和夥伴們瞞著父母常到這塘裏來摸田螺。

我們小，我們只敢在池塘邊緣摸，不敢往池中深處去，那裏的水太深，涼人骨髓。

這口池塘曾經淹死過兩個年輕人。那兩個人酷暑天相約到池塘洗澡沖涼，跳下去就沒見上來。村人砍了死荊條去拖，才把他們拖上岸。兩具屍體緊緊抱牢在一起，親密得像一對戀人，分不開，硬梆梆的臉泡成蘿蔔乾，圓瞪的雙目像牛眼，幾嚇人。每回我路過那地方，想起這場景，青天白日的竟平端背脊發冷。

自從這個事後，我們不敢出去摸田螺了。

我邊跑邊猜想，小槐哥哥來到池塘裏做什麼呢？是到池塘來投水自盡？還是也貪玩摸撿田螺呢？鬼曉得他出於什麼動機。

我們到達池塘邊的時候，德滿後腳趕到，他氣喘吁吁，看來他確實老了，跑不過我們了。他生氣地朝池塘中的小槐喊：「你這個冤家，跑到池塘中打鬼呀，快出來。」

小槐彷彿沒事，輕鬆回答：「洗澡。」

呵呵，是洗澡。沒什麼異怪呀，卻把柏灣村人幾乎都驚動了。塘堤上站滿人。村人責怪鎖匙沖人大驚小怪，吃飽了撐的，人家在洗澡，關你鳥事。鎖匙沖人原本一副熱心腸，好心被當成驢肝肺，他們委屈地辯白：「我們沒見過池塘裏的瘋子啊，擔心啊。」

的確，大家沒見過瘋子下池塘，瘋子下池塘的後果是什麼，誰也說不準。池塘是危險地帶，瘋子下池塘是不正常的，這些因素合在一起，自然就讓人聯想到一些無窮的隱患。

瘋子也是一條人命，總不能眼睜睜看他做淹死鬼的替身。

大家緊張起來，開始督促小槐趕快上岸，池塘危險。

他女人在水邊跳起腳大喊：「你快上岸，會沒命的。」

小槐並不理會他們，反而游向水的深處。他像魚一樣在水裏仰臥自如，時而扎猛子，毛髮不見。德滿和村人全都很著急，耗上半天，一點效果也沒有。從小槐哥哥正常的行為舉止上，我壓根看不出他瘋在哪裏，我好像很自信地對德滿和村人說，你們全部走人，我保證把他搞上岸，毛髮無損。

一個小屁孩的話也值得相信？村人表示懷疑。但村人沒別的更好的辦法，他們退至池塘背彎的地方潛伏，讓我試試。

「小槐哥哥，我們一起摸田螺啊。」我對池塘中的小槐說。一邊，我也把自己脫得赤條條跳入水中，裝模做樣摸撿田螺。

「二狠子，你莫來，危險。」小槐擔心地朝我游近，「我們出去。」

我心裏很高興，巴不得他這樣說。小槐脫光衣服，當著這麼多人，他害羞不好意思上岸。所以，我把村人都支走。我得意我的聰明。好像眾人糊塗，唯我獨醒。

小槐上岸，過去滿頭滿臉的灰污全無，十足清濯端正的一個男子。村人圍攏來，將他當月亮一樣拱送回家。

## 四

德滿個子不高，小眼睛看上去並不如何明亮。他學歷小學五年級，算盤功夫既快且準，從沒犯過錯。族上人家只要有了往來數目上的難處，就都去找他。他是值得信任的人。

我那家族自我老爺爺從江西逃荒移民到這個偏遠的柏灣村，歷經幾代，短短幾十年便迅猛繁衍二百多人，由過去的一家，開門劈戶變成數十家，散居在山邊或是公路兩旁，也算繁榮昌盛。這樣一個大家庭紅白喜事公共事務什麼的，總要有人去牽頭呼應。而德滿又喜歡這些事，他理所當然成了族老。接著又被選為村長。那麼大的村，那麼多的姓氏，唯獨德滿選為村長，一任就是二十來年。德滿是給我們家族爭來了榮譽的啊。

由於我爹在鎮機關做事，德滿當上村長後，及時學會官腔，逢人就說我爹是柏灣村的寶貴財富。重大事情，他喜歡上我家門來，與我爹嗑叨。誇我爹經驗豐富說話做事，分寸拿捏在行在理。聽著德滿的馬屁話，我在一旁竊笑。儘管兩家曾經發生一些尷尬，但我爹絕對不是那種小氣的人，不記前嫌，願意幫助德滿，能夠把村莊治理順當，畢竟不是一件壞事。我們兩家明裏暗裏就多了一點來往，及至我家後來遷居縣城，聯繫就稀疏，不像過去，三五天是很難見面了。

我轉到縣城讀書，小槐哥哥漸漸在我腦海中淡薄。

雖然聯繫少，德滿只要有機會上城，比如開會辦事採購年貨，他就來我家歇一會腳，聊天，探討一些村中事務，然後吃頓飯就走人，從不在我家落宿，總是來去匆匆。他信得過我爹，一些不可外傳的家事，也跟我爹聊，讓我爹給他參照參照。

近來，德滿很少上城，不知是他事多，還是別的什麼緣故。偶爾來一次，話也沒了，我明顯感到了這一不同尋常的變化。

不久，我聽到一些有關德滿的傳聞，說他與大媳婦搭上火。對於這件事，我是不信的，這樣德高望重的人，平常中規中矩，怎麼會做出有悖倫理的事呢。

有一回，德滿來了。我想問他，又難於啟齒，畢竟不是光彩的事，萬一是謠言，豈不弄得德滿沒面子。

德滿對這件事一直避而不談。

他與我爹只說小槐自小神經不太正常，近幾年恐怕更瘋，簡直眼裏認不得人了，總擔心有人謀害他，連自己的父親德滿給他燒的飯菜、煮的茶水都不吃喝，老說裏面有毒藥。

## 五

柏灣村的那條公路，過去是縣級公路，九曲十八彎，如一條病蛇。如今升一級，成省級公路。級別高要求自然不同。擴建時，逢山過山，逢水過水，那些彎曲的地方扯直，那些狹窄的地方加寬。很多人都受了益。

當然，受益最大的數德滿。

德滿房子土木結構，大概當年建房時考慮到他會兒孫滿堂，建得非常闊大，豬欄牛欄不算，只正房就占地面積三百來個平方米。他的房子在內彎上，本來距離公路大約有一百余米，沒想竟出乎意外成了擴建的障礙，被公路擴建部門用石灰寫上一個大大的「拆」字，還附加一把「×」。白白的字跡老遠都能看到。

距離公路這麼遠，這麼久的房子住得溫溫暖暖，誰願意拆？德滿鬧了很長一段時間抵觸。他去勝利趕集，詢問看相的人。

看相人點撥他：睜大眼睛看世界，跳起腳來摘桃子。

他茅塞頓開，竟然主動找有關人員活動，把公路擴建部門領導請到家裏，要大媳婦宰了一隻大母雞，整了一桌子菜肴，陪他們喝酒。德滿喝得頭重腳輕。他大媳婦擔心他喝醉了壞事，我看見她用腳在桌子下擂她公爹，親暱得好像有些放肆，超出做媳婦的本份。

德滿是村長，他不動就一村也不能動，有關部門一路照顧他，按占地面積如實賠償，把房子性質由土木結構定成磚木結構，賠償價格翻了一番還不止。並且，連豬欄牛欄也都賠上了。這一下，可不是一筆小數目。扶村長我的堂叔德滿私人一生可從沒見過這麼多錢啦。

用這一筆錢，德滿可以砌兩棟房。他將兩棟房子乾脆全包給建築包工頭去弄。自己落個清靜。

家鄉搞公路擴建，自家房子搞搬遷，大槐打電話想要回家。德滿就說算了，房子反正都興包，無需回，免得枉費盤纏。大槐結婚後就長年外出打工，一年四季難得回一回，就連老婆坐月子也沒回。

小槐那時還沒結婚成家。他高中畢業，復習幾屆終究入不了大學的門。好像越復習人倒是越變傻了。很少有人看到過他臉上露出笑容，就是偶然笑，也乾巴巴，毫不生動，木偶一般。他的十根手指頭生得就像藥槽裏杵藥的杵子，鈍鈍地就知不是摸筆桿子的那種。村人背地裏譏笑德滿，小槐那小子天生就是勞動的料，你卻偏要他上大學跳農門，那不是白日做夢。

德滿指望小槐有個好出息。現在看來，小槐的出息只能定位在農村。既然生在農村就有農村的搞法。

過去，德滿只有一棟房子，公路擴建後，一下子就變成兩棟。大槐小槐各一棟。他到底是跟哪個兒子住呢。於情於理，他是只能跟小槐過的，小槐沒成家，還需要他扶一程，把家興起來。

當德滿將這想法告訴小槐時，他竟甕聲甕氣說，他不領情。

德滿就生氣，你還沒成家呢，你知道不，不然我還真不想與你這個木頭腦殼在一起過呢。

我知道我沒成家，那你就與哥去過吧。小槐說。

## 六

小槐的新房與他哥哥大槐的一樣。

大槐打來電話執意要把房子建成套間模樣。照德滿的意思是村裏這麼多人都住過來了，建過去的老式房子也未嘗不可，就你不同，新式套間，方便是方便，可是做紅白喜事就沒了地方，因為套間沒設堂屋，家主菩薩沒地方安放，香火也沒地方擺。

他擔心老了沒地方做道場。

對德滿的意見，大槐很惱火。他在電話裏態度強硬說我長大成家，理當做主，到底是你建房還是我建房？如果是我建房就只能聽我的，現在外面都時興這種房子，我們目光應投得更遠一些，相信不用多少年，農村裏都會是套間結構，這已成潮流，那是誰也阻擋不住的。

小槐偏向大槐說法。他房子也建成和大槐一模一樣，套間。

因為擁有漂亮的房子，還有當村長的父親，給小槐做媒的來了一茬又一茬。德滿樂哈哈地教小槐都去看看，從中選一個。德滿說行的，小槐嘴上不頂，內心卻反感，也不表態。弄得德滿很是難堪。全村幾百號人都要聽他的看他眼色行事，你這小子竟不知天高地厚。德滿特別惱火，又不能當著人家的面使性子，他臉憋成豬肝色。

德滿想，既然你考不上大學，成不了龍，那就該聽話早結婚生子。成了家，他就責任脫肩了。沒想到小槐蔫頭耷腦，連正眼也不敢看他，一碰到他的目光就左右躲閃，這是一個男子漢的行徑麼，能成正果麼。

新房建成不久，小槐結婚了。新娘是他自己選的。做媒的實在太多，搭理也累。他在德滿不喜歡的人裏隨便挑一個做了老婆。那女孩是山裏人，說話做事實心實眼。小槐有點喜歡，至少靠得住。結婚後，他每天都不敢離家太遠。如果老婆單獨在家，他的心就懸著，放不下。這想法早在讀高中時，就像蝸牛殼一樣背負在身上，壓著他。

那時候，他與哥嫂都住在那棟老房子裏。一天放學回家，他不經意看見爹從嫂子的房間裏出來，就非常奇怪，爹在嫂子的房裏做什麼啊。小槐也真是，課堂上那麼多的疑難問題他搞不懂也記不住，唯獨這個問題老記在心裏，就是上課也想著這件事，頭都發大，總弄不明白。每天放學回家，他就多留一個心眼。他看見爹光著屁股趴在嫂子的身體上。這是我後來聽小槐哥哥說的。

小槐心裏直罵爹畜生都不如，卻不敢吱聲。曾經高大信任的父親形象一下子跌成負數。同時，他也為哥哥悲哀，倒血楣竟找了這樣水性的婆娘。他想給大槐打電話，告訴這樁事，又怕大槐回來與爹發生戰爭。

小槐憂鬱至極。

他想，既然爹能搞大槐媳婦，就也能搞小槐媳婦。他戴不起綠帽子，就烏鴉一般，小心謹慎防著，不挪窩。

村裏的丁壯男子都外出打工，年底回來大把大把的票子，他卻只有羨慕別人的份，心裏乾著急。

## 七

德滿還是和小槐、新媳婦住在一起了，這是小槐再怎麼也拒絕不了的。但小槐看爹和媳婦的眼神就有點犯怵。有時候聽到媳婦和爹在灶屋裏說著話，他都疑心兩人在商量怎麼給他下藥，他好像聽那個不讓他喜歡的爹說：「就放一點到茶裏，吃起來就沒那個味了。」這些話使小槐聽起來心驚膽顫，陡生恐懼。小槐只得寸步不離他的媳婦。媳婦到廁所去得久了，他就在門外守著。他像一頭受傷的狼，隔著門板低嚎著媳婦的名字，罵她「屙血屎」，媳婦面紅耳赤莫名其妙，不知他火起因何處。德滿就罵他犯神經，還要小槐媳婦多擔待他。這愈加使小槐疑神疑鬼，好像媳婦和爹已經同穿一條褲子。

小槐越發的神經。

小槐神經後的舉止是不再吃他媳婦做的東西。及至後來，他從家裏跑出來，哪裏也不敢去，就跑到我家裏。他說外面的東西不敢吃，就我家的東西還放心，就賴在我家不走。

小槐是有家室的人，怎麼能長期住我家呢。

我爹捎信給德滿，請德滿勸說小槐回去。小槐說我不回去，怕屋裏有鬼等著我呢。德滿說出醜現世呢，我家怎麼就出這個現世現完了的貨呢。德滿仰天長歎。我爹說，小槐看起來不像個神經病人，他頭腦好像清醒，只不過是哪根神經搭錯了，一下子轉不過彎。照八字上講他走的是「懵懂」運，過了那個運限就會好。眼下，最好要他哥回來看看，免得日後出什麼麻紗事講不清。

久沒回家的大槐聽說小槐犯瘋病，特地請假從深圳回家。小槐這才老老實實跟著我爹回到柏灣村。由此，我也得到機會跟我爹回村看看。我剛一回到村裏就好像出籠的鳥，與過去那些老夥伴們打成一片。

我看到了大槐。

我看到他從村口那棵中空的大楓樹下經過，在那裏停留了一會。他說的普通話和穿著完全是一個城裏人的模樣，如若不是相接很近，我差點認不出他。他一回家還沒見到他的弟弟小槐，就先自與老婆吵架了。久別勝新婚，應當親近啊。大槐火特別大，他把炒菜的鍋子摔成稀爛還不解恨，連帶摔碎了幾只飯碗。那些碎片差點飛濺到我們這些看熱鬧的人身上。

大槐這一次回家不單為小槐的瘋病，還另有目的。他聽到許多言論，並且村裏還有人給他寫匿名信，說德滿與大槐媳婦如何如何。寫匿名信的人也許是出於關心大槐，也許是德滿在村裏的對頭所為，想讓德滿後院起火，但也不排除是我們這撥夥伴之間的哪個所為，我們就愛看個熱鬧，這是我們最感興趣的地方，至於別的什麼不關我們鳥事。

家裏這麼稀爛，大槐原本不打算回家，回家也沒有意義，隨便他們搞個飽。但是小槐患瘋病，這一點他可完全不相信，他在外面這麼多年，多少也見些世面。他認為小槐就是讀書的時候讀死點，讀成木腦殼。但是還怎樣也不至於瘋。所以他一定要回家看看，到底是怎麼回事。

果然，小槐和大槐見面說的第一句話就是「我不是瘋子」。說這句話時，小槐憋足勁，好像專等大槐回來說這句話。

小槐說：你回來就好了。

大槐說：有些需要面對的就不可能避免掉。
小槐說：你都知道了。
大槐說：一些問題該了斷的還是要了斷。
小槐說：你是哥，我聽你的。
大槐說：你是我親弟，我要為你做主。
小槐的眼淚刷地流下來，他說：你想怎麼辦就怎麼辦。
大槐對他媳婦提出幾點，要他媳婦做出回答。主要兩點，一是去醫院做親子血緣鑒定，看他兒子究竟是誰的，如果是德滿的，大槐不知是叫兒子，還是像叫小槐一樣，叫弟弟；二是要他媳婦做出選擇，跟德滿還是跟他大槐，如果她跟大槐，大槐就帶著遠走高飛，德滿不死就決不回家。他媳婦垂著頭什麼話也答不上來。她記得當初發生這事時，公爹也並沒如何動粗。在她印象中，公爹比大槐好。大槐久不回家，以至他的氣息在她那裏時濃時淡，怨誰?!

那是夏天，正值雙搶農忙，她起早摸黑在水田裏勞動，高溫中暑後又患上痢疾。雙搶重要但人更重要，德滿只好放下手裏的秧苗子，陪兒媳看病。那些天他每天都去幫她點蚊香驅趕蚊子，有時還把手放到她額頭上探她發燒與否。肌膚相觸的日子一久，就發生了不該發生的事，並且一發不可收拾。自此她將公爹當成一棵大樹。當時，根本就沒想到後果。而今發生的都已經發生，當真正面對自己的男人時，那婦人心裏茫然無措。

大槐接著去找德滿，責問父親做出一個說法。德滿蹲在地上，屁都放不出一個。

大槐一肚子的氣，鼓鼓的，沒地方發洩，他操著一把殺豬刀要殺德滿，老不戴相。如若真的大槐殺德滿，小槐又覺不妥，母親死了，這個人畢竟是他兩兄弟的至親。他跑過去死勁抱住大槐，淚水長流。兩兄弟相持良久，最終大槐把刀咣當一聲丟在地上。

村裏像一鍋開水一樣了。德滿這老鬼當村長還要教育人家，怎麼竟幹下這樣的醜事，什麼人不好搞，怎麼去搞自家兒子的媳婦。

現在，村裏人感興趣的不是小槐的瘋病，而是德滿從今往後繼續跟小槐住呢，還是就此和大媳婦住。小槐打死也不願意和德滿住在一起，因為大槐回來之後，小槐腰杆子一下就硬了。

然而大槐那裏，德滿又怎麼能去呢？

村裏人把這些猜測作為津津樂道的談資，甚至還有一些好事鬼分成兩派，一派往小槐家下注，一派往大槐媳婦下注。他們像買福利彩票一樣在兩邊吆喝著、興奮著、觀注著最後的結果。

德滿沒有出現在村人的賭注裏，他再也沒在這個村子裏出現。他什麼時候走的，怎麼走的，誰也不知，大槐小槐不知，大槐媳婦更不知。

村裏人只知道，德滿失蹤後，小槐再也沒瘋過。

清明節，我回家掃墓，看見小槐哥哥在蔥蘢的黑土地上挑糞澆菜，他明快地跟我們招呼談笑，一點不見異樣。

果真百無邪事了。

注：《瘋子事件》發表於《山東文學》下半月刊二〇一二年第十期

# 泥巴魚

奶奶與常奶奶之間有種讓人說不清的感覺。說她們關係好吧，她們不但到一起就鬥嘴，還暗中較勁。我常聽見奶奶衝常奶奶炫耀：我說蒔田比你麻利，你就是不信，看，偌大一塊空田，我一天就栽滿了。而常奶奶一臉不屑，還一聲：哼，我半天就把後山坡的地全翻出來，還種上豆子。說她們關係不好吧，每到斜風細雨村人懨懨欲睡時，常奶奶便成我家常客，兩人細聲細氣總有道不完的家常。她們說的多是年輕那會的事，說著，說著，常奶奶蹭的站起身，滿臉不高興地扔句：你樂吧，樂死你去。然後她拍拍屁股，也不管外面雨大雨小，一頭紮進雨幕裏。

奶奶急忙抓把傘，追出來拉扯常奶奶，說：別打濕身子，會起病咧。

你是擔心我生病？你怕是擔心我比你走得早吧。常奶奶推開奶奶，走了。

真是條倔鳥。奶奶沒好氣地扔下傘，退回屋裏。

我傻愣愣地問奶奶：你擔心常奶奶比你走得早，是到哪裏去呀。

奶奶嘔著氣，沒搭理我。我以為常奶奶不會再來了。哪知挨不到第二天上午，奶奶就心浮浮的，拉上我在村裏村外到處轉悠，遠遠看到常奶奶在一個山坡上翻荒地，自在著呢。奶奶慌忙順原路退回，像卸下心裏的一塊石頭般自言自語：還好，還好，她那把老骨頭經熬，沒淋著。

傍晚時分，常奶奶路過我家對奶奶丟句雞不啄狗不聞的話：見我好端端的不樂意了吧。

我挺納悶，奶奶與常奶奶到底是怎麼回事呢？怎麼說出這等前不著村後不搭店的話來？

奶奶不耐煩說：去，去，大人間的事，小孩少打聽。

常奶奶常到我們這邊的田地裏撿稻穗，撿遺落的紅薯，如沒有這些撿，她甚至會撿路邊的樹枝，一根兩根拿在手裏，在村莊上逛一圈，回家路上，她背上就有了結結實實的一捆柴。看到她這麼上心，我幫她撿，她接過柴慈祥地直誇我：崽，好崽。聽到常奶奶像奶奶一樣稱我崽，我感到很溫暖，心裏就像吃了七八分的蜜。

沒想到常奶奶這回真的病倒了。

沒想到我這回回老家與常奶奶有關。

奶奶打電話來，說她想到縣城裏看望戰友，要我開車接送她。我疑竇叢生，對奶奶說：跟你在一起這麼多年，從沒聽說你有戰友啊。你又沒當過兵。

奶奶：你真二百五，誰說只有當兵才有戰友。

我剛出差回來，不甘心星期天睡懶覺泡湯，說：你等我休息兩天再說，好麼，就兩天時間。

奶奶：不！立馬回來。

很少見到奶奶以這樣的口吻和我說話，簡直就是命令，一點商量的餘地也沒有。我趕忙打起精神，再不敢嘻皮笑臉。

平時，都是我們打電話回去，探問她的近況。她其實想給我們打電話，但眼睛不好使。有次，奶奶按錯號，竟打到別人手機上，窘得手腳不知怎麼放置，以後就再不敢打電話了。這次，她學乖，找村裏一個小妹佗撥的號。

我是在槐村長大的，父母在省城，他們工作忙，沒時間照顧我，生下來一脫奶，我就被他們送到奶奶那裏，大學畢業後才被安排到父母身邊工作。所以，真正撫養我成人的是奶奶。在我心裏，奶奶的話比父母的話重要得多。

奶奶在電話裏說：你還記得常奶奶麼，經常抱你的那個，她患骨髓瘤癱床，再擱兩天，興許就看不到啦。從她話裏，我聽出了奶奶心中的哀戚和傷感。

原來奶奶說的戰友就是指常奶奶。

常奶奶就像我的親奶奶，我說當然記得，是個臉上皺紋像核桃殼一樣，一旦笑起來，每一條皺紋都溢滿樂觀的老人。一個割禾傷著手，鮮血淋漓，扯根茅草包紮，又要繼續勞動的老奶奶。她常到我們家裏來玩。那時候，除了奶奶，她是我見得最多的人。

她家就住在山背後的晏家鋪。晏家鋪是槐村下面的一處小地名，說是鋪，其實沒有鋪，就住著常奶奶一家。那房子孤零零立在空闊的原野上，背靠一座小山岡，就像荒原邊上生長出來一棵樹，讓遠行的路人看到，陡然生起一種方向感，還有一種溫暖感。晏家鋪那邊的荒地全被開墾成田地時，到處挖出殘磚碎瓦，想見這裏曾經至少是個村落的廢墟，至於怎麼成了廢墟，那是年代久遠的事，誰也說不清。有人說是兵災，有人說是山洪，反正一個村子說消失就消失了。此後晏家鋪就成了凶地，鮮有人去。常奶奶夫家不是本地人，是從鐵山壩那邊搬遷過來的，她夫家的先人路過晏家鋪見這裏荒蕪，怪可惜，就聾子不信雷，把根紮到了晏家鋪。

小時候，我貪玩，過年到常奶奶家唱過土地。我羨慕大人手持一面銅鑼走村串戶唱土地。正月初一，吃過年飯，燃過鞭炮，我就像大人手裏拿著一塊廢鐵皮子往常奶奶家走。草坪邊緣密密麻麻的灌木叢林裏，偶爾從葉腋間探出鮮黃的迎春花，就如蝴蝶駐足在藤枝上，悄悄搖曳。

常奶奶家很安靜，屋柱上沒看到過新年的對聯，門口也沒放鞭炮的紙屑。或許是常奶奶覺得沒必要放吧。鞭炮本是放給村裏人聽的，告訴大家自個也過了熱鬧年。可她家獨門獨戶的，放給誰聽？於是，她乾脆省掉了。

我站在門口，猶豫一陣，用石頭敲打廢鐵皮子唱起來：銅鑼敲得響綿綿，土地來到貴府前，看你門庭多紫氣，聽我來幫你唱幾聲，祈你富貴高升年年有，年年月月在高升。屋裏堆金積玉人吉祥，養個兒子坐中央……

還沒唱完，常奶奶已開門迎了出來，喜顛顛說：原來是崽崽啊，看你那手凍腫成個包子了，快進屋坐。

常奶奶家光線暗黑，桌凳擺在屋裏，只依稀看到模糊的輪廓。她兒子在縣城機械廠上班，兒媳婦就在兒子工廠附近的地方租門面做服裝生意。過年是生意最旺的時節，他們沒回來過年，說要守店。常奶奶趕緊沏茶搬座，拿出花生瓜果擺上。她不停地催我吃喝。待我全是大人的路數。崽崽真乖，長大啦，曉得唱土地啦。接著，她問奶奶過年好嗎？爹媽回了嗎？給壓歲錢了嗎？我一一作答。常奶奶獎勵我一個紅包，還霸蠻留我吃飯。我飛一樣跑了。

那是我第一次唱土地，常奶奶的笑容我至今都記得。第二天也就是大年初二，奶奶帶我給常奶奶拜年，常奶奶說起這事，讚不絕口，崽崽真懂事。奶奶卻在回路上罵，小小年紀不好好讀書，卻幹這等丟人現眼的勾當。我感到奶奶和常奶奶是朋友又是敵人，我在她們之間穿梭來去，蠻好玩的。

槐村之所以叫槐村，是因為過去槐樹成林。但自我記事起，村中除了那棵歪脖子老槐樹，就沒看到過成規模的槐樹群。鄉親們或坐或站在自家屋簷下，有的抽煙，有的在吃早飯。拐過歪脖子老槐樹，可以望到我家了。我按了下喇叭。好久沒回家，村中的事物有了陌生感，彷彿隔了一層什麼東西。

聽到喇叭聲，奶奶閃出屋，好像她早就靜候在門後邊。奶奶臉上皺紋擠成一坨，身體就像一棵風乾的蘿蔔，走路打飄。我開心地摟住奶奶肩膀，逗她：奶奶你更年輕啦，像吃壽桃的王母娘娘。奶奶用食指點下我額頭，你呀，永遠長不大。奶奶身體是好著呢，當初要隨你父母進了城，怕早遭熱鬧死嘍。

那是，那是。我嘿嘿傻樂。

儘管我喜歡奶奶，還有常奶奶，也願意親近她們，但我心裏卻總有事情放不下。槐村的人經常談論奶奶和常奶奶，好像槐村離開她倆就沒別的話題，有時竟當著我的面說「她倆是同在梅爺身上使勁。估計白玉沒勁，還是棗花浪勁足，套住了梅爺……」看他們閒扯時那鳥相，一個個笑得前伏後仰，壓根就沒當我在他們身邊。

白玉、棗花分別是常奶奶與奶奶的名字。起初我並不知道常奶奶叫白玉，聽人常把白玉與奶奶的名字連在一起。我便問奶奶：白玉是誰？

奶奶說：是你常奶奶。

我口無遮攔問：那為什麼叫她常奶奶，不叫她白奶奶呢？

奶奶大聲說道：她男人姓常。用男人的姓，就是提醒常奶奶，你是個有男人的女子，是姓常的婆娘，別忘記自己的身份。

奶奶好像一下就漲起了自信，得意，忍不住別過身自語：哼，想跟我搶，沒門。你呀，常姓是永世改不了啦。

梅爺，當然是那個我未曾謀過面的爺爺了。

聽奶奶說過爺爺長得高大英武，還完小畢業，是個三年的退伍兵，槐村人都看他臉色子行事。我不知他為何被村人拿來當笑料。我對男女之事完全沒開蒙，但從村人的動作與表情裏，我判別這不是什麼光彩的事情。既是不光彩的事情，你們為何不當我爺爺面說，有本事衝我爺爺抖去呀，來欺負我年小力薄做什麼。我恨不得操起刀子割了他們的舌頭餵狗。

還有，我很想找奶奶問個清楚，村子裏的人為何要背地裏說你們和爺爺。但每回一見到奶奶，話到嘴邊又縮了回去。這是大人之間的祕密，不可以隨便去問。可是，一旦謎團在心裏蹲久了，隨著日子的推移，竟會日日往上蹭，蹭得人很難受。我擔心萬一某天奶奶沒了，這謎團不是也要把我蹭到死。所以，這次回家，我打定主意想解開這個謎團。

趁著奶奶擺好早茶站在我身邊歇氣之際，我乘隙問奶奶：當年你和常奶奶和爺爺之間，到底是怎麼回事咧。

奶奶矮在凳子上，滿臉不高興說：我們親如一家，很好啊，你聽哪個嚼舌頭的亂說。

你不回答我，我不送你去看常奶奶。我一副不得到答案不甘休相。

鑾有用，曉得威脅奶奶嘍，長本事了。奶奶笑著說。

門外，一陣大風刮過，天上起了烏雲。奶奶忙起身看天，嘴裏喃喃道：要下雨了，這下瓜秧子有救了。

這個夏天很難看到一場雨。田頭地裏都乾裂了。我在來的路上看著蔫蔫的禾苗，都心疼。何況靠田地吃飯的農人。

奶奶站在屋門口，用佈滿青筋的手掌搭成一個棚子，罩在額頭前，不斷張望天空。天空上的雲越積越厚，似要向大地壓過來。奶奶做過七十大壽後，我和爸媽便要她放下鋤頭，和一切與農事有關的工具。吃的、喝的，只管向我們開口。每次回家，我都再三叮囑，一大把年紀，就別折騰了。她總是口頭唯唯諾諾應了，心裏其實還是裝著一些東西。比如她盼望下雨。既然早已離開農事稼穡，落不落雨和季節盛衰，就應不是她關心的事。她把一生都放在土地上，功德圓滿，應當放下了。

奶奶的盼望，終於感動老天，響起兩聲悶雷。那雨彷彿對不起盼望已久的人們，羞羞答答，扭扭捏捏一陣，變成豪雨，豆子般歡暢地撒著。奶奶的盼望得到實現，乾茄子皮似的臉上就像喝酒一樣，興奮。

奶奶打開話匣子，把那些塵封的往事一股腦攤了出來：當年你常奶奶是我們村最漂亮的妹子，還讀過幾年掃盲書，不像我，沒上過學堂門。我們倆同時喜歡上一個人。

我知道，那是我爺爺。我笑著說。

槐村人以外來戶居多，姓氏複雜。因土地肥實，好養活人的緣故，大家都戀著這個地方，連找對象都不出村，女的不外嫁，男的不外娶，就在村裏消化。

既然常奶奶那麼漂亮，還讀過書，條件比奶奶強多了，為什麼爺爺卻選擇奶奶，而不選擇常奶奶呢。莫不是爺爺吃錯藥了。我問道。

當時，你爺爺在我倆間難以取捨，直到後來發生一件事。

爺爺退役，不時有身穿黃軍服的外地戰友來看他，他們戰友長戰友短談論，奶奶和常奶奶親如姐妹，羨慕他們經見過大世面，她倆私下裏說我們也作一個戰壕的戰友。兩個妹子野得和伢子沒兩樣，經常和爺爺結伴上山砍柴，爬樹掏鳥窩，還上地扯豬草，下河摸魚。

那時的槐村，槐樹漫山遍野，迎春花也多，夾雜在槐樹間。每到三四月，槐花的幽香與迎春花的清香瀰漫整個村子。爺爺爬上槐樹，採摘槐花。往常爺爺只摘槐花往下扔，讓奶奶她們自己編織花環。不過，這次爺爺破例了，他想編個花環。不知他是編花環的心太切，還是天黑看不清樹杆，腳踩空了。只聽吱呀一聲，正在不遠處撫弄迎春花的奶奶、常奶奶同時尖叫，不好，梅志堅掉下來了。

我聽到這，瞪大眼睛問：那後來呢。

奶奶說：我接著了唄。常奶奶沒我麻利，我蹦過去，你爺爺剛巧壓在我身上。奶奶一臉自豪。

我掩住嘴，想想細巧的奶奶怎麼承受得了爺爺的重壓，你不怕被壓死呀。

哪想那些呀，只想你爺爺別摔壞了。看這還有你爺爺壓傷的印記呢。奶奶卷起褲腿，露出兩道疤痕，這是爺爺從樹上掉下來，壓斷了奶奶的腿。

難怪，我常聽奶奶說腿疼，尤其是下雨天。我伸手摸了摸問：後來呢？

後來又發生了一件事。

爺爺是個閒不住的人，他家屋簷下碼了幾堆粗柴塊子，這都是他平時抽空打回家的。沒事，他就打了一個土灶，架上一只大鐵鍋，把風乾的紅薯剁成泥，倒入鐵鍋，燒起粗柴塊子熬薯糖吃。風乾的紅薯富含糖質。

奶奶和常奶奶坐在灶邊幫他添柴旺火，熊熊火光下，她們的臉像樹上熟透了的紅柿子。

那年代，飯都沒吃飽過，很少見到糖，不像城裏，什麼冬瓜糖，南瓜糖，蠻花俏。農村人饞，就就地取材，想方設法熬紅薯糖吃。熬了一陣，爺爺就把紅薯渣過濾出去，只剩下水，再熬，直到用文火把水分熬乾，最終剩在鐵鍋裏的就全是糖了。墨黑的，看相很不好，卻特別甜。爺爺幫奶奶常奶奶每人盛了一大碗公。奶奶把那大碗公糖用筷子挑著吃了，甚至把碗沿也舔得乾乾淨淨，常奶奶卻在那裏看著他們吃，她不動。爺爺奇怪，就問她怎麼不吃，很甜呢。常奶奶說不吃，擔心把牙齒吃壞，不好看。即便是餓肚子的年代，常奶奶也講究乖態，無論多糟糕的粗布衣服著在她身上，都是乾淨整潔，熨貼。哪怕是件破衣裳，到她身上，硬是穿出了與眾不同的味道。

吃完薯糖，奶奶和爺爺咧開嘴巴子一看，牙齒像在鐵鍋裏熬過一般，墨黑，一個星期，顏色不褪，漱之不去，即便是現在，數十年過去了，也還感覺那黑還在。

回憶這些時，奶奶很得意，說傻人有傻福。墨黑一嘴牙齒算什麼呀，在與常奶奶的戰爭中獲勝才是人生值得驕傲的大事。新婚那晚，奶奶問爺爺：白玉那麼好的妹子，你為什麼不當寶一樣看待啊。爺爺說：我是泥腿子，田裏來水裏去，一身泥土，她那精緻的樣子，嫁到城裏去才合適。聽到爺爺的話，常奶奶發衝跑了，邊跑邊怨：你是豬，蠢豬，眼珠子掉在褲襠裏了。

奶奶和爺爺結婚後，有人給常奶奶做媒往城裏嫁，常奶奶卻偏偏嫁到了晏家鋪，還笑著說，倒要看看到底什麼是田裏來水裏去。說這話時，常奶奶淚珠在眼眶裏打轉，只差沒掉下來。

我為常奶奶感歎。常奶奶放著嫁城裏的幸福生活不要，僅僅因了爺爺一句話，就犯倔嫁到晏家鋪。可結果呢。奶奶說，幾十年過去了，感到好像就在眼前，對與錯，誰又說得個準頭呢。

我還想問，奶奶站起身說：你先歇一會，反正得等雨停了才走，到時我喊你。

屋外的雨聲就像催眠曲，敲得我昏昏欲睡。

起床太早，我有點困乏，長長地打了呵欠。

奶奶倚在門欄邊看屋外的雨天。

屋前空坪上積滿了水。一些鑽出地面的蚯蚓被雨點擊暈了頭，慌亂地在水中漫無目的，四處亂竄。倉惶的窘態，吸引幾隻鴨子追趕。當然，奶奶看不到鴨子到底在雨地裏追趕什麼。她只能體會鴨子歡快的叫聲。

夏天的雨說去就去了。奶奶手裏挽著一只斷，攆著漸遠的雨腳，撲向野地。那斷落滿塵埃，看上去和奶奶一樣老。

梅山這地方，天晴幾天受旱，下雨極易遭澇。只見田塍上溢水像瀑布掛著，東一片西一片，潺潺有聲。一些小孩早已在野地追捕隨著溢水漫出的田魚，還有泥鰍黃鱔之類的水族。

奶奶腿腳遲邁，手腳自然沒有小孩利索，待她趕到幾處出水口，發現腳印紛亂，早已有人來過，戰爭已近尾聲。她並不失望，耐心在別人戰鬥過的地方用罾打撈，往往一罾下去，撈上來的只是一些小蚪蚪，不見魚族蹤影。她單瘦的身影在田野上精神抖擻移動，田塍上的溢水漸漸變弱，變小。而她身上掛著的魚簍卻沒有裝進一條魚，哪怕一隻蝦米。

走到一處小溪入口，那口子不大，水勢也不太洶。奶奶把罾牢牢裝在那口子上，守株待兔一般，坐在一邊守著。她聽見流水的聲音就像音樂一般，輕撫。正當她眼睛疲倦昏昏欲睡的時候，她聽到魚掙扎的聲音。一條魚順著流水鑽進罾裏，奶奶就如見到久違的朋友，雙手捧起那魚，是一條肥碩的鯉魚，手掌大，小鰓，紅尾。

她興奮地說：乖啊，找的就是你。

她把魚輕輕放進魚簍，生怕損傷它。好事成雙，偶數才吉祥。她又在原地坐下來，靜靜地等候下一個幸運寶寶。

水洗過的太陽，清亮清亮地高懸天空，照著幸福快樂的奶奶。奶奶就像一尊紫銅塑像，靜坐在溪水邊，她赤腳拍打著溪水。這個時候的奶奶真的幾多俊俏，恍若回到了年輕時代。

我靠在椅子上，眯上雙眼邊打盹，邊想奶奶，想爺爺，想與常奶奶有關的一些舊事。

梅山地方信鬼。這鬼不是興風作浪害人的鬼，是指像爺爺一樣故去的先人。一到鬼節，奶奶怕爺爺在陰間受窘，她親手封了幾大包冥錢，卻不會寫字，沒寫爺爺名字及收件地址，爺爺是收不到的。奶奶無可奈何，對在一邊看把戲的我說：去叫常奶奶，腳程利索些。

既然這樣，我也和奶奶一樣著急。

天上沒有太陽。我打飛腳跑到晏家鋪，常奶奶坐在屋端頭的一只竹椅上，正兩眼專注睎望虛無的遠處，好像奇蹟會突然從某處踏坎而來。她頭上箍了一把黑線，我以為她犯頭暈。我們那地方女人犯頭暈就在頭上束黑線，說只要黑線上頭，就不暈了。可是在常奶奶臉上我沒看到丁點痛苦，反倒像是年輕女人盼望心愛的男人一般，臉上紅霞朵朵。當我氣喘吁吁跑到她跟前問她在做什麼時，她彷彿在微醺中猛然受了驚悚，說：曬太陽。

我上下四顧一陣，說：常奶奶你沒搞錯吧，陰天曬什麼太陽？

常奶奶說：太陽在頭頂上，你細伢子看不見，長大就看見了。

常奶奶好像算準了我的來意，也不問問我來做什麼，就起身拿著筆墨跟我走。

常奶奶真的是個讀了書的人，會寫字，特別是梅志堅三個字，寫得龍飛鳳舞，如果不是經常操練，絕對寫不出這等氣勢。寫完，我看到兩個老女人就在我家屋門前的十字路口一起燒紙錢，專注，虔誠的樣式彷彿已不為外界任何事物所動。我也把一紮冥紙鬆開往那火勢上添。她們嘴裏心裏想來都各有一番說辭，可惜我尖起耳朵聽不到，想來爺爺應是聽到了。

燒完，待常奶奶走了，奶奶悲憤地對我說：這裏是你爺爺起身的地方，那天出去時，他在這裏站了一會，就不見回來。

頓一頓，她又嫉妒地說：以後就不勞煩你常奶奶寫字了，你來寫吧。

奶奶當時的表情蠻奇怪，好像剛才被常奶奶搶了她什麼好東西似的。那時候，我剛進初中，記住了常奶奶的書寫格式。來年，我就按照常奶奶的書寫格式，完成奶奶的囑託，給爺爺寫封包。雖然字跡歪歪斜斜，奶奶卻喜不自禁，連聲讚道：崽崽書沒白讀。

我醒來時，奶奶正在灶屋裏忙碌。灶屋煙薰火燎，奶奶在裏面活動自如。不知她從哪裏搞來了幾坨半濕的田泥，抻麵一樣搗弄。估計那泥巴在她手裏做出了黏性，竟然拉長捏扁，得心應手。

她用泥巴把鯉魚嚴嚴實實包裹起來。起初，鯉魚不服帖，瞪圓眼睛看著奶奶，嘴巴不停張動，好像邊掙扎邊罵髒話粗話似的，亂蹦亂跳，塗上去的泥全遭它抖落了。奶奶嘿嘿笑著，萎縮的臉皮漸漸飽滿，酡紅。她說：乖，聽話啊。她先用泥巴將鯉魚眼睛嘴巴糊住，鯉魚變成瞎子，嘴巴不能呼吸，悶著一口氣不動了。及至奶奶把它全身上下一層一層塗滿厚厚的泥巴，鯉魚就是想動想掙扎也心有餘而力不足了。

眨眼，奶奶身前擺著兩個長條形的泥坨。泥坨像瓷器一樣發亮，看不出和田裏的普通泥巴有什麼區別，擺在那裏就像兩個靜物，像兩具棺材，裏面安靜地躺著兩條魚。

奶奶把兩坨泥巴搬放到柴灶肚子裏，覆蓋通紅的火灰。

我好奇地問奶奶：這是在幹嘛？

奶奶說：火煨泥巴魚。

我從來沒吃過這樣的魚，覺得新鮮，以為奶奶是為了慰勞我，忙說：奶奶真好！看來我真口福不淺。

你？靠一邊去，往後做你吃。奶奶戳下我鼻子說。

我疑惑地指指灶膛：那，那給誰吃？

你常奶奶喜歡這麼吃。我們沒結婚那陣，常和你爺爺躲在山上這麼燒著吃。呵呵，吃得是滿嘴烏黑。你常奶奶平日裏是最講究的，遇上吃這魚就顧不上啦。

這時，我才搞清那兩條裏滿泥巴的鯉魚是奶奶煨給常奶奶吃的。原來奶奶一個勁電話催我回來，卻又遲遲不走，下雨只是藉口，捉魚，煨魚，才是她真實的動機所在。她是在為送什麼禮物犯難。

奶奶，孫兒我乖不乖囉，早替你在超市買了補品，放車上了，這個就不用操心啦。我就像讀小學時節，拾金不昧，做好事圖老師表揚，對奶奶說。

去！去去！你那禮品頂屁用。有錢隨便在哪個店鋪都能買到，誰稀罕。奶奶說。

我委屈地嘟噥：好歹花了我幾百元，難道還不如你兩條裏滿泥巴的魚重？你是哪來的輕重？

大道理說不過你，反正拿你那些金貴的禮品和我換兩條魚，我不換就是了。奶奶為她滿意的傑作得意。奶奶說著話，用鐵夾翻動那兩坨泥巴。泥巴在火裏煨久了，慢慢變硬，敲起來咚咚響。不時有泥巴味魚腥味乘著火風從灶眼裏飄出來。看著奶奶那副認真巴意相，我手眼發癢，搶奶奶手中的鐵夾子。奶奶瞪我一眼，說：你掌握不了火候，想吃，往後教你。

估計泥巴裏的兩條魚煨熟了。奶奶就把兩團泥球從火灰中夾出來盤到一旁。我用塑膠袋裝起來就想催奶奶走，不然天就黑了。沒想，兩團滾燙的泥巴將塑膠袋熨穿，啪啪兩響溜到地上，竟像陶瓷一樣耐摔，不破。我手裏留下的空袋子，失重，欲飄。

奶奶咧嘴笑我的蠢。

在車上，我問奶奶，怎麼從來沒聽人說到過常奶奶的男人常爺爺呢。

奶奶說：常奶奶的男人就像村裏那棵老槐樹，是個歪脖子，看了都吃不下飯。可，一生愛講究的常奶奶偏偏嫁給他。同一個村的人，奶奶說誰家不知誰家幾只碗，幾個櫃子。

嫁給常家的常奶奶，誰都不清楚她的日子是怎麼過的。奶奶每天看到的常奶奶，不是今天額頭青紫，便是明天嘴角滲血。奶奶問她怎麼回事。常奶奶只說是自己不小心碰的。

後來，也就是兩家的孩子長到十一歲那年，一個夏天的傍晚，常爺爺約我爺爺下塘洗澡，他比我爺爺先跳下池塘，一個猛子紮下去就不見上來，我爺爺嚇慌神，以為他腳抽筋，忙下去救他。

你爺爺這一跳，就再也沒出來啦。奶奶說到這，流起了眼淚。

等村人打撈出來時，只見兩人緊緊抱在一起，不管誰使勁都無法分開。於是，關於爺爺與常爺爺的死法就有了無數個版本，有的說是姓常的腳抽筋，把爺爺當救命稻草死死抱住才致死。不久，又出現了另一個版本的說法。說奶奶和常奶奶八字旺，克夫。這兩對夫婦註定只有幾年夫妻做。畢竟槐村人都知道姓常的老婆愛的是爺爺。更有人說常爺爺受不了爺爺給的綠帽子，才使詐與爺爺同歸於盡。奶奶和常奶奶聽到，異口同聲罵那些爛舌頭的良心遭狗吃掉了，挑撥離間。

其時，常奶奶兒子與我父親一樣大。

奶奶和常奶奶好像打過商量般，從此不嫁，安心將兒子撫養長大。一嫁都嫁殘了，還嫁就沒意思了。

我無法想像，這兩個年紀輕輕的女子是怎麼樣把守寡的日子過下去的。

奶奶說起這些就如是說別人的事，樂哈哈地說：不照樣過來了，走路哪有不磕到腳的，磕著了，擦擦，繼續走。我和你常奶奶照樣沒見少塊皮，少塊肉。你爸爸在省城，常奶奶兒子在縣城，都混得人模人樣，不比人差。

她倆把失夫看成走路崴了一下腳。

奶奶住在村子裏，狀況稍許好些，可常奶奶一個人帶著這麼小的兒子住晏家鋪，那空落自是無法說的。為了打發空落，她就在房前屋後栽培迎春花。

沒了男人的常奶奶、奶奶，成了村裏男人的獵物。他們成天就像蒼蠅一樣繞著她們屋子轉。今天不是他送來一捆柴禾，明天就是你送來一籃豬草。再不就是田旱讓人家理好啦。村裏的女人們坐不住了。見到奶奶與常奶奶便指桑罵槐：喲，誰家的雞婆掀屁股啦，等著公雞爬呀。

那些難聽的話，如臘月的風，刮得奶奶與常奶奶不敢出門。

適時，村裏爆出一個新聞：奶奶和常奶奶是兩隻白虎。村上一些婦女不信，夏天和奶奶她們下地勞動，找個背灣的沒人處查看奶奶她們，果真不見一根陰毛。白虎的說法好像獲得了驗證。女人是白虎，對自身不危害，危害的是與白虎發生關係的男人。原來那淹死的兩個男人是被白虎搞掉的啊。自此，再沒有男人敢招惹這兩個女人。

我不相信，笑著問奶奶，是你倆串通演的雙簧吧。

奶奶點點頭：咳，被逼的哦。哪個願意這樣？這是常奶奶出的主意。她找我說時，早把陰毛拔得乾乾淨淨了。

我問：常奶奶怎麼不跟她崽搬到縣城住呢。

想你爺爺唄，個傻女子，看看她屋前屋後的迎春花，還說什麼栽點花熱鬧。就裝。奶奶生氣地說道。

其實，奶奶知道爺爺從樹上摔下來，原是想給常奶奶編個花環。那天正是常奶奶的生日，本打算趁著常奶奶生日，爺爺借花環向常奶奶提親。

我大驚，你怎麼知道的。

小子，你想想你奶奶我是誰。我雖沒讀過書，可我眼睛能看事呀。還有常奶奶以前臉上的傷，你真以為是她自個摔的呀，只有傻子這麼以為。

兩個守寡的女人要養活兩個孩子，苦自是很苦。她們除了努力勞動，總想著謀點別的來錢路子。一日，她們結伴趕場，看到有個賣冬蟲夏草種子的地攤。奶奶聽說過冬蟲夏草是稀罕東西，燉湯吃大補。一定銷路很大，有賺頭。想兩人還正愁兩個小孩的學費，為什麼不買點種著試試。與常奶奶一合計，兩人各買了一大包種子，實心實意播種，施肥，管理。沒想種下去長出來卻是白白胖胖像蟲子似的東西。根本不是什麼冬天是蟲夏天是草，枉費了一番氣力。只好自己一鍋子燉了，嘗一口，哇苦的。後來才知道，冬蟲夏草只能生長在高寒地區，在我們這根本沒有生長的環境和氣候。吃了啞巴虧，在心裏咒罵幾聲那個擺地攤的做生意不地道，坑騙人。還是種點白菜蘿蔔什麼的清淨。

我就笑兩個奶奶，動機是好的，可是腦殼進了水，輕易就上了當。

埋藏心底多年的謎底，似乎一下子給解開。原以為揭開了謎底我會輕鬆不少，誰知心裏更加沉甸甸的，老有眼淚想往外面冒。

……

帶著奶奶精心燒好的泥巴鯉魚，我們往縣城機械廠趕。常奶奶大病後，常奶奶的兒子便把她接到縣城治療去了。

車在縣城鑽了幾條巷子，漸漸逼近機械廠。

老舊的機械廠大門口用鐵架搭了一個靈棚，靈棚頂端懸掛著一幅白紙對聯：哀哀我母，音容宛在。中間擺著的巨大相片赫然就是那臉上每條皺紋都在笑的常奶奶。她的笑容就像一朵迎春花，迎接著每一個來看她的親戚朋友。

奶奶抱著兩團泥巴，呆呆地眸望著常奶奶的相片。

過了一會，只見奶奶把兩團泥巴魚安放在靈臺上，嘴裏念念有詞，別人以為她是在為亡者祈禱，我在旁邊分明聽到她老人家在說：老戰友呀，我知道你怕我跑得比你快，才連聲招呼也沒個，心急火燎的。你先趕到他那裏報到了。沒良心的，你贏啦。

# 後記

有文友說我的文字很土，甚至土得能掉出渣來。我不知我的文字究竟是不是土，泥巴的顏色一樣。一說到泥巴，別人喜不喜歡我不知道，我個人是很喜歡的。我像一棵小草，從泥巴中來，身上有著泥巴的氣味。

我生在農村，打在地上會爬，照我老家的話說是打會撿糖雞屎吃時起，我眼裏看到的就儘是泥巴。它們有的是紅色的，有的是黑色的，有的又是黃色的，當然，鵝黃的也有，還有其他顏色。但無論是什麼顏色，我當時是無法認知，也是無法叫上名來的。我只知道抓到手裏就往嘴裏送，弄得一嘴的泥巴，待至母親見了，自然又免不了一頓打罵，你就這麼愚蠢呀，泥巴也是能吃的麼。罵歸罵，一旦背著母親的面，我就又溜至地下，和泥巴摸爬在一起。我母親拿我一點辦法也沒有，一天為我換洗幾身衣服，真服她耐得了煩。我就在這樣一種呵護下漸漸長大，長高。及至後來上小學啟蒙了，還和小朋友們一起用泥巴捏菩薩，做桌椅，製碗筷，打泥巴仗。甚至把泥巴塞進別人書包裏，偷偷地樂。我的童年充滿了泥巴的故事。

我記得有一回農忙雙搶，無論男女老少，只要能盡上力的，沒有一個閒人，像戰爭一樣不計苦累，沒有一個人敢閒著。插禾時我那稚腳踩在了碎玻璃上，割開了一條大口子，深可見骨，殷紅的鮮血，還有汗水滲透在田裏，和泥巴混合在一起，害得我的腳腫脹發炎，鑽心的疼痛，一個星期上學瘸子一般，極不方便。但我沒有哭。那時，我就想泥巴的顏色肯定是像血一樣的。

還有一回，在上學路上我玩泥巴玩過頭了，以至把我母親給我新買的一塊電子錶丟了，儘管那電子錶很便宜，只有五塊錢，可是，我卻好著急的，不知如何是好。陽光在路上跳來跳去，我在那路上往返尋找，心情一點也陽光不起來。沒想回到學校，看到黑板報上寫了失物（電子錶）認領通知，我那電子錶竟又失而復得，不知是哪個這麼高尚的同學，剎時，我就變得開心極了。我想這時的泥巴又成了陽光的顏色了。

泥巴就像萬花筒似的，少了定力，就輕易看不到她的顏色。

至於，我的文字有沒有著泥巴的顏色，我不知道。但至少有一點，我還是心裏明白的，每當我一捉著筆或是一敲鍵盤，我的眼裏就看到了泥巴，看到了和泥巴有關的事物。土裏生萬物，地內產黃金。就我所知很多事物源於土地，又歸於土地。比方說樹木，在土地裏生根，發芽，萌葉，成長，老去，腐朽，最終又化成了泥。這樣一個全過程，印證了這個道理。

沒泥巴的地方，是不會有生命的。儘管都市繁華、刺激，但那些水泥硬殼還是建立在泥巴之上的，沒有泥巴就成不了這些豪華的建築。

有時，泥巴也可以發生一些變化。比如製作陶瓷，各種各樣的器皿、裝飾品，安放在人家的房間裏，可以用，可以觀賞，最終也是要回到泥土中去的，只是時間問題。

前不久，和朋友們一起逛商場，我想買一條褲子。有時候，我也多麼地想把自己裝扮得光鮮一點，氣質不凡，派頭十足。商場的衣服種類繁多，簡直有些眼花，選了質地，還要選顏色配當，我正猶豫。朋友拿起一條米黃的褲子說：這泥巴色還有點味道啊，耐看。衝著這泥巴，我想也沒想就買下了。其實到現在我都具體描述不準泥巴的顏色。純粹是感覺吧。

我之所以囉囉唆唆為泥巴說話，生怕別人聽不懂似的，那是因為泥巴盛滿了我的整個生活，能寫點與泥巴有關的文字，實在是一件快樂的事情。

我感到泥巴是能發光的，這光能照亮我的行程。在我往後的寫作生活中，我想，我會望著那光，盡可能地把眼力和筆力透入泥巴的深處或是內核，尋覓，並認真地記錄下來，形成文字。至於我的文字表達了什麼，有沒有泥巴的顏色，那就是我修為的事了，也是讀者欣賞與品味的事了。如果，我寫得沒到位，那是筆力有所不逮。我相信，如果讀者朋友體會到了我的真誠和用心，是不會怪罪的。

二〇一二年九月三日

釀小說17　PG0939

# 紅肚鳥
## ──李健短篇小說選

作　　者　李　健
責任編輯　劉　璞
圖文排版　陳姿廷
封面設計　秦禎翊

出版策劃　釀出版
製作發行　秀威資訊科技股份有限公司
114 台北市內湖區瑞光路76巷65號1樓
電話：+886-2-2796-3638　傳真：+886-2-2796-1377
服務信箱：service@showwe.com.tw
http://www.showwe.com.tw
郵政劃撥　19563868　戶名：秀威資訊科技股份有限公司
展售門市　國家書店【松江門市】
104 台北市中山區松江路209號1樓
電話：+886-2-2518-0207　傳真：+886-2-2518-0778
網路訂購　秀威網路書店：http://www.bodbooks.com.tw
國家網路書店：http://www.govbooks.com.tw
法律顧問　毛國樑　律師
總 經 銷　聯合發行股份有限公司
231新北市新店區寶橋路235巷6弄6號4F
電話：+886-2-2917-8022　傳真：+886-2-2915-6275

出版日期　2013年3月　BOD一版
定　　價　360元



**Printed in Taiwan**

國家圖書館出版品預行編目

紅肚鳥：李健短篇小說選 / 李健著.-- 一版. -- 臺北市：
醸出版, 2013.03
面； 公分. -- (醸小說17 ; PG0939)
BOD版
ISBN 978-986-5871-25-3(平裝)

857.63　　102003283

# 讀者回函卡

感謝您購買本書，為提升服務品質，請填妥以下資料，將讀者回函卡直接寄回或傳真本公司，收到您的寶貴意見後，我們會收藏記錄及檢討，謝謝！

如您需要了解本公司最新出版書目、購書優惠或企劃活動，歡迎您上網查詢或下載相關資料：http:// www.showwe.com.tw

您購買的書名：＿＿＿＿＿＿＿＿＿＿＿＿＿＿＿＿＿＿＿＿

出生日期：＿＿＿＿年＿＿＿＿月＿＿＿＿日

學歷：□高中（含）以下　□大專　□研究所（含）以上

職業：□製造業　□金融業　□資訊業　□軍警　□傳播業　□自由業

□服務業　□公務員　□教職　□學生　□家管　□其它＿＿＿

購書地點：□網路書店　□實體書店　□書展　□郵購　□贈閱　□其他

您從何得知本書的消息？

□網路書店　□實體書店　□網路搜尋　□電子報　□書訊　□雜誌

□傳播媒體　□親友推薦　□網站推薦　□部落格　□其他＿＿＿＿

您對本書的評價：（請填代號　1.非常滿意　2.滿意　3.尚可　4.再改進）

封面設計＿＿　版面編排＿＿　內容＿＿　文／譯筆＿＿　價格＿＿

讀完書後您覺得：

□很有收穫　□有收穫　□收穫不多　□沒收穫

對我們的建議：＿＿＿＿＿＿＿＿＿＿＿＿＿＿＿＿＿＿＿＿

＿＿＿＿＿＿＿＿＿＿＿＿＿＿＿＿＿＿＿＿＿＿＿＿＿＿

＿＿＿＿＿＿＿＿＿＿＿＿＿＿＿＿＿＿＿＿＿＿＿＿＿＿

＿＿＿＿＿＿＿＿＿＿＿＿＿＿＿＿＿＿＿＿＿＿＿＿＿＿

請貼
郵票

11466
台北市內湖區瑞光路 76 巷 65 號 1 樓
**秀威資訊科技股份有限公司** 收
BOD 數位出版事業部

........................................................................................................
（請沿線對折寄回，謝謝！）

姓　　名：＿＿＿＿＿＿＿＿＿＿　年齡：＿＿＿＿　性別：□女　□男

郵遞區號：□□□□□

地　　址：＿＿＿＿＿＿＿＿＿＿＿＿＿＿＿＿＿＿＿＿＿＿＿＿

聯絡電話：(日) ＿＿＿＿＿＿＿＿＿＿＿＿ (夜) ＿＿＿＿＿＿＿＿＿＿＿＿

E-mail：＿＿＿＿＿＿＿＿＿＿＿＿＿＿＿＿＿＿＿＿＿＿＿＿